推理小説

影踏み

横山秀夫

祥伝社文庫

目次

消息

1

三月二十五日早朝――。

三寒四温で言うなら、真壁修一《まかべしゅういち》の出所は寒の日にあたった。高塀《べい》の外に出迎えの人影はなく、だが内耳《ないじ》の奥には耳骨をつんつんと突いてくるいつもの合図があって、啓二《けいじ》の晴々《はればれ》とした声が頭蓋《ずがい》全体に響いた。

《修兄《にい》ィ、おめでとさん！　えーと、まずは保護司さんのとこ？》

〈いや〉

真壁は答え、ハーフコートの襟《えり》を立ててバス停に足を向けた。

丁度、市内方面に向かうバスが来たところだった。短い列についた真壁はコートのポケットを探った。「作業賞与金」と印字された薄っぺらい茶封筒を摑《つか》み出して封を切り、手のひらに硬貨を滑《すべ》らせた。

　何も変わっていない。舗道は区画整理に背《そむ》いた数軒のあばら家を避けて鉤《かぎ》型に走っているし、街道筋の銀杏《いちょう》並木は貧相な枝振りも幹のすすけ具合も以前のまま、くすんだ風景画のように目に映《うつ》る。県道を跨《また》ぐ歩道橋のすぐ下に、歩行者用信号機の付いたゼブラが引かれていて、それだけが二年前と違う。車優先社会への反発だか反省だかが、上も下も人が渡れる二重横断の珍妙な光景を納得顔で許している。

　真壁は雁谷《かりや》市役所前でバスを降りた。

　もう出勤の時間なのだろう、そこかしこの道から背広やコートが現れ、色彩のない行軍の列となって職員通用口に吸い込まれていく。その市庁舎をぐるり回った裏手の県立図書館は、やや明るい色合いながら刑務所の高塀によく似た赤煉瓦《れんが》造りだ。案《あん》の定《じょう》、耳骨がまたつんつんと突かれた。

《ねえねえ、それじゃあ例の件、ホントに調べる気？》

〈そうだ〉

　真壁は二階のカウンターで地元紙の閲覧を申し出た。過去二年間分のマイクロフィルムを借り受け、窓際の読出機に腰を据《す》えた。

古い順に社会面の事件記事をチェックする。最初に画面に映し出されたのは「真壁逮捕」を報じた日の紙面だった。読み飛ばし、手元のダイヤルを操作して次の日の紙面に送る。数秒見つめてまた送る。次の日……。さらに次の日……。「死」「殺」「傷」。殺伐《さつばつ》とした活字の残像が重なっては消えていく。

三カ月分ほど見終えた頃、焦《じ》れったさを伝えるように中耳《ちゆうじ》の辺《あた》りが疼《うず》いた。

《修兄ィの思い過ごしだと思うなあ》

〈……………〉

《なんにも起こってないってば》

〈いいから、少し黙ってろ〉

真壁は手元のダイヤルを動かし続けた。一度として席を立たず、二年間分の社会面を見終えた時には陽《ひ》が傾きかけていた。見当たらなかった。真壁が予想していた事件は――。

《ほ～ら、やっぱり修兄ィの妄想《もうそう》じゃんか。女は亭主を殺していません。たったいま証明されました》

啓二が茶化《ちやか》すように言った。真壁は頷《うなず》かなかった。

〈殺《や》ろうとしてたことは確かだ〉

《だから、それが妄想だって言ってんの。だいいち、俺たちになんの関係があるわけ？》

〈自分がパクられた時のことは正確に知っておきたい〉

《はいはい、そんじゃ行こう。何もなかったってわかったんだから》

せっつく声を内耳の奥に閉じ込め、真壁は最初に読み飛ばした二年前の紙面を画面に呼び出した。

三月二十二日付社会面――。四コマ漫画の下に大きくスペースを割《さ》いた囲み記事が載《の》っている。『〝ノビカベ〟捕まる』の三段見出し。至近距離から必要以上のストロボを当てて撮《と》られた顔写真。目つきは油断なく、定規で引き下ろしたような鼻筋や薄く締まった口元はCGデザイナーが好んで描く未来人的な風貌を連想させる。二年前のその写真を見つめる真壁は、やや頰《ほお》がこけ、瞳に懐疑の濁りを増したか。

記事は多分に週刊誌的だ。中央紙との差別化にこだわる地方紙記者の鼻息の荒さだか鼻の高さだかが書きっぷりに匂う。

〝ノビカベ〟が捕まった――深夜、寝静まった民家を狙《ねら》い現金を盗み出す「ノビ師」と呼ばれる忍び込みのプロ、住所不定無職、真壁修一（32）が雁谷署に逮捕された。取り調べに対して決して口を割らない、その高く強固な「壁」を思わすしたたかさに、刑事たちから名前をもじって〝ノビカベ〟と綽名《あだな》される。例によって逮捕事実すら認めず完全黙秘を決め込んでいるが、県下では真壁が出所した昨年来、ノビの被害が頻発《ひんぱつ》しており、同署は余罪が多数あるものとみて厳しく追及している。

調べによると、真壁は二十日午前二時ごろ、雁谷市大石町《おおいしちょう》一丁目会社員、稲村道夫《いなむらみちお》さん（41）方西側サッシ窓をドライバーで破り侵入。居間や仏間を物色したが、稲村さんの妻葉子《ようこ》さん（30）が物音で目を覚まし一一〇番通報。駆けつけた雁谷署員に住居侵入の現行犯で――


啓二が思考に割り込んできた。

《妻葉子さんが物音で目を覚まし――ここが違うって言うんだろ修兄ィは？》

〈そうだ〉

真壁は目を閉じた。服役した二年間、あの夜のことを考えない日はなかった。

古い住宅団地の一角だった。自転車で団地をひと回りし、ブロック塀に囲われたその二階屋を選んだ。侵入はたやすかった。居間はすっかり今風にリフォームされ、大画面テレビや革《かわ》張りのソファが「中流の上」を告げていた。ガラステーブルの上にグラスが一つ。オールドの空《から》ボトル。半《なか》ばまで減ったホワイトホース。ピーナッツの食べ残し。テレビのリモコン。ひしゃげたマイルドセブンの空箱。吸殻が山となった灰皿……。

まずは電話台の引き出しを物色した。アナログの腕時計、名刺入れ、封を切っていないマイルドセブン、タイピン、ボールペン、薄茶色の札入れ。中に万札が二枚。抜き取って隣の仏間へ回った。

入ってすぐ右手に古風な姿見。窓際に置かれたドレッサーの平台の上に「ラ・ベリテ」の化粧水の瓶《びん》が一本。店頭売りをしないことをウリにしている高級品だがほぼ使い切ってあった。仏壇の引き出しを探った。線香、蠟燭《ろうそく》、マッチ、数珠《じゅず》の桐箱《きりばこ》。墓地の権利書、宝くじが十枚、年賀状の束《たば》……。

階段を上がった。寝室の襖《ふすま》を細く開いて中の気配を窺《うかが》った。十畳ほどの広さだった。左の壁に狙い目の和ダンス。その脇に火の消えた石油ストーブ。寝具が二組。枕元のスタンドに少なくない光量があった。奥に高いびきの男。手前の布団には、こちらに背を向けて横たわる女。うなじが露出していた。息を呑《の》むほど白かった。

入るな。五感を超《こ》えた指令が脳を突き上げた。白いうなじがこちらを凝視《ぎょうし》している。女は眠っていない――。

強張《こわば》った足で階段を下りた。今にも女が金切《かなき》り声を上げる。男が起き出して追ってくる。そう覚悟していた。侵入口の窓から庭に逃れた。カーポートにあったクラウンの陰に身を隠し、二階の様子を窺った。灯《あかり》はつかない。物音もしない。乗ってきた自転車は裏の路地に置いてあった。犬走り伝いに母屋《おもや》の裏手に回った。塀を乗り越えた、その時だった、車のヘッドライトを全身に浴びた。ブレーキ音。回転する赤色灯。靴音。刑事たちの怒声――。

図書館の二階フロアはしんと静まり返っていた。

何度反芻《はんすう》しても結論は動かない。女は最初から起きていた。夫を殺す計画を胸に、まんじりともせず布団の中にいた。

〈啓二、行くぞ〉

返事がなかった。啓二は一人で囲み記事の後段を読んでいた。

真壁は両親ともに教職者の家に生まれ、厳格に育てられた。高校時代は空手部に在籍。学業の成績も良く、A大法学部に現役合格した。しかし、浪人中だった双子《ふたご》の弟が空《あ》き巣《す》を重ねて警察に追われる身となったことから、悲観した母親が発作的に家に火を放って弟を道連れに無理心中。二人を助け出そうとした父親も炎に呑まれ死亡した。これを境に真壁の人生は暗転、傷害事件を起こして大学を退学になり、その後は定職にも就《つ》かず――

外は風だった。遥《はる》か稜線の残照をムクドリの大群が遮《さえぎ》っている。

2

真壁は路地の屋台でタコ焼きを包ませた。

《次はどこ?》

しょぼくれた声だった。

〈サッだ。発信機の件を確認しておく〉

《ふーん——それだけ?》

〈女の件も聞く〉

《やっぱりね》

〈興味がないのならしばらく寝てろ〉

県庁の東南の国道沿い、県都を護《まも》る雁谷署はもう当直態勢に入っていた。玄関付近に手持ち無沙汰《ぶさた》の制服が見えたので、真壁は裏の駐車場に回り、被疑者押送《おうそう》用の外階段を上って鉄扉《てっぴ》を押し開いた。煙草の煙がもうもうと立ちこめる刑事一課には二十人ほどの私服がいて、それが幾つかの塊《かたまり》に分かれて頭を突き合わせていた。

真壁は真《ま》っ直《す》ぐ奥のデスクに向かった。

「聡介《そうすけ》――」

声を掛けると、パンチパーマの角張った顔が驚くでもなく振り向いた。同じ係の若い顔が二つ、こちらは相当に驚いた顔で真壁を見た。

吉川《よしかわ》聡介はそのパンチパーマの頭をゴリゴリ掻《か》きながら無表情で立ち上がり、真壁の肩を抱くようにして若手に背を向けると、押し殺した声を外耳道に吹き込んできた。

「二度と名前で呼んでみやがれ、首の骨ぇ叩き折ってやるぞ！」

この男も変わらない。鬼瓦《おにがわら》の面相とクルクルよく回る頭で小学校時代から雁谷本町界隈《かいわい》のボスだった。級友を従え駄菓子屋狙いの万引き団を結成し、真壁と啓二はいつも見張り役をやらされた。

「食ってくれ」

真壁が包みを突き出すと、吉川は真壁の肩を抱いたまま振り返り、打って変わってにこやかに「出所挨拶《あいさつ》だそうだ」と若手に歯を見せた。が、それは一瞬のことで、次にはまた厚かましい手で強引に真壁の体の向きを変えさせ、衝立《ついたて》のある奥のソファへ引きずり込んだ。

「のこのこツラ出す馬鹿がどこにいるよ。馬淵《まぶち》の係がさっぱりでな、焦《あせ》りまくってるんだ。お前、間違いなく的《まと》にされるぜ」

その馬淵昭信《あきのぶ》の反《そ》り返った般若《はんにゃ》顔が部屋の対角に置かれたソファに覗《のぞ》いていた。吉川と階級も机も横並びの盗犯係長だ。どこの所轄《しょかつ》もそうであるように班と班の手柄争いは骨肉相食《あいは》む的に熾烈《しれつ》だから、名のある泥棒の出所は新たな「泥仕合」の火種となる。ましてや来月は『既届盗犯等検挙推進月間』――。

「で、何の用だ？　時間はとれねえぞ」

吉川はもう貧乏ゆすりを始めていた。

真壁は口元だけ笑った。

「馬淵の心配より、お前の懐《ふところ》具合はどうなんだ。俺を的にする気はないのか」

「ヘッ！　二度とごめんだぜ。このクソ野郎、黙秘黙秘で俺に大恥かかせやがってよ」

「その時の話を聞かせろ」

「ああ？」

「二年前の大石団地のヤマだ」

吉川は真顔《まがお》になった。

「いまさら何だ」

「一一〇番を受けた時、どこにいた？」

「なんだと？」

「稲村の女房が一一〇番した。そうだったな？」

「そうさ。だから俺たちが駆けつけたんだろうが」

「来るのが早過ぎた。いくらなんでもな」

「わからねえ野郎だな。前にも言ったろうが。あん時たまたま近場を警邏《けいら》中だったんだ。そこへ一一〇番無線が飛び込んで――」

「俺の自転車に前もって悪戯《いたずら》してあった。違うか」

吉川の顔色が変わった。

今回の服役で得た唯一の収穫はマイクロ発信機に関する情報だった。地方警察でも内々に予算化され、本部はもとより一線の主《おも》だった所轄にも配備されたのだという話を受刑者の一人から聞いた。

「自転車に玩具《おもちゃ》を仕掛け、だから俺が大石団地に入ったのを知った。近場で張り込んでる最中に稲村の家から一一〇番が入った――そういうことだったんじゃないのか」

「ふざけたことぬかすんじゃねえ。玩具って何だよ？　そんなもん知らねえぜ俺は」

吉川はしらを切り、だが半分は開き直って言い足《た》した。

「あったら使うだろうよ。盗《ぬす》っ人《と》のクズ野郎をふんじばるためなら手段は選ばねえ」

「ああ、覚えておく」

雁谷署の刑事一課にも発信機が配備されている。それは間違いなさそうだった。

真壁は吉川を見据えた。

「もう一つ聞かせろ——俺が入った後、稲村の家で変わったことはなかったか」

「なんでお前がそんなこと知りたがる？」

「あったのか」

吉川は訝《いぶか》しげに真壁を見つめ、が、思い出したようにフッと笑った。

「あそこんちもお前に入られてミソがついちまったんだろうよ。たったの五日後にまた入られたぜ」

「また……？　手口は何だ」

「〝宵空《よいあ》き〟だ。いま馬淵の係が追っ掛け回してるタマでな」

「他には」

「あ？」

「他に稲村の家で騒ぎはなかったか」

「おい、何を嗅《か》いでるのか知らんけどな、無駄だぜ。もう稲村の家なんてねえんだよ」

「どういう意味だ」

「入られた後がもっと大変でな。半年もしねえうちに旦那が保証人でしくじって家屋敷を取られるわ、女房と離婚するわで――」

と、衝立の端からタコ焼きの青海苔《のり》を歯につけた若いのが顔だけ覗かせた。

「係長、電話です」

おう、と腰を浮かせた吉川を、真壁の手が引き留めた。

「稲村の女房は今どこにいる？」

「そこまでは知らねえよ」

吉川の巨体を見送ると、すぐさま中耳に声がした。笑いをこらえている。

《離婚してたんだね》

〈らしいな〉

《ってことは生きて別れたわけだよね》

〈興味がないんじゃなかったのか〉

《ないよ。修兄ィも興味なくしたろ？》

それには答えず、真壁は視線を壁に投げた。恭《うやうや》しく額に納《おさ》まった『警察職員の信条』のすぐ下に、課員の三月と四月の当直予定表が隠すでもなく貼《は》ってある。吉川の今月の泊まりは、三、九、十六、二十三の四回。馬淵は……。その部下たちは……。

〈啓二――全員のを刻《きざ》んどけ〉

《あいよ》

三十秒ほどみればよかった。放っておけば部屋中に貼ってある刷《す》り物すべてを丸々暗記してしまう。それほどの能力をもちながら、その能力をなにより発揮できたはずの受験教育にひょいと背を向けた。

《はい、完了》

真壁は腰を上げた。電話に出ているパンチパーマの後頭部に一瞥《いちべつ》をくれ、鉄扉へ足を向けた。おだをあげる若手の向こう、対角のソファから肌で感じるほどの視線が届いた。吉川の忠告通り、馬淵はかなり飢《う》えている。その般若顔に窪《くぼ》んだ両眼には、投票日間近の選挙参謀が票読みをしているかのような血走りがあった。

3

真壁は雁谷本町駅から県央《けんおう》電鉄に乗り、二つ目の鮒戸《ふなど》で降りた。

やたら横文字の看板がひしめく駅前通りを挟んで、市営の高層住宅が気味の悪いほど整然と並んでいる。その夥《おびただ》しい数の窓のどれかを目指す、夥しい数の背広やコートの流れに乗って真壁はせっかちに歩を進めた。
《修兄ィ、今度はどこ？》
〈黛《まゆずみ》と会う〉
《黛って……あの宵空きの？　じゃあ、稲村の一件の続きってこと？》
〈そうだ〉
宵に紛《まぎ》れて空き巣を働く職業泥棒。馬淵クラスのベテランが狙う宵空きの身柄とあらば、短期間に数をこなす黛明夫《あきお》あたりが第一候補に上がる。
啓二は不満そうに耳骨を叩いた。
《もう調べる必要ないじゃん。これ以上何が知りたいんだよ》
真壁は足を速めたが、啓二は収まりがつかない。
《ねえ、黛に何を聞くのさ？》
〈興味がないんだろうが〉
《だって――》
啓二の声が急に沈んだ。
《だってさ……わかんないんだもん、修兄ィの考えてること》
〈……〉

《最近多いもんなあ……。前は聞かなくったってなんでもわかったのに……》

無理もなかった。啓二が死んで間もなく十五年になる。実の母親に焼き殺された魂《たましい》はどこへも行き場がなかったのだろう、他にどうすることもできずに、もともと一つだった命に還《かえ》ってきた……。

真壁はモルタル壁のアパートの前で足を止めた。一階右端。窓に灯はない。腕時計に目を落とす。午後六時十分——。

何度か呼《よ》び鈴《りん》を鳴らし、不在を確信した真壁は踵《きびす》を返した。と、その足元に長い影が伸びた。黒いスタジャンをだらしなく着た若い男が片眉をつり上げ、顎《あご》も同じ角度に傾けて訪問者を観察している。手にはカップ麺《めん》が覗くコンビニの袋。

互いに顔は新聞で知っていた。

「もしかしてノビカベさんかい？」

黛明夫はクチャクチャとガムを噛《か》みながら小馬鹿にするように言った。

「デカとブン屋のたわごとだ」

真壁が切り返すと、黛は鼻で笑った。

「入ってるって聞いてたがな」

「今朝《けさ》出た」

「そうかい。で？　何か用か？　同業者がご対面なんてのは洒落《しゃれ》にならねえだろう」

「取り引きだ」

「取り引きだあ？」

おうむ返しの語尾がひどく上がった。

「あんた、ムショボケしちまったんじゃねえだろうな」

「二年ぽっちでボケるほど辛《つら》くも楽しくもない場所だ」

黛は、だよな、といったふうに頷《うなず》き、「まあ入んな」とドアに顎をしゃくった。

二間《ま》の部屋は思いがけずきちんと整頓されていた。黛は座椅子に胡座《あぐら》をかき、柱を背に立つ真壁を斜《しゃ》に見上げた。

「取り引きとやらを聞こうじゃねえか」

真壁はハーフコートの懐から紙切れを取り出し、テーブルの上に放った。

4月――5　11　17　22　28

「何だよこれ？」

黛が尖《とが》った目を真壁に向けた。

「来月の当直予定だ」

「当直だと？――誰のだ？」

「馬淵だ」

黛の目が見開かれた。

「般若野郎の？」

「奴に的割りされてんだろう、お前」

「ああ、奴のお陰で動きがとれねえ。ヘビみてえにしつっけえんだ、あのデカは」

言いながら黛は舌なめずりした。当直の夜ばかりは刑事も自由に動けない。

「だがよ――」

黛は狡猾《こうかつ》な笑《え》みを真壁に向けた。

「あんた、最初っから手の内ストリップしちまっていいのかい？　俺の方があんたの話を呑めないってこともあるぜ」

「一つ聞かせろ――お前、大石団地の稲村って家に入ったな」

「稲村……？」

「二年前だ」

黛はくるりと瞳を一回転させ、思い当たったようにその瞳を止めたが、今にも爆笑しそうな顔で言い放った。

「どこそこに入りましたなんて人様にウタっちまう馬鹿がいるか？　ええ？」

「仏間にドレッサーがあった」

「おいおい、だからよ」

「化粧瓶は並んでたか」

ウッと詰まって黛はまた瞳を回転させた。職業泥棒の誰もがそうであるように、物色した部屋の様子は脳の皺《しわ》に刻み込まれている。

「それだけ教えろ。ドレッサーに化粧瓶は並んでたか」

黛は押し黙った。若いが、しかし裏街道を歩く人間特有の頑《かたく》なさが口元にある。

「手土産《みやげ》が不足か」

真壁は黛を見据えて言い、一拍《いっぱく》置いて続けた。

「だったらこういうことでどうだ。俺が明日から仕事にかかる」

「どういう意味だよ」

「馬淵はどう出る。お前を追い続けるか。それとも俺に乗り替えるか」

黛はぼんやりした瞳に瞬《まばた》きを重ね、ややあって、卑屈な笑みを口元に浮かべた。数字の並んだ紙切れに手を伸ばし、それをスタジャンのポケットに押し込むと、あさっての方に向かって言った。

「ズラッと並んでたぜ」

「何本だ」

「大小十本はあったな」

「ラ・ベリテだな」

「ああ。全部そいつだった」

「邪魔したな」

「ちょ、ちょっとあんた――」

部屋を出る真壁に黛が慌《あわ》てて声を掛けた。

「それがなんだってんだよ。化粧瓶のことなんか聞いて」

真壁は背中で言った。

「人にモノを聞くときはブツを用意しろ」

4

真壁は鮒戸駅のホームで夕刊を買い、鉄骨の柱を背に紙面を開いた。この時間帯は降りる一方の駅だから人影は疎《まば》らだ。
　待ちかねたような声がした。
《ラ・ベリテも何か関係あるわけ？》
〈下りたんじゃなかったのか〉
《もう意地悪言うなよ。わかったよ、謝るよ。だから教えてよ最初っから。ホント言うとさ、俺、ぜんぜんわかんないんだ。稲村葉子の殺意だってさ、なんで修兄ィがそう思ったのかとか》
〈………〉
《ねえ、ねえってばあ、修兄ィ》
　真壁は小さく舌打ちして新聞を畳んだ。
〈現場をもういっぺん思い出してみろ〉
《現場って……稲村んとこの？》
〈そうだ〉
　十秒ほどして中耳に声が戻った。
《あの……修兄ィ》
〈何だ？〉

《何を思い出せばいいの？　わかんないよ》
　真壁は一つ息を吐いた。
〈電話台の引き出しに何があった？〉
《ああ、そういうことか》
　声が弾《はず》んだ。啓二の最も得意とするところだ。
《アナログの腕時計、名刺入れ、マイルドセブン、タイピン、ボールペン、それに薄茶色の札入れ。中身は大きいのが二枚》
〈なかった物は〉
《えっ？》
〈あるべき物で、なかった物だ〉
　こうなると啓二の領域から外れる。
《なぞなぞ？》
〈……………〉
《降参。ねえ、教えてよ》
〈ライターだ。煙草があって、ライターがなかった〉
《あっ、そういえばそうだね》

〈テーブルの上には何があった〉
《えーと、グラスが一つ、空のオールド、半分ぐらい飲んだホワイトホース、ピーナッツ、テレビのリモコン、くしゃくしゃのマイルドセブン、灰皿》
〈ライターは？〉
《なかったよ》
〈灰皿は吸殻の山だった。煙草の空箱もあった。なのにライターがない〉
《それじゃあライターは……》
〈おそらく女が握りしめていた——布団の中でな〉
《ええっ！》
大声が耳骨から蝸牛《かぎゅう》に響いた。真壁は顔を顰《しか》めて軽く耳に手を当て、清掃の駅員をやり過ごしてから言った。
〈オールドが空き、ホワイトホースも半分減っていた。グラスは一つ。旦那は一人で飲み、かなり酔って寝込んだとみていい〉
《それじゃあ、稲村葉子はライターで放火して旦那を……ってこと？》
間もなく上り電車が到着するとアナウンスが告げた。行くあてはあるが、真壁は迷っていた。

《けどさあ、しつこいようだけどそれってみんな修兄ィの想像じゃんか》

〈女もな〉

《えっ?》

〈女もじっくり想像を巡らした〉

《どういうこと?》

〈家が焼けたあとのことを考えた。ストーブの灯油を撒《ま》く。火を放つ。旦那が焼け死ぬ。サツが調べに入る……。万一タンスでも焼け残り、中が空っぽだったりしたら自分に疑いの目が向く。それで服は諦《あきら》めた。靴も小物も家財道具もそうしてすべて諦めた。だがな、化粧品だけは諦めきれず事前に運び出しておいた〉

《なんで化粧品なんか》

真壁は宙を見つめた。

〈白かったからな〉

《えっ?》

〈女の肌だ――ラ・ベリテは店頭売りしていない。取り寄せに日数がかかる〉

《金目の物より白い肌ってこと?》

〈あれだけ白いと白いままにしておきたくなるだろう〉

《へえー、そういうもんかなあ……》
〈白い肌が好きな男はごまんといるしな〉
《えっ？　それって旦那の他に男がいた……ってこと？》
真壁はホームに入ってきた上り電車に目を戻し、だがその眩《まばゆ》い車両に背を向けて、下り線の側に立ち直した。啓二は反応せず、話を続けた。
《修兄ィ――でもやっぱり、俺、稲村葉子に殺意はなかったと思うな》
〈なぜだ〉
《だってそうだろ。本気で旦那を殺す気なら、稲村葉子は修兄ィをやり過ごして、それから火をつければよかったんだよ。なのに一一〇番したじゃないか》
〈それで俺は気づいたんだ〉
《えっ？》
〈なんで女は一一〇番した〉
《そんなの決まってらあ、忍び込んだ修兄ィに気づいたからさ》
〈違う。俺が車に近づいたからだ〉
《どういうことそれ？》
〈ラ・ベリテは車に積んであったんだ〉

《そうなの？　修兄ィ見たの？》

〈いや〉

《だったらなんで断言できるのさあ》

〈お前が言うように、女は俺をやり過ごすつもりでいた。だが、俺は二階の様子を窺おうと車の陰に身を潜《ひそ》めた。女はどこかの窓からそれを見ていたんだろう。車の中を物色されていると勘違いして慌てた。女にしてみれば、殺意を秘めた唯一の証拠が積んであったわけだからな〉

《うーん、そうかなあ……。なんかピンとこないけど》

〈あるはずの物でなかった物がもう一つあったろう〉

《えっ？　なに？》

〈車のキーだ。それも女が握っていた。家が焼け落ちて見つからなくなったら困るからな〉

啓二の驚きの声は、ホームに迫った電車の警笛に掻き消された。

真壁はガラガラの車内の隅に立ち、次の下三郷《しもさんごう》で降りた。

落ち着きを取り戻した声が中耳に流れた。

《だけど不思議だね》

〈何がだ〉
《五日後に黛が入った時はラ・ベリテがちゃんと並んでいたんだから、稲村葉子は旦那を殺す気がなくなったってことでしょ？》
〈………〉
《そうだよね》
啓二の声が弾んだ。
《もうどうでもいいよね、そんなこと。修兄ィの言う通りでいいや。稲村葉子は旦那を殺そうと思って起きていた。車を物色されたと思って慌てて一一〇番した。それでいいよ。発信機を仕掛けられてたってこともわかったしさ、ねっ、これで修兄ィがパクられた時の状況はぜーんぶわかったんだから。結局、殺しはなかったし、二人は別れちゃったし、そうすりゃ俺たちにはもうぜんぜん関係ないわけだし。なんか俺、嫌でさあ。今回の稲村んちの件、修兄ィがどんどん遠くなっていくみたいな感じがして――》
〈久子《ひさこ》に会う〉
《あ……》
暗がりの路地の突き当たり。二階建ての『福寿荘《ふくじゅ》』が見えていた。
わかってたさ。そんな溜め息を漏らして啓二は気配を断った。

真壁は錆《さび》の浮いた鉄階段を上った。左端の部屋。「安西《あんざい》」のプラスチック表札。中指の節《ふし》でドアを叩いた。応答がない。もう一度叩いた。ややあって細くドアが開き、青ざめた安西久子の左半分が覗いた。

「そんなに叩かないで」

「……一人か」

諦め顔で小刻みに頷く肩先をかすめ、真壁はフローリングのひんやりした床を踏んだ。いじらしいほど狭い台所の奥に八畳の和室。二年前のままだった。ブルーの絨毯《じゅうたん》、薄紫色のカーテン、安っぽい洋風の電灯を背丈より低いところまで吊《つ》り下ろしている。折り畳み式のテーブルには保育園の真新しい通園手帳がどっさり積まれ、ベッドの脇には色とりどりのティッシュの造花と「ご」「入」「園」の順で並んだ筆書きの模造紙があった。

久子は他人の家に上がり込んだかのように、突っ立ったまま落ちつきなく部屋を見回すと、視線を合わせず「いつ？」と聞いた。

「今朝だ」

「そう……。あたし、知らなかったから」

「いいんだ」

「あ、コーヒー淹《い》れるね」

「あとでいい」

「淹れる」

つつっと台所へ逃げる久子の手首を摑まえた。

「やっ……」

久子は小さく発した。

「コーヒー淹れるんだから」

久子は無理に笑顔をつくり、だが真壁が腰を引き寄せると、また顔を強張らせて身を捩《よじ》った。肘《ひじ》が電灯を突き、紐《ひも》が長い分、呆《あき》れるほど大きく揺れて久子の頬に繰り返し陰影をつくる。忘れかけていた香りが鼻孔をくすぐり、それが悪寒《おかん》のように全身を粟《あわ》立たせた。

言葉が見つからなかった。真壁は久子をきつく抱いて膝《ひざ》を折った。

上気した顔がティッシュの造花に埋まった。利口そうな広い額《ひたい》がより際《きわ》立ち、潤んだ瞳が幾つもの内面を訴えつつ揺れた。

真壁が腕に力を込めると、細い体が弓のように撓《しな》った。

「だって……まだ……」

通園手帳の山が崩《くず》れてドミノの残骸のように筋を引き、辛《かろ》うじてテーブルの隅で止まった。こぼれそうな笑顔の園服が十ほども並んだ。久子の下で模造紙がガサガサ騒ぐ。

中耳は静まり返っていた。

だが、わかる。

啓二は久子の温《ぬく》もりを欲している。

5

真壁は毛布を撥《は》ね上げた。

硬直した体が緩《ゆる》むまでに時間が掛かった。

香水の香り。柔らかな日差し。見回したどこにも鉄格子《ごうし》はなかった。

夢を見た気がする。

はためく真っ赤なカーテンのような炎。全身黒焦《こ》げになった啓二が床に這《は》いつくばっている。熱いよ、熱いよ、と手を伸ばしている。真壁も懸命に手を伸ばす。やっとのことで届くが、ほとんど骨だけになった啓二の腕はドライフラワーのようにカシャカシャと音をたてて壊《こわ》れてしまう。炭化した胴や足が連鎖的に崩れていく。ついには目と唇だけが残って、それでも、熱いよ、熱いよ、と言い続けている——。

ひところ毎晩のように見た夢だから、本当のところ今朝方見たかどうかはわからない。

確かなのは、刑務官の「起床！」の声で飛び起きたことだった。

時計は九時を回っていた。久子の姿はなく、ティッシュの造花も模造紙も嘘《うそ》のように消えていた。テーブルの上にラップの掛かったハムサンドがあるが、久子が真壁とのことを迷っているのは、伝言のメモ書きがないのでわかる。

ゆうべ、二人は一つになれなかった。迷いは、久子よりもむしろ、真壁のほうに大きかったか。

中耳は沈黙したままだ。真壁も呼び掛けずにいた。

「三人」は一つになれない。そういうことなのかもしれなかった。

真壁は裸のまま洗面所に立ち、温みのない蛇口《じゃぐち》の水で頭まで洗うと、身支度《みじたく》を整えてアパートの外階段を下りた。

モスグリーンの自転車はアパートの裏庭にあった。「ひさこ」をもじった「8・3・5」の数字でチェーンロックを解除する。「ひ」に漢字の「日」を充《あ》てて「8」と読んだのが久子の自慢だった。「これなら盗まれないよね」。後になって、その自転車が泥棒の足になっていたと知った久子の嘆《なげ》きは大きかった。

真壁は自転車を観察した。新たな情報を得れば新たな習慣が必要になる。まずはハンドルの握り部分のゴムをねじって外《はず》す。空洞のパイプの中に指を差し入れ、内径に沿って回転させる。ひんやりとしたアルミの感触だけが脳に伝わった。もう片方のハンドルも探り、サドルやタイヤカバーの裏も念入りに調べて、それでも何もないとわかると、周囲を見回しつつ自転車を乗り出した。雁谷方面へ向かう。
《おはよう》と抑揚《よくよう》のない声。
〈ああ〉
《どこ？　仕事の下見？》
〈それもある〉
《も、ってなにさ？　まさかだよね》
〈女の居場所を探す〉
《やっぱりかよ！　なんでさ？　白いうなじにイカれちまったのかよ。修兄ィには久子がいるじゃんか》
〈うるさい〉
《それとも稲村葉子に聞くの？　なんで殺そうとしたかって？　どうして殺すのやめたんですかって？　泥棒が殺人未遂の犯人とっちめたってしょうがないじゃん。稲村葉子は離婚したんだろ。もうほっといてやんなよ》
〈黙れ〉

真壁は語気荒く言った。

《な……なんだよ、そんなに怒って》

〈お前、許せるのか〉

《えっ？》

〈悔《くや》しくないのか、生きたまま焼かれて〉

《あ……》

〈女の事情なんかどうだっていい。俺はただ女のツラを見てみたいだけだ。人を焼き殺そうなんて考える女のツラをな〉

家が焼けた日、真壁は久子と京都にいた。久子を初めて抱いた、その夜だった。耳鳴りがした。激しい頭痛に襲われた。頭蓋が揺さぶられた。そして、声を聞いた。

熱い！　熱いよ！　修兄ィ！　修兄ィ！――。

真壁はペダルを漕《こ》ぎ続けた。

十五分ほどして啓二が戻ってきた。

涙声だった。

《修兄ィ……。俺、ぜんぜん平気だから……。もうどこもなんともないから……》

6

駅三つ分を自転車で走った。

雁谷本町駅の裏手、「オアシスランド」は一階がゲームセンター、二階パチンコ、三階ビリヤード、四階には雀荘とスマートボールが入っている。目指す相手はどこの階にいてもおかしくない遊び人だから、真壁は一階から順に見て回った。

「真壁さん！」

大室誠《おおむろまこと》は雀荘のソファにいて、向こうから真壁に気づいて駆け寄ってきた。

「いつ？」

「昨日だ」

「そいつはおめでとさんでしたあ」

「誠、ちょっと付き合え」

真壁は自販機の並ぶ休憩コーナーに足を向けた。小銭で缶コーラを落とし、追いついてきた大室の眼前に突き出す。

「お前、稲村って家の競売《けいばい》に噛《か》まなかったか」

大室は片目を瞑《つむ》ってプルトップを引き、泡を一口吸ってから「稲村？」と首を傾《かし》げた。

高校中退の大室はこの界隈を仕切る競売師の使いっ走りをしている。競売の公示が出ると、リューマチが大ごとになったボスに代わって動産物件をタダ同然で競《せ》り落とし、それをそのまま傷物専門のバッタ屋に流して遊ぶ金をせしめている。真壁がまだ駆け出しで、貴金属やブランド品にまで手を出していたころ、それらの盗品をせっせとさばいていたのも二十日鼠《はつかねずみ》を連想させる前歯のこの男だ。

「覚えてないか？　一年半ぐらい前だ。大石団地のブロック塀」

「ああ、あれね！　行った行った」

大室は声を上げ、だがすぐに眉をひそめて逆光に翳《かげ》る細い顔を窺った。

「真壁さんがパクられたウチだよね」

「そうだ」

「うん、そうそう、あそこんちは女房がマブかったよ、たまげるほど色白でさ」

「話が早いな。その女を探してる」

「えっ？」

「お前、女の居所《いどころ》知らないか」

「知らないけど……。真壁さん、あの女ならよしたほうがいいよ」

大室は滅多に見せない真顔で言った。

「ヤバいのがついてんだ」

篠木辰義《しのきたつよし》。初めて耳にする男の名だった。

関西系の進出組員。百八十センチの長身にアルマーニのスーツを着込み、出会い系サイトや伝言ダイヤルで遊ぶ主婦を食う。シャブを使って虜《とりこ》にする。亭主にバラすと脅《おど》してゆする。金がなければ客を取らす。その篠木が稲村宅の動産の競売に割り込んできたのだという。

「俺はノータイムで手を引いたよ。他の連中もそうさ。ヤクザと関わりたくないもんなあ。だもんで、物件はまんまと篠木が落としたよ、八万ぽっちで」

真壁は無言で頷いた。

革製ソファ、大画面テレビ、高級ガラステーブル……。改めて買い揃えるとなれば百万は下らない家財道具を安値で取り戻す。債務者本人は競売に参加できない決まりだから篠木が出張《でば》ってきたということだ。もっともそこまで肩入れするとなると、篠木は稲村葉子を商品としてではなく、自分の女として囲い込んでいるのかもしれなかった。

「雁谷署の山根《やまね》が篠木のケツ追っ掛けてたんだけどね。結局ポシャっちゃったみたいね」

刑事二課の山根充《まこと》。確か吉川の同期……。

「しかしもったいないよなあ、変態ヤクザにつかまっちまって。あんないい女がさあ」

「自業自得《じごうじとく》だ」

「まあ、そうなんだけど、彼女の亭主も亭主でさ。もともと酒好きでギャンブル狂い。そこにもってきて破産で競売だもん」

その競売に参加したからだろうが、大室は稲村の家の事情にも詳しかった。

稲村道夫はレンタルビデオ店を開くという知人の保証人になったが、その男がほうぼうに借りまくった金を抱いて行方《ゆくえ》をくらました。折り悪《あ》しく、稲村は勤め先の貿易会社からリストラを言い渡されてますます酒に溺《おぼ》れ、ツケを回された借金を返すどころではなかった。ただ、強制執行で家屋敷を取られたという吉川の話は少し違っていて、家は借家だったから、裁判所の差し押さえは家財道具や車などの動産に限られた。妻葉子と離婚したのは、競売の後まもなくだったという。

「あのウチは子供もいなかったしね。亭主に三行半《みくだりはん》つきつけて出て行ったって話だよ。家財道具持参だもん、篠木とあの女、今ごろどっかでシッポリやってやがるんだろうなあ」

「運送屋はどこだった」

「篠木が連れてきた若いチンピラが運んでったんだ――あっ、本気で探す気？　マジで関わらないほうがいいって」

「ちょっとツラを拝《おが》むだけだ」

「ふーん、だったら話すけどさ、一年ぐらい前だったかなあ、俺、あの女、見かけたんだ。真夜中にウエスト通りで」

「水に漬《つ》かってるってことか」

「うん。髪をきっちりアップにしてさ、まあまあの店のママさん風だったよ」

「どこの店か調べがつくか」

「聞いてみるよ、三郷の友だちがいまあの辺りで客引きしてるから」

大室は探偵の顔で言い、が、三郷で思い出したのか二十日鼠の前歯を覗かせて悪戯《いたずら》っぽく笑った。

「ヘヘッ、ところで元気?」

「ん?」

「もう惚《とぼ》けちゃってえ、あのえくぼの可愛い保母さんさあ」

言われて真壁は、まだ久子のえくぼを見ていないことに気づいた。ゆうべ何度か笑顔を目にしたが、そういうことなら久子は笑っていなかった。

大室と別れ、階段に足を向けると、用意していたような台詞《せりふ》が中耳に流れた。

《白い肌が好きなのはヤクザだったんだ》

真壁は自転車を乗り出した。駅の西側に広がる新興住宅地へ向かう。
《もう仕事の下見？》
〈そうだ〉
《黛と約束したから？》
〈それもある〉
《吹っ切れた、ってこと？》
〈………〉
《なんかさ、稲村葉子の顔を見る前に動機のほうが先にわかっちゃった感じだよね》
〈どうわかったんだ〉
《保険金狙いの殺しさ。ヤクザが女に知恵をつけたんだよ》
〈ありえるな〉
答えながら、真壁の視線は周囲の住宅を舐《な》めていた。塀の高さ。家の外壁の凹凸《おうとつ》。飼い犬の有無《うむ》――。
《殺せって脅されてたのかもしれないね》
〈そうだとすると別の疑問が浮かぶ〉
《何？》

〈ヤクザに脅されてたにもかかわらず、女は殺しをやらなかった、ってことだ〉
《あっ、そうか。そうだよね。なんでかな》
〈今ごろ興味が涌《わ》いてきたのか〉
《違うよ。そんなんじゃないけどさ》
〈保険金殺人ほど簡単に大金を手にできるヤマはない。女もやる気でいた。こんなおいしい話をヤクザがそう易々《やすやす》と諦めるはずがない〉
《うん、確かに不思議だよね。修兄ィはどう思うの？》
〈ヤクザを動かすのはヤクザ。止めるのもヤクザ、ってことだろう〉
《組織……ってこと？　なんかヤバそうな話になってきたなあ》
　団地の地図は頭に入った。目ぼしい家は五軒。下見を終えた真壁は商店街に自転車を向けた。ドライバー、ペンライト、ガムテープ。三つの店で買い分ける。
《で？　どうすんのさ修兄ィ、稲村葉子探しは？　大室からの連絡待ち？》
〈ずいぶんと協力的だな、今日は〉
《違うって。だってほら、修兄ィは稲村葉子の顔さえ見れば気が済むわけだろ？》
〈そうだ〉
《だったら早く見ちゃって、お互いすっきりしたいじゃん。けどさ、大室からの続報は期

待薄だよね。見かけたのは一年も前でしょ。稲村葉子の相手はヤクザなんだから》
真壁は頷いた。水商売では済まない。もっと堕《お》ちている。この街にいるかどうかだって怪しい。
〈まずは篠木の居所を――〉
言い掛けて、真壁はペダルを踏む足を止めた。
《どうしたの修兄ィ？》
真壁は自転車のハンドルを凝視していた。握りの部分のゴムがずれている。一ミリ。いや、その半分――。
啓二が叫んだ。
《ああっ！　チクショウ、やりやがったな！》
いつ弄《いじ》られたのか？
考えるまでもない。オアシスランドで大室と話をしていた間にだ。
《聡介の野郎だよ、きっと！》
〈釘を刺されてすぐやる馬鹿はいない〉
《じゃあ誰さ？　あっ、そうか！　般若の馬淵だ！》

7

真壁は夜を待ち、雁谷署員が住むアパート型の官舎に足を向けた。

久子の自転車はオアシスランドの駐輪場に置いてきた。ハンドルの中に仕込まれた発信機は外さずにおいた。陽動に逆利用できる。

五階建ての官舎は大半の窓に灯があった。真壁は階段で二階に上がり、「吉川」の表札の出たドアの呼び鈴を押した。すぐにドアが開き、神経質そうな女の顔が覗いた。女房とは初対面だった。真壁と言って貰えばわかると告げると、その声が聞こえたらしく、奥からパジャマ姿の吉川が出てきた。パンチパーマをタオルでゴシゴシ拭《ふ》いている辺りは気安いが、昨日の今日の来訪だから怪訝《けげん》そうな顔ではある。

「官舎まで押しかけるたあどういう了見だ」

「近くまで来たんでな」

「早く上がれ。見られたくねえ」

通された六畳間は、襖も壁も隙間なく子供の賞状や下手《へた》くそな絵がベタベタ貼られていた。カレンダーも子供の手づくりらしく、誕生日だの塾の予定だのが色とりどりのマジックで書き込まれ、3、9、16、23、29と吉川の当直日にも赤丸がくれてある。ちゃぶ台にはB5判の刷り物が広げてあった。『ご家族様へ』で始まる文面は、ねちねちと回りくどいが、要するに、旦那が不祥事《ふしょうじ》を起こさぬようきちんと女房が見張れ、おかしいと思ったらすぐに上司へ連絡せよ、に尽きる。来月は『盗犯月間』であると同時に、『身上掌握等個別指導強化月間』でもある。

台所で女房とヒソヒソやっていた吉川が現れ、チッと舌打ちするなり、B5用紙をくしゃくしゃに丸めてオーバースローでごみ箱に放り込んだ。

「ブン屋にしちゃ時間が早いと思ったがな。実際うるせえんだあの連中」

ブツブツ言いながら、吉川は座布団を真壁の胡座の膝先に押しつけた。うるさいはずの記者をこの座布団に座らせ、真壁のノビの手口から生い立ちまですっかりリークしたのも、しれっとした顔に軟膏《なんこう》を擦《す》り込むその吉川である。

「いいのが入ってるようだな」

真壁が言うと、吉川は、何が？　の顔をこっちに向けた。

「この時間にお前が帰れるんだ」

吉川は自嘲《じちょう》気味に笑った。

「たいしたんじゃねえよ。目覚まし時計や炊飯器まで担《かつ》ぎだしちゃあ質屋に持ち込む雑食のジジイとか」

「佐藤《さとう》の爺《じい》さんか」

「当たりだ。あとは変態の下着ドロに、万引きに毛の生《は》えたスタンド荒らしの若造グループとか……。まあ、どれもタマは悪いが頭数が揃ったんでな。ぼちぼち叩いて足し上げりゃ、そこそこ数字は出るだろ」

「月間まで貯金しておく、ってわけだな」

「おうよ、大物はいらねえ。お前みたいのに関わって時間ばっか食ってよ、署長や課長に散々厭味《いやみ》言われたんじゃ割に合わねえ。とにかく仕事はコツコツが一番よ」

女房が怯《おび》えと憐《あわ》れみの入り交《ま》じった顔で茶を出し、足音を殺して消えた。代わりに右手の襖が細く開いて、好奇心の塊のような六つの瞳が二つずつ縦《たて》に並んだ。吉川が手首を振って追い払う。

「で？　今日は何だ」

「子供にやってくれ」

真壁は手土産のタイ焼きを突き出した。

「すまんな、と言いたいところだが、タイ焼きで鯛ってわけにはいかねえぜ」

「聡介、一つ聞かせろ」

「ここならいいがな」

爪《つめ》切りに手を伸ばした吉川がつまらなそうに言った。

「よそじゃ苗字《みょうじ》で呼べ。さん、をつけてな」

「ああ、覚えておく」

「で、何が聞きてえんだ？」

「篠木のことだ」

パチンと爪を飛ばして、吉川が意外そうな顔を上げた。

「篠木って……篠木辰義のことか」

「そうだ。二課で調べてると聞いた」

言われて吉川は畳に目を落とした。真下の部屋に、刑事二課の山根充が住んでいる。

「ああ、山根んとこだ。組を叩く突破口にしようってんで、いっときしゃかりきになってケツを追ってたよ」

「潰《つぶ》れたのか」

「っていうかな、篠木の野郎が帰っちまったんだ関西に。それでオジャンよ」

「関西……のどこだ？」

「大阪だろう。詳しくは知らねえ」

「女はどうした」

「女?」

「稲村のところの女房だ。一緒に大阪へ行ったのか」

爪が飛んだ。ややあって、吉川の無表情が真壁に向いた。

「詳しいんだなお前。だがよ、なんだって盗っ人野郎が入った家の女を追っ掛け回すんだ?」

「女も一緒なのか」

「ああ、そうらしい。詳しくは知らんがな」

真壁は腰を上げた。

「邪魔したな」

「おいおい、聞くだけ聞いといてよ」

吉川はムッとした顔で見上げたが、自宅でパジャマを着てしまった刑事は例外なく猫のようにおとなしい。

「ちょっと待てや真壁。ゆうべはどうしたんだ? 保護会泊まりか」

「いや」

「ん? おい、それじゃあ三郷かよ? へえ、よく入れてくれたな、あの保母さん」

「………」

「誤解するなよ」

そう前置きして吉川は眉も声もひそめた。

「実際お前がうらやましくなることがあるんだよ。俺だってな、実家のジジババや女房やガキどもも一人残らずいなけりゃな、お前みたいに勝手気ままにやってみてえ」

顔は本音《ほんね》のそれだが、肩は茶の間の空気にどっぷり漬かって萎《な》えきっている。

「グチは飲み屋で言うんだな」

真壁は官舎を出た。足早に階段を下り、が、その足がふっと止まった。

何かが見えた気がした。いや、何かを見た――。

《どうしたの修兄ィ？》

〈………〉

《ねえ――ねえってば》

真壁はオアシスランドに戻り、久子の自転車を乗り出した。三郷に向かう間、啓二の声を遠ざけた。

久子の部屋には、作り置きのカレーと短い書き置きがあった。

「今夜は実家に泊まります」

8

真壁は部屋の隅《すみ》で仕事の準備を始めた。ハーフコートのポケットを裏返しにして、袋の底の部分をカッターで小さく切る。その穴にドライバーを差し込み、裏地との間に滑り込ませる。透明のマニキュアを手際よく十指の腹に塗り付ける。手のひらにもたっぷり塗って掌紋《しょうもん》を消していく。

《復帰第一戦かあ》

啓二が溜め息混じりに言った。

《いいんじゃないの、黛との約束なんかパーにしちゃって》

〈食うためだ〉

《食うだけじゃなくてさ、食わせることとかも……》

啓二は途中でやめた。言わずともわかる。久子のことはどうする気なのか――。
部屋には時計の音だけがあった。
《あっちはしょうがないもんね、大阪じゃ》
気を取り直したように啓二が言った。
《ホント言うと、俺もちょっと知りたかったけどさ、なんで稲村葉子が殺しをやめたのか》
〈………〉
《またダンマリ？　帰り道、ずっとだったじゃん。何考えてたの？》
〈答えが見えた気がした〉
《ホント？　どんな答え？》
〈………〉
《ねえ、教えてよ修兄ィ》
〈………〉
《まだ考え中……ってこと？》
〈そうだ〉
啓二は長い息を吐いた。

《じゃあ仕事に集中したほうがいいよ。マークされてるんだし》
久子の自転車は下三郷駅裏手の「レジャーサウナ・シャトウ」に乗り捨ててきた。電波的には、真壁はそこで夜を明かすことになる。
〈しばらくは安全だ〉
《なんでさ？　自転車のアリバイなんてすぐバレちゃうよ。下見した団地だって電波でバレバレなわけだし、なにしろ相手は般若野郎だぜ》
〈だからだ。奴は娑婆《しゃば》に出て日の浅い泥棒をパクったりしない。しばらくは俺の行動確認を続けて、たっぷりヤマを背負ったところで追い込みをかけてくる〉
《そうか。確かにそうだね》
電話が鳴った。マニキュアは乾いていたが、真壁は受話器を取らなかった。久子のくぐもった声が丁重《ていちょう》に不在を告げ、メッセージの吹き込みを促《うなが》した。電子音。数秒の沈黙の後、電話は切れた。
久子だろう、おそらく。
真壁は腰を上げた。その拍子に壁のカレンダーが目にとまった。
「25」。昨日の日付に小さく赤い印がつけられていた。保護司から情報を得ていたということか。いずれにせよ、久子は真壁の出所日を知っていた――。

真壁は部屋を出た。外階段を下りた。駅前で拾ったグレーの自転車を乗り出した。

赤い丸印が網膜にあった。それが点滅を始めた。二度……三度……。その時だった。脳に点在していた幾つもの情報が一気にひと所に集まって弾《はじ》けた。

ヤクザを止められるのは……。

〈啓二――女のツラを拝めそうだぞ〉

《えっ？》

〈女が殺しをやめた理由もだ〉

《ええっ！》

〈三日後だ。二十九日になればすべてわかる〉

9

三月二十九日夜。雨。三寒四温で言うなら、温の日にあたった。

雁谷本町駅の南、がっしりした体軀《たいく》の男が暗がりの角を折れ、川筋の道を急いでいた。傘を深くさしている。足が止まり、毛むくじゃらの手がマンションのガラス扉を押し開いた。集合郵便受けに手を伸ばす。「３０１」のボックスからチラシの束を抜き取り、と、その時、背後から声が掛かった。

「聡介——」

男の背筋がビクンと伸びた。それがまた、ゆっくりと曲がっていく。

「外じゃ苗字で呼べって言ったろう」

ドスの利《き》いた声が先にあって、パンチパーマの頭がゆっくりと回転した。

事情を察した顔と顔が向き合った。

「ちょっとツラを貸せ」

外に顎をしゃくり、真壁は踵を返した。

「デカをつけるたあ、いい度胸だ」

吉川はすぼめた傘を忌《い》ま忌ましそうにまた開き、児童公園に入る真壁の背を追った。

雨よけになる枝振りのいい桜の下で改めて向き合った。

真壁は一歩、二歩と間合を詰めて言った。

「301号室が大阪ってことか」

「どうやらな」

吉川は苦笑した。視線は真壁の肩を越え、マンションの三階に上がっていた。角部屋だ。窓に灯はない。

「俺だけだと思っていた」

　真壁が言うと、吉川は顔を戻した。

「何がだ？」

「あの晩、女は旦那を殺ろうとした。仕事に入った俺だけがそれを知ったと思った」

「なるほど。だが違ったってわけだ。確かに俺も知りえる立場にあったな。お前の仕事のケツを取るため懸命に調べたよ。家の中も外も車もな。舐めるように見たぜ」

「ライターと化粧品――他のデカなら間違いなく見逃したろうにな」

「褒め言葉か？　だがまあ、それほど俺も鋭かねえ。目が泳いでやがったのよ、あの女。俺が踏み込んだら視線を合わせねえ。長くやってるとわかるもんよ。自分に疚《やま》しいところがある奴ってのはな。それでじっくり調べてみたわけだ」

「白い女を抱きたかっただけだろう」

「ハハッ、図星《ずぼし》だ。そうこうするうち、篠木がウラにいることがわかった。で、女を署に呼んで攻めた。ひょっとして情夫《イロ》とつるんで亭主をどうにかしちまおうと考えたりしなかったか、ってな」

「女がデカに絡まれてると知って篠木は引いた」

「おうよ、そこんとこを褒めてくれ。二課の連中をけしかけて篠木の野郎を大阪へ追い返したんだぜ。殺しを一件未然防止。まったく表彰もんだ」

ヤクザを止められるのはヤクザ組織。だが、もう一つあった。ヤクザの首を縦に振らせることのできる強大な組織が。

「その篠木の後釜《あとがま》にお前が納まった。上出来だな」

「ああ、見事なもんだ」

吉川は他人事《ひとごと》のように言い、ややあって感情を殺した視線を真壁に向けた。

「で、そうだとしてどうするよ？　監察官にでもタレるか」

「サツの中のことに興味はない」

「だよな。だったら――」

吉川はしばらく思案を巡らすふりをしてから腹案を吐いた。

「こういうのはどうだ。俺はこの先、お前を野放しにする。他の係の情報も流してやる。お前はすべてを忘れる――どうだ？」

「興味がないと言ったはずだ」

「よーし、商談成立だ」

三階の角部屋に灯がついた。見上げた吉川の口元が緩む。

「田舎《いなか》のジジババも女房もガキどもも、みんなくたばったってわけだな」

「皮肉はよしやがれ。お前だってさんざん楽しんでるんだろうが。俺なんか可愛いもんだ、月に一度のお泊まりってヤツでな」

と、自分の言葉に思い当たって吉川はまじまじと真壁を見た。

「よく今夜だとわかったな」

「官舎のカレンダーは赤丸が一つ多かった」

「あ？」

「課に貼ってあった予定表のほうには二十九日の泊まりはなかった」

「フッ、つくづく抜け目のねえ野郎だ。泥棒にしとくのが惜しいぜ」

角部屋の窓のカーテンが揺れた。女のシルエット——。

吉川は舌なめずりをした。

「じゃあな。悪いが行くぜ」

「聡介——遊び呆《ほう》けて馬淵に食われるなよ」

途端、鬼面が振り向き、真壁の胸ぐらを摑んで締め上げた。

「名前で呼ぶんじゃねえノビ野郎！　まさか俺と対等だとのぼせてんじゃあるめえなあ！　テメエなんぞ人様の前に出られたザマじゃねえんだ！　一生涯、腐ったドブの中を這いずり回ってやがれ！」

怒声が耳に届いたのだろう、女がベランダから身を乗り出した。水銀灯にその顔が浮かび上がる。数秒のことだった。

真っ白な顔だった。目も鼻も口も少しも印象に残らない、表情もない、歳《とし》すらわからない、のっぺりとした、ただ白いだけの女の顔だった。

真壁は吉川の胸ぐらを摑み返した。

「よそ行きのネクタイが曲がってるぜ、聡介」

「こ、この野郎オ……」

互いに限界まで力を出し切ったところで、互いの体を突き放した。

「失《う》せろ。二度とそのツラ見せるなよ。いいな」

捨て台詞を残し、吉川はマンションの入口に消えた。

真壁は桜の木を背に腕組みをした。雨は小降りになったが、その場を離れずにいた。十分ほどして、紺色のローレルがマンションの脇の路地に停《と》まった。助手席に飢えきった般若顔があった。その膝元辺り、パソコン画面を連想させる青白い光源――。

真壁は公園の裏からそっとグレーの自転車を乗り出した。暗い路地を縫《ぬ》うように走る。

中耳にわくわくした声が響いた。

《どうなるかね?》

〈何がだ〉

《もう惚《とぼ》けちゃって。ちゃーんと見てたよ。掴み合った時さ、聡介のポケットに発信機を滑り込ませたじゃんか》

〈陽動だ〉

《そうも言えるけど一石二鳥狙いでしょ？　ヤバいよねえ、聡介の奴。商売敵《がたき》の馬渕に不倫現場を見られたりしたら》

〈ネタで縛って女を抱いてるんだ、それぐらいのリスクはあって当然だ〉

《でも、馬渕にバレれば稲村葉子はラッキーかも》

〈どういう意味だ〉

《だって、最初が酒びたりでギャンブル狂いの亭主だろ。次がヤクザで、そん次が悪徳デカだもん。男運が悪すぎるよ》

〈次も同じだ。また悪い男にくっつく〉

《そうかなあ。さっき見えた顔、めちゃくちゃ悲しそうだったじゃんか》

〈悲しそうだった……？〉

《だからさ、別の男と出会ってれば、別の人生があったのかなあ、とか思ったわけ》

〈……………〉

ふっと久子の笑顔が浮かんだ。えくぼのある笑顔。別の人生が用意されれば、久子はまたあの笑顔を取り戻せるだろうか——。

前方の闇が浅くなってゆく。目指す住宅団地が近かった。真壁はペダルを踏みしめた。雨はすっかりあがって、切り進む空気には春の粒子が確かに混じっていた。

刻印

1

五月十日午後七時——。

平日にもかかわらず、下三郷駅の裏手にある「レジャーサウナ・シャトウ」はひどく混み合っていた。サラリーマンの姿が目立って多い。サウナもそこそこにビールを呷《あお》ってごろりと横になる。畳敷きの大広間は、どこかの国のカルト教団が仕出かした集団自殺現場のようで足の踏み場もなかった。ここ数日そんな光景が続いているから、今年の大型連休もまた、家族サービスやら何やらで男たちの疲労を倍加させるだけの結果に終わったらしい。

真壁はドリンクスタンドの隅の席でウイスキーのグラスを傾けていた。

夕刊に目を通したら仮眠をとる。起床は午後十一時。食べていくのに必要最小限の仕事をする。一月《ひとつき》半前に出所して以来、真壁の生活は野生動物の生態に近かった。頭には昼間下見した住宅地の地図が入っている。公園沿いの通りの角から四軒目、ドマーニのある二階屋を今夜の獲物《えもの》と決めていた。

真壁は空《あ》いたグラスをカウンターに置き、隣の席を盗み見た。五十年配の銀縁眼鏡が、日本酒をチビチビやりながら夕刊に目を落としている。

さっきから中耳の辺りがざわついている。啓二が焦《じ》れているのはわかっていた。間もなく苛立《いらだ》った声が頭蓋に響いた。

《修兄《に》ィ、早いとこ読めって言ってやんなよ》

と、銀縁眼鏡が夕刊を畳んでカウンターの下の棚に置き、代わりに週刊誌を引っ張りだした。それと交差する手で真壁は夕刊を取った。社会面を開く。目当ての記事は紙面の中段に載《の》っていた。『警察官変死事件』——。

《今日も大きく出てるね》

〈ああ〉

素《そ》っ気《け》なく答えて、真壁は記事を目で追った。

四日前の深夜だった。雁谷署刑事一課の盗犯係長、吉川聡介が雁谷本町の歓楽街を貫《つらぬ》くドブ川に浮いた。死因は溺死《できし》……頭部に外傷……死亡推定時間は午前零時から二時までの間……。夕刊の続報記事は、新たに判明した事実を付け足していた。『吉川警部補の血中アルコール濃度の数値は泥酔《でいすい》状態を示していた』——。

啓二は唸《うな》った。

《泥酔かあ……。つまり、自殺の線は消えたってことだね》

〈最初からない〉

《だよね。聡介に限って自殺はないや。でも、自殺じゃないってことはさ、殺されたのかもしれないってことじゃん》

〈事故ってこともあるだろう〉

《水深三十センチだよ。そんなところで溺《おぼ》れ死んだりする？》

〈泥酔ならな〉

《怪我《けが》は？　頭に怪我してたんだぜ》

〈川に落ちた時に石に打ちつけた可能性もある。朝刊にはそう書いてあったろう〉

《突き落とされたのかもよ》

〈その可能性もある〉

《修兄ィはどっちだと思うの？》

〈どっちでもいい。俺たちには関係ないことだ〉

《そうだけどさ。いくらあんな奴でも、やっぱり死んだとなるとさ……》

〈だったら川に向かって拝《おが》んでやれ〉

隣の銀縁眼鏡がふっと真壁に顔を向けた。その真壁に連れがいないと知り、不思議そうな目に瞬《まばた》きを重ねた。「会話」の気配を感じ取る人間が時折だがいる。さっき突然夕刊を畳んだのも偶然ではなかったのかもしれない。

真壁は席を立った。フロアの奥にあるリクライニングルームのソファベッドから一人這い出たのを目にしていた。空いているのならベッドを選ぶ。畳敷きは監房の寝床に似て深い眠りを望めない。

歩きだしてすぐだった。

「真壁修一だな？」

振り向くと、いかつい男が二人、通路を塞《ふさ》ぐようにして立っていた。オールバックと若い坊主刈り。刑事には違いなさそうだが、どちらの顔にも見覚えはなかった。

三人で人けのない中庭に出た。

猪瀬《いのせ》と名乗ったオールバックは、もったいつけて煙草に火をつけると、煙に細めた目を真壁に向けた。

「随分と探したぜ。保母さんのアパートにシケ込んでるって聞いてたんだがよ。ひょっとしてフラれちまったか」

「用件は何だ」

「ほう、泥棒野郎が俺らにタメ口きくたぁいい度胸だ。まあいい、着替えてこい。でもって、ちょっとツラを貸せ」

「令状《フダ》を見せろ」

真壁が返すと、猪瀬はハッ！　と笑った。

「残念ながら任意だ」

「事件《ヤマ》は何だ」

「わかってんだろう。吉川の件だ」

「だったら無駄だ。俺は何も知らない」

「惚《とぼ》けたこと言うなよ。お前、吉川のポン友だったって話じゃねえか」

猪瀬は旨《うま》そうに煙草を吸った。

「小中学校の同級生だったんだろ。つるんで遊び回った仲だったって聞いたぜ」

「義務教育だからな」

猪瀬はまた、ハッ！　と笑った。

「おもしれえ。だがよ、三十ヅラさげた今でも付き合いがあったみたいじゃねえか。刑事と泥棒の間柄を越えた深い付き合いがよ。おう、聞いてんのか？　俺の耳にはこういう情報が入ってるぜ。一つ——二年前、お前が大石団地の稲村って家に忍び込んだ時にヘタ踏んで吉川にパクられた。二つ——その稲村んちの色っぽい女房をめぐって、ここんとこお前ら二人が揉《も》めてたって話だ」

真壁は猪瀬の目を見据えた。この男はどこまで知っているのか。

稲村葉子——。吉川を尾行して葉子のマンションを突き止めた時、ベランダに覗いた顔をほんの一瞬目にしただけだ。その後、接点はない。競売師見習いの大室誠から葉子が水商売をしているらしいと知らされ、店の名を調べるよう頼んだことはあったが、その結果すらいまだ聞いていなかった。

「女で揉める理由がない」

真壁が言うと、猪瀬はひどく不機嫌そうな顔になった。

「だったら、なんで二年も経《た》った今頃になって、女のマンションの前でお前と吉川が怒鳴り合ってるのが目撃されたりするんだ？」

馬淵周辺から出たネタということか。真壁と吉川の両方を知る人間は限られる。

「幼なじみの喧嘩《けんか》だ。女は絡んでない」

「ハッ！　都合のいい時だけ幼なじみか？　いいから早く着替えて行こうや」

猪瀬が真壁の腕を摑んだ。瞬時に振り払う。

「なぜ女の件にこだわる？　吉川を殺《や》りたがってた人間なんて掃《は》いて捨てるほどいるんじゃないのか」

「違《ちげ》ぇねえ」

猪瀬は笑いを堪《こら》えながら言ったが、煙草を踏み消して上げた目は鋭かった。

「だがよ、こだわらないわけにはいかねえんだ。ブン屋には伏せてあるがな、吉川はくたばる直前に女の店に行ってるんだよ」

「店に……」

「な、プンプン臭うだろうが、事件との関連ってやつがよ」

勝負の気配を漂《ただよ》わせつつ、猪瀬が二本目の煙草に火をつけた。

「着替える気がねえならここで聞くがよ――お前、五月六日の午前零時から二時までどこにいた？」

脳が反応するより速く、啓二が答えを知らせてきた。

松瀬《まつせ》町三丁目界隈で仕事中だった――。

真壁は押し黙った。

その横顔に煙草の煙が吹き掛けられた。

「河岸《かし》でも変えりゃあ、ポッと思い出すんじゃねえのか」

2

真壁に対する参考人聴取は、サウナに近い「下三郷交番」の待機室で行われた。

「手口は忍び込み専門……。綽名《あだな》はノビカベ……。お前、泥棒刑事《ドロケイ》の間じゃ随分と有名なノビ師らしいじゃねえか」

猪瀬はスチール椅子を前後逆《さか》さ向きにして座り、目の前の椅子を顎で指した。真壁が腰を下ろすと、若い坊主刈りがわざとらしく音を立てて背後のドアを閉めた。強行犯係の取り調べを受けるのは初めてだが、刑事の両眼が飢《う》えているという点でいえば、盗犯係も強行犯係も大差はなかった。

「さっきの続きだがよ」

「その前に聞かせろ」

遮《さえぎ》って真壁は言った。

「殺《や》られた、っていうのは確かなのか」

「そいつはわからねえ。新聞に出てたろう。外傷は頭に一つだけだ。事故死ってこともありうる。あのドブ川沿いの遊歩道の手すりは低いしな、吉川は泥酔だ。しかしまあ、仮にもデカが一人死んでるんだ、可能性はすべてつぶさねえとってことだ」

本音だろう。はっきり殺しだとわかっていれば、こんな悠長な聴取にはならない。

そこに付け込んだ。

「聡介が女の店に寄ったっていうのは本当なのか」

「嘘言ってどうするよ。十一時半ごろ現れたらしい。かなり酔っててな。店でもまたガブ飲みして、出て行ったのが午前零時。死んだのはそれから二時間以内ってことだ」

「一人で出て行ったのか」

「そうだ――おい、ブン屋気取りは大概《たいがい》にしとけよ」

「女の件で事件になるとすれば――」

真壁は先手を譲らなかった。

「関西絡みってことじゃないのか」

猪瀬は、ほう、と声を上げた。

「女を横取りした吉川への報復な……。いい読み筋だ。けどな、残念ながら篠木辰義はシャブで三月《みつき》前からムショ暮らしだ。スケコマシには動かせる鉄砲玉もいねえ」

てよかった。

「関西」とぶつけただけでこれだけの答えが跳《は》ね返ってくる。調べは相当進んでいるとみ

「ならば女が殺ったってことだろう」

「痴情のもつれ、な。まあ、その線も考えてはみたけどよ……」

今度の反応は鈍かった。二人の関係については単なる不倫とみているということか。一度は亭主を焼き殺そうと企《くわだ》てた葉子。その件をネタに体を要求していた吉川。裏事情を摑んでいれば、強行犯係は第一容疑者として葉子を締め上げているはずだ。

が、猪瀬が葉子に興味を示さない理由は別のところにあった。

「お前と違って、稲村葉子にはアリバイがあるのよ」

「アリバイ……」

「葉子の店でカンバンの午前二時まで粘《ねば》ってた客がいたんだよ」

真壁は首を捻《ひね》った。

「アリバイといえるのか」

「あ？」

「女と客が口裏を合わせたってことだ」

「疑り深《ぶけ》ぇ野郎だな。普通の客じゃねえんだ。とびきりのヒゲでよ」

ヒゲ。社会的地位のある人間を指す符丁《ふちょう》だ。議員や役人をよくそう呼ぶ。

とびきりのヒゲ……。

「古株《ふるかぶ》の県議あたりってことか」

「ハッ！　そいつは言えねえよ。まあ、神様みてえなヒゲだと思っとけ」

神様……。

「満足したようだな。それじゃあこっちの番だ」

猪瀬は逆さ向きの椅子を木馬のように揺らしながら、真壁との距離を詰めた。

「篠木辰義が消え、稲村葉子も消えた。残ったのは誰だよ？」

「………」

「お前が吉川と葉子の周《まわ》りをウロチョロしてたのはわかってんだ。ひょっとしてお前も葉子に気があったんじゃねえのか」

「さっき話した通りだ」

「じゃあこっちもさっきの質問をさせてもらうぜ。六日の午前零時から二時までだ。お前、どこで何してた？」

真壁は眼前の尖《とが》った目に焦点を合わせた。

「福寿荘で寝ていた」

「保母さんとか」

「一人だ」

「一人だあ？　だったら誰がアリバイを証明するんだよ」

「さあな」

言って真壁は立ち上がった。

「おい、ちょっと待てや」

猪瀬は目を剝《む》いてすごんだ。壁を背に立っていた坊主刈りが、機敏に体を移動させてドアを固めた。

真壁は坊主刈りを横目で睨《にら》みつけ、その目を猪瀬に戻した。

「参考人聴取のはずだな」

「この野郎、インテリぶりやがって」

沸騰しかかった猪瀬は、だが、すぐに薄ら笑いを浮かべた。

「そうだった、誰かが言ってたぜ。お前、大学の法学部に行ってたんだってな。司法試験目指して、将来は検事志望だったそうじゃねえか。ぼっとしてりゃあ、俺らはお前の指示を仰《あお》がなくちゃならねえとこだったんだ」

「……………」

「ところが、だ」

猪瀬は坊主刈りに聞かせる口ぶりになった。

「こいつに一卵性双生児の弟がいてな。そいつもべらぼうに頭が良かったのによ、弱っちぃ野郎で、受験に失敗したかなんかでヤケになってコソ泥になっちまったんだ。悲観したお袋さんはノイローゼよ。ある日とうとう家に火をつけてな、弟とお袋さんは焼け死んじまった。助けようってんで飛び込んだ親父《おやじ》さんまで煙に巻かれちまってよ。悲惨の一語だぜ。でもって、こいつも頭がおかしくなっちまったんだろう。葬式の後、焼き場で大暴れしてよ、駆けつけた交番の制服の歯を三本へし折って縄《なわ》を食らった。結局んところ、ノビ野郎に転落しちまったってわけだ。なんてえこった。結婚の約束までしてた可愛い保母さんを泣かせてよ。最低のクズ野郎だぜ、こいつは」

挑発にまんまと嵌《は》まって摑みかかれば公務執行妨害で別件逮捕だ。検事勾留《こうりゅう》も含めれば最低でも十日は吉川の件で叩かれる。

真壁はドアに足を向けた。握った拳《こぶし》に血脈を感じていた。

「どけ」

坊主刈りは猪瀬に目をやり、不満そうに頷《うなず》いて体を避《よ》けた。

「これで済むと思うんじゃねえぞ」

初めて口をきいた坊主刈りは、まだ二十四、五だろうに、先輩に劣らず立派にグレていた。

3

交番を出たが、中耳に声はなかった。

猪瀬の悪態をまともに受け止めてしまったのだろう。十九で死んだ啓二は、いまだ多感な十九のままだ。

十五年前のあの日、真壁は法を捨てた。

焼き殺され、黒焦《こ》げになった啓二を焼き場の釜で焼く。炎に包まれ、もがき苦しみながら死んでいったであろう弟を、もう一度、炎の中に送り込む。規則だと言われた。それが法律なのだと親戚と役人は口を揃えた。我を失った。拳を握り締めて走った。啓二の柩《ひつぎ》を焼き釜に送り込もうとする男たちをなぎ倒した――。

真壁は駅裏の路地を歩いた。盗犯ばかりか強行犯の刑事にまでマークされる羽目《はめ》になった。こうなると今日明日の仕事は難しい。

当座の凌《しの》ぎに幾つかアテはあった。真壁は背後に気を配りながら、二つ、三つと角を折れ、瘦《や》せた雑居ビルの階段を上がった。三階の奥、「トミーの店」で十万借りた。怪しげな輸入雑貨の卸《おろし》をしている加藤《かとう》某は、食い詰めた堅気《かたぎ》の人間より、腕のいい泥棒のほうが取りっぱぐれがないことを知っていて二つ返事で用立てる。ただし、利息は「トミー」だ。十日で三割を先渡しだから、真壁がポケットにねじ込んだ万札は七枚だった。

階段を下りて一階の喫茶店に入った。午後九時。夜は酒も出すようだが、毛羽《けば》立ったソファの並ぶ店内に人けはなかった。

真壁は窓際の席に座り、外の様子を窺《うかが》った。足を止めている者はいない。駐車車両に目を凝《こ》らす。二台。いずれも無人。

コーヒーとナポリタンを注文した。何か文句でもありそうな仏頂面《ぶっちょうづら》の若いウエイトレスが無言でペンを走らせ、実際には額《ひたい》の禿《は》げ上がったマスターに文句があるらしく、伝票を叩きつけるようにしてカウンターに置いた。そんなことだから、食後にしてくれと言ったコーヒーが先に届いた。

真壁は啓二を呼んだ。

気配はあるが返事がない。

真壁は短い息を吐き、ポケットから万札を取り出した。扇《おうぎ》に開いて七枚の札番号が並ぶようにする。

ＮＮ８４２３３４Ｄ——ＮＮ６９５６９５Ｆ——。

〈啓二、刻んどけ〉

《……》

記憶遊びに反応しない辺り、相当にへこんでいる。

真壁にしても右拳はまだ熱を帯びていた。

焼け落ちた自宅……。灯油の臭い……。何もかもが燃え尽き、思い出を呼び起こす手掛かりすらなかった。父は一階の廊下、母と啓二は居間の奥で二人折り重なるようにして躯《むくろ》になっていたという。母は啓二を掴まえて放さず、生きたまま——。

真壁はコップの水を飲み干した。

〈なあ啓二〉

《うん……やるよ》

カウンターの奥から押し殺した女の声が漏《も》れてくる。嘘つき。責任。約束……。マスターは無言だ。おそらく女房の座は奪えない。

《終わったよ》

〈ん〉

真壁は札をしまった。と、中耳に含み笑いが響いた。

〈ん？〉
《修兄ィ、ズルくってさあ》
一転、愉快そうな声だった。
《散々やったよね。お年玉でもらったお札の番号、片っ端から暗記してさ》
〈やったな〉
《修兄ィが言いだしたんだ、真顔でさ。お金は日本中を回ってきっと自分の所に戻ってくるって。いざって時にわからなかったらつまらないから番号を覚えとこうって》
〈ああ、言った〉
《だけど修兄ィは……ククッ、なかなか覚えられなくってさ、こっそり番号をメモして持ち歩いてたんだ》
〈お前ほど記憶力がよくなかったからな〉
《戻ってくる確率も計算したよね。デタラメ計算だったけど三億五千万分の一だった》
〈そうだったか〉
《そうさ——俺ね、中学入っても高校行ってもお札見るたび番号調べてたんだぜ。修兄ィは忘れちゃったろ？》
〈ああ、俺は忘れた〉

《でもさ、一回も同じ番号って見なかったなあ。世の中って広いんだよねきっと。一度手放したものは二度と戻ってこないんだ》

小さな間《ま》があった。

《久子もそうだよね》

〈…………〉

《きっとそうだよ。手放したら二度と戻ってこないよ》

三人でよく出掛けた。映画。ボウリング。車を借りて海へ行ったこともあった。その夏の終わり、久子は真壁を選んだ。それから間もなくだった。啓二が家に寄りつかなくなったのは――。

《修兄ィ、なんで福寿荘行かないのさ？　出所した日に行ったきりじゃんか。毎日、サウナやカプセルホテルに泊まってさ。電話だって一度もしてないだろ》

〈…………〉

《久子が可哀相《かわいそう》じゃんか》

〈…………〉

《ねえ、久子だってもう三十四だよ。マジで考えてやんなきゃ》

真壁は席を立った。

店の奥では、まだ二人の神経の掻《か》き回し合いが続いていて、ナポリタンは手つかずのようだった。キャンセルできるか、と声を掛けると、マスターは深々と頭を下げた。その頭をウエイトレスが涙目で睨みつけている。この二人なら、札が手元に戻るよりずっと高い確率でワイドショーを賑《にぎ》わす。

店を出た真壁は駅を目指した。

《どこ行くの？》

〈………〉

《福寿荘？》

〈雁谷本町だ〉

《えっ？　じゃあ、まだ聡介の件を――》

途中で声が消えた。啓二も気づいたらしい。

通りの向こう側、若いアベックが気を飛ばしてきていた。真ん中分けとおかっぱ。腕を組んではいるが男女の情がまるで通《かよ》っていない。

啓二が荒い息を吐いた。

《聡介の件が片づくまで福寿荘には行けないや。何人張り込んでるかわかりゃしない》

〈ああ〉

《面倒なことになったよね、ホントのアリバイは言えないしさ》
〈もう黙ってろ〉
真壁は足を速めた。警報機の音が聞こえていた。県央電鉄の踏切が近い。アベックが通りを渡った。教科書通り、十五メートルほど空けて後ろについた。
踏切の遮断機が下りきった。その瞬間、真壁は走った。バーを潜《くぐ》り、線路を突っ切り、向こう側のバーを潜ったところで振り向いた。真ん中分けとおかっぱが髪を上下に揺らして懸命に走っていた。が、踏切の手前で失速し、迫り来る電車のライトを忌《い》ま忌ましそうに横目で睨みつけた。

4

真壁は下三郷駅の西側の通りに回った。

個人タクシーを探した。電車では立ち回り先の駅で張られる。個人以外のタクシーも使えない。警察からタクシー会社へ流される要請や照会が、乗客にはわからない言葉で無線交信に紛れ込んでいる。

運良く、客待ちの個人タクシーを見つけた。

「雁谷本町へやってくれ」
運転手に告げると、待ちかねたように啓二が話し掛けてきた。
《ねえねえ、殺しだとすると、やっぱり稲村葉子が関係あるのかな？》
〈わからん〉
真壁は首を回して、リアウインドウ越しに後方を探っていた。軽トラック……。赤いスポーツカー……。気になるセダンがすぐ後ろについたが、よく見ると、助手席の顔は白髪の老婆だった。
真壁は首を戻した。
《カンバンまでいた客ってのが気になるよね。猪瀬が言ってたヒゲって何モンだろう》
〈神様……とか言ったな〉
《議員じゃないとすりゃあ、県庁とか市役所の幹部かな》
〈そういうヒゲは汚職《サンズイ》の獲物だ。神様じゃない〉
《ひょっとして、県警のお偉《えら》いさんかもよ。ほら、東京からきてるキャリア組とかいうやつ》
〈事務方《かた》にとっちゃ雲の上の人間だろうが、一線の刑事が神様とは呼ぶまい〉
《じゃあ検事？　警察の捜査を指揮したりするわけだから》

〈目の上のたんこぶ程度の存在だ〉
《じゃあ何さ？　わかってるなら教えてよ》
〈おそらくは判事だ〉
　啓二は驚嘆の声を上げた。
《ええっ！　裁判官ってこと？》
〈刑事がこいつはクロだと法廷に差し出せば、なんでも鵜呑《うの》みにしてクロにする。自分たちの仕事の評価を懲役の年数できっちり示してもくれる。刑事連中にとってみれば、日本の判事は神か仏だろうよ〉
《そっかあ。裁判官なら嘘をつくはずないってんで、稲村葉子のアリバイが成立しちゃったってわけか》
　真壁はまた後ろを探った。大型トラック……。タクシー……。
〈一つ引っ掛かるのは……〉
《えっ？　何？》
〈なぜ判事が稲村葉子の店にいたかってことだ〉
《どういう意味？》
〈仕事柄《がら》、判事は民間人との接触にひどく気を遣《つか》う。飲む店も決まっててな、歴代の判事

が引き継《つ》いできた料亭とかカタイところにしか行かないもんだ〉
《歓楽街のスナックなんかに入ったりしないってこと？》
〈そもそも、そんな店を知っているはずがない〉
《じゃあ誰かが裁判官を連れてった？》
〈ああ。おそらく店にはもう一人客がいた〉
啓二は息を呑んだ。
《そいつが聡介を殺った……？》
〈………〉
《誰？　修兄ィ、わかってるの？》
〈稲村葉子と判事――考えられる接点は一つだけだ〉
タクシーは雁谷本町の繁華街に入っていた。
真壁は「オアシスランド」の裏手で車を降りた。辺りの様子を窺う。この四階建ての娯楽センターは真壁の立ち回り先の一つとして、刑事が張り込んでいる可能性が高かった。
裏の従業員専用口から館内に入った。階段を上る。二階の鉄扉《てっぴ》を押し開くと、パチンコ店のトイレの脇に出た。十時五分前。店内は蛍《ほたる》の光のメロディーに包まれていた。
真壁は、刑事と目当ての男を同時に探した。

刑事はいない。大室誠はまだ未練がましくパチスロの台に張りついていた。相当負けた。目が血走っている。

「誠――」

声を掛けると、二十日鼠《はつかねずみ》顔がくるりと向いた。

「あっ、真壁さん」

「苦戦か？」

大室は掌底《しょうてい》で台をドンと突いた。

「もう五日連続負けっぱなし。こんなの初めてだよ」

「明日はツキも変わるさ」

言いながら真壁が歩きだすと、諦《あきら》めがついたのか、大室は残り少ないコインをポケットにねじ込みながらついてきた。

階段を下り、裏の駐車場に出て、灯《あかり》のない近くの公園に腰を落ちつけた。

「真壁さん、ずっとどこ行ってたのさ」

「あちこちだ」

「何度も三郷の保母さんのとこ電話したんだよ。そしたら逆に聞かれちゃってさ。真壁さんの居所《いどころ》教えて欲しいって」

真壁は応じず、本題に入った。

「前に頼んだ件だ。稲村葉子の店はわかったか」

瞬時、大室の動きが止まった。

「ああ、あれね。わかったよ。ムンクっていう小さいスナックを一人でやってる」

「どこだ」

「ウエスト通り。焼鳥屋の角を入って少し行ったとこにサボテンビルってのがあるんだけど、知ってる？」

「いや」

「そっか。真壁さんが入ってる間に出来たんだ。そこの二階。すぐわかるよ。けど——」

大室は眉を顰《ひそ》めた。

「前にも話したけどさ、あの女には篠木っていうヤクザがついてるから近寄らないほうがいいよ」

「篠木なら、とっくに関西に帰った。今はムショだ」

「えっ、そうなの？」

「それより、また一つ聞かせろ」

真壁は周囲を見回し、低い声をさらに落とした。

「例の競売の件だ」

二年前、借金のカタに稲村の家の動産が裁判所に差し押さえられ、執行官立ち会いのもと競売に掛けられた。その時、葉子が連れてきたのが篠木だった。債務者本人は競売に参加できない規則だから、葉子の代わりに篠木が競《せ》った。買い直せば百万はする家財道具一式をたった八万円で取り返したのだ。だが――。

「スケコマシのヤクザにそんな知恵があると思うか」

真壁が聞くと、競売師見習いは自信たっぷりに答えた。

「あるわけないさ」

「執行は轟木《とどろき》か」

「そ・お・い・う・こ・と」

大室はオーバーに呆《あき》れてみせた。

雁谷地裁には執行官が三人いて、古株の轟木初男《はつお》は自分の職権の大きさとその旨味《うまみ》をよくよく知っている。差し押さえに行った轟木が稲村葉子に知恵をつけた。そうみて間違いなさそうだ。

「奴は常習犯さ」

大室は吐き出すように言った。

「泣きつく連中に知恵をつけちゃあ、後で金や動産をバックさせるんだ。破産した貧乏人から毟《むし》るんだからハイエナ以下だよ」

　真壁は頷いた。

「轟木のヤサは艀戸《ふなど》だったな」

「いや、越したよこっちに。去年、農協センターの脇で不動産のバイが掛かってさ、須藤《すどう》っていう地面師が落としたんだけど、いつのまにか轟木のお屋敷さ。あいつは執行官より詐欺《さぎ》師にむいてらあ」

　大室の怒りは納まらなかった。聞けば、大室のボスがリューマチで動けないのをいいことに、東京の競売師グループが乗り込んできているのだという。やり口が荒っぽい。地元の競売師を干上《ひあ》がらせ、縄張りを乗っ取るために、損を承知で競売物件を高く買い続ける。家具やB級の骨董《こっとう》品をタダ同然で落札し、それをバッタ屋に売りさばいて食っている大室にしてみれば死活問題だ。轟木はバックマージンを気前よく寄越すその余所者《よそもの》連中に肩入れし、だから大室はここ半月、唯の一つも物件を落札できていないと嘆《なげ》いた。

「真壁さん、どうにかしてよ」

　とうとう最後まで、大室はいつもの人懐《なつ》っこい笑顔を見せずじまいだった。

5

午後十一時半。真壁は裏道を縫って「ウエスト通り」の一角に足を踏み入れていた。闇に重油をまき散らしたようなギトギトした灯。壁の染《し》みと化した辻商《つじあきな》い。年増《としま》の街娼《がいしょう》……。酔客は疎《まば》らだった。客引きの強引さは目を覆《おお》うばかりだから、客の方もおちおち酔ってもいられず、そうした悪循環がさらに底辺から不況を煽《あお》っているようだった。

《繋《つな》がったね。轟木が稲村葉子の店に裁判官を連れていったんだ》

〈おそらくな〉

《知恵をつけてやった代わりにタダ酒飲んでたんだよ、きっと》

〈ああ〉

《そこへ聡介が現れたんだ。修兄ィ、俺、考えたんだけど、ひょっとしてさ、事件のあった晩、月に一度のお泊まりの日だったたんじゃないかなあ》

〈ん？〉

《だってほら、あの猪瀬ってデカが、聡介は店に来た時にはもう酔ってたって言ってたじゃないか》

〈そう言ってたな〉

《じゃあやっぱりそうだよ。聡介は葉子のマンションで飲みながら待ってたんだ。その日は早く戻る約束なのに、いくら待っても葉子が帰ってこない。痺《しび》れを切らせて店に行ってみたら男が二人いた——どう？》

数秒思案して、真壁は答えた。

〈いい線だな。その先は？〉

褒《ほ》められた啓二は調子づいた。

《決まってるじゃん。聡介は面白くないからガブ飲みしたんだよ。それでベロベロに酔って二人にいちゃもんつけたんだ。轟木と喧嘩になって二人で店を出た。で、揉み合ってるうちに、ってことさ》

「サボテンビル」は五分ほど前に見つけていた。安全な距離をとって観察していたが、刑事とおぼしき人間の出入りはなかった。

《平気そう？》

〈ああ〉

真壁はビルに足を向けた。

《とうとう稲村葉子と会うんだね》

〈……〉
《嬉しい？》
〈どういう意味だ〉
《別に意味はないよ。ただ、なんか危険な感じがするだけ。修兄ィと葉子って女、どこか似てるような気がしてさ》
〈黙ってろ〉
真壁は四方に気を配り、すっとビルの入口を入った。上を警戒しつつ階段を上る。
《誠が言ってたよね。久子が修兄ィの居所知りたがってたって》
〈……〉
《修兄ィ、約束してよ。この騒ぎが終わったら福寿荘に行くって》
真壁は「ムンク」の扉を押し開いた。
静かだ。人影も歌もない。水洗いの音だけがする。ルクスの低い間接照明と鏡張りの造りが、カウンターと、あとはボックスが二つだけの健気《けなげ》な店を少しは広く見せている。
「すみません、もうカンバンなんです」
一見《いちげん》と見るや、カウンターの中の白い顔が首を伸ばして言った。
アップにした髪が、丸い顔の輪郭《りんかく》をそのままさらけだしている。黒目がちの大きな瞳は上にも下にもたっぷりシャドーが利《き》いて、細い鼻とちんまりした口許《くちもと》を顔の付録《ふろく》にしてしまっていた。美形の部類には違いないが、夜と男にこね繰《く》り回された顔だった。女が背中を向け、その雪のように白いうなじを見せなかったら、それが稲村葉子だと確信できなかったかもしれない。

真壁はカウンターの隅のとまり木に座った。その気配に、ボトルを棚に滑《すべ》らせていた葉子が険《けん》を含んで振り向いた。

「カンバンなんです」

「二時じゃないのか」

「今日はもう閉めたいんです」

葉子は露骨に嫌《いや》な顔をして、挑《いど》むように真壁を見た。

「お前の店か」

「とんでもない」

それが面倒な客を追い返す好材料であるかのように葉子は言った。

「ただの雇《やと》われです」

真壁は目線を上げて葉子の瞳に固定した。

「俺を覚えてないか」

「……えっ？」

二年前、新聞に載った逮捕写真は見ているはずだった。記憶の辿《たど》り方を忘れたからといって、記憶そのものが消えてしまったわけではない。そんな微かな変化が葉子の瞳に覗き、だが口は呆気《あっけ》なく営業用の台詞《せりふ》を吐いた。

「どなたかと、ご一緒でしたっけ？」

「真壁だ」

名前ははっきり覚えていたらしい。葉子は大きな瞳がこぼれ落ちるのではないかと思うほど上瞼《うわまぶた》を開いた。その瞳がみるみる恐怖に染まる。

「な、何しに……？」

「吉川聡介の件でサツに絡まれている」

「あなたが……殺したの？」

「お前じゃないのか」

「なんであたし……」

「吉川に弱みを握られていた。そうだな」

「弱み……？　何？」

「亭主を焼き殺そうとした件だ」

ガラスの割れる音がした。葉子が手にしていたロバートブラウンは、カウンターの中の床で砕《くだ》けていた。

慌《あわ》てて葉子はしゃがんだ。ガラス片を拾い集める。そうしながら懸命に心を落ちつかそうとしているようだった。ラメの入った黒いブラウスが撓《たわ》み、うなじから細い肩口までが覗いた。傷……？　真っ白い肌に赤黒い破線のようなものが見えた気がした。

立ち上がった葉子は、精一杯の開き直りを見せた。

「何が聞きたいの？」

「事件の夜、ここであったことだ」

「警察に全部話した」

「全部じゃないだろう。判事の他に執行官の轟木が店にいたはずだ」

葉子は体を硬くした。

「知らない。そんな人……」

真壁はカウンターにあったマッチを取った。一本抜き出して擦《す》った。軸《じく》を伝って小さな炎が指に近づく。

「な、なんなの……」

怯《おび》えた声だった。

炎が真壁の指に触れる。ジジッ……。嫌な音と臭いがした。

「生きたまま焼かれるっていうのがどういうことかわかるか」

「そう、来てた。轟木も」

叫ぶように葉子が発した。体がガクガクと震《ふる》えている。

「何があった？」

「吉川が荒れたの」

「お前が約束をすっぽかしたからだ」

「別れたかったの！」

葉子は手のひらでカウンターを打った。

「縁を切りたかったの。あの男は最低。狡《ずる》くて卑怯《ひきよう》で薄汚くて。だから――」

涙の溢《あふ》れた瞳に、ふっと勝気な笑《え》みが浮かんだ。

「裁判官なら助けてくれると思ったの。吉川も引き下がると思ったの。だから轟木に頼んで連れてきてもらったのよ。あいつが泊まりに来る日に」

「だが、吉川は店に押しかけてきた」

「ひどく酔っぱらって二人に摑みかかったの。それで轟木が外に連れ出して――」

「………」

「あとは知らない」

「……………」

「ホントに知らないの！」

真壁は葉子を見据えた。

「判事はよく嘘をついてくれたな」

「えっ……？」

「客は自分一人だったとサッに言った。判事は轟木のために嘘をついたのか？　それとも――」

真壁は腕を伸ばした。葉子の胸元を摑み、ブラウスを一気に引き裂いた。

「あっ……！」

葉子は両腕で体を抱きしめ、胸元を隠すように背中を向けた。

あった。右の肩の裏、もう背中と呼んでいい辺りに、赤い破線の皮下出血があった。歯形だ。上顎の前歯の痕《あと》が二本、下が四本、真っ白い肌にくっきりと刻印されていた。

二年前まではどこにでもいる主婦だった。酒びたりでギャンブル狂いの亭主。スケコマシのヤクザ。悪徳刑事。そして、今度は嚙《か》み癖のある判事――。

葉子はこちらを見ずに言った。

「嬉しいのよ。あたしのこと大切に思ってくれる人にされたんだから」

真壁の脳の中で弾《はじ》けるものがあった。

歯形を凝視《ぎようし》した。

ポケットから万札を三枚摑みだし、カウンターに放った。

「服代だ」

真壁は踵《きびす》を返した。瞬時交錯した葉子の視線が、昼間を生きる女のもののように見えた。

6

およそ二時間後、真壁は闇の中にいた。

昼間下見しておいた雁谷本町の民家に忍び入ったところだ。厚手の絨毯を靴底に感じつつ、破ったサッシ窓のそばで鼓膜《こまく》を張っていた。一、二、三……いつも通り頭の中で三十まで数える。家人が起き出してくる気配はない。侵入直後の静寂は継続している。二本のドライバーを上着の裏地の隙間《すきま》にねじ込み、代わりにペンライトを取り出して口にくわえた。再度三十を数えて闇に目を慣らすと、真壁は一転大胆に動いた。

大画面テレビの前を横切って木製の電話台に取りついた。膝立ちになって引き出しを引く。ライトをつける。直径十センチほどの光の輪が真壁の首の動きに合わせて舐めるように移動していく。ワニ皮の札入れが光の輪の中に入った。開く。五万七千円。万札だけ引き抜いてポケットにねじ込み、さらに財布の中身を指で探る。アメックスのゴールドカード、都市銀行と地方銀行のキャッシュカード、家内安全の御札、持ち主自身の名刺も数枚収めてあった。

『雁谷地方裁判所　執行官　轟木初男』

真壁は電話台を離れた。だだっ広いリビングルームはごった煮の様相だった。天井からは仰々《ぎょうぎょう》しいシャンデリアが下がり、人の頭がすっぽり入りそうな青磁《せいじ》の壺や山水画の掛け軸、百号の裸婦像、振り子が恐ろしく長いホール時計、羽を開いた鷲《わし》の剝製《はくせい》などなど成金趣味的な品々が飾るでもなく置いてある。それらは疑いの域を出ないが、三つ並んだ重厚なリビングボードは色も寸法もまちまちだから、強制執行の過程でくすねた物だと断じていい。

リビングボードの引き出しを開く。無駄のない選別の手が下の段から上の段へと移動していく。頭の半分は「ブッ」を探していた。数分で九つの引き出しを見終え、書架や壺やホール時計の中まで調べ尽くすと、真壁はリビングのドアを押し開いて廊下に出た。

再び鼓膜を張る。静寂。啓二の気配もない。仕事に入れば聴覚が生命線になると知っている。

真壁は廊下の奥へ足を進めた。応接間は素通りする。他人が出入りする場所に、他人に知られて困る物を置いておく人間はいない。突き当たりのトイレに入った。水洗タンクの陶製の蓋《ふた》を持ち上げてゴリッとずらし、中をペンライトで照らす。異物はない。ロールペーパーの芯《しん》の空洞に指を差し入れる。感触なし。後ろ足でトイレを出て、キッチンに回った。床下収納、配電盤ボックス、米びつ、ガスの元栓《もとせん》の奥……。何もない。

真壁は冷蔵庫の電源コードを目で辿った。コンセントを引き抜いて庫内の灯を落とし、冷凍室の扉を開いてペンライトを向けた。シャーベットのカップが三つ。奥に冷凍食品の箱が二段に積まれていた。さらにその奥を探った手がカチカチに凍ったアイスノンに触れた。どかすと、その下に薄っぺらい包みがあった。半透明のビニール袋に収められている。袋から出す。またビニールが現れる。二重、三重、四重……。最後にラップを剝いで真壁は一通の通帳を手にした。

『城西《じようさい》信用金庫　神山伸介《かみやましんすけ》』

架空名義か。あるいは名義を借りたか。通帳を捲《めく》る。七万、三万、五万と不定期で小刻みな入金が並び、それが半月ごとにまとめて引き出されている。振込人の名前は多数。偽名とおぼしきものが目につく。

真壁は通帳を懐《ふところ》にねじ込みキッチンを出た。

リビングの前を通って玄関方向に進み、上がり框《かまち》の脇から右手に上がる階段に足を掛けた。体重を殺す。十段ほど上がったところで動きを止め、二階の様子を窺った。右手に引き戸が一つ。北向きの造りからして納戸《なんど》だ。ドアは三枚。左端のドアに「ただいま爆睡中！」の木製プレート。息子の部屋か。真壁は残る二枚のドアを凝視し、鼓膜を張り詰めた。寝息……。

右の部屋のドアノブを回した。

ドアを細く開く。途端に寝息が確かなものとなった。ベッドが二つ。手前のセミダブルに、掛け布団を剝いでしまった浴衣《ゆかた》姿の男。脂《あぶら》ぎった額が鈍い光を発し、酸欠で死んだダボハゼのように口をぽっかり開いている。シングルベッドには頭にカーラーを巻いた女。首筋から顎にかけての弛《たる》んだ肉が醜い皺《しわ》をつくっている。

真壁は足の指に気を集めた。侵入――。

リビングの光景が嘘のように物がない。ベッドサイドの小机。その上に照度を落としたスタンドと置き時計。あとは部屋の隅にドレッサーがぽつんとあるだけだった。収納系は廊下側の壁のほぼ一面を使った作り付けのクローゼット。スライドさせて扉を折り畳む、ごく普通のタイプ――。

目の端でベッドをとらえつつクローゼットに近づく。両開きと片開きの扉が並んでいる。両開きは女房用と決まっている。真壁は膝立ちになって片開きの扉に手を掛けた。力が入り過ぎぬよう、逆方向に引き戻す作業をイメージしながら把手《とって》を引く。ほとんど無音で扉が開いた。

ベッドを振り向く。二つの寝息は規則正しい。

クローゼットに目を戻す。ポールに十着ほどの背広が吊るしてある。下方に引き出しが三段。下から順に開く。下段はカラ。中段は下着類。上段にはワイシャツ、靴下、ハンカチ。その奥に鎌倉彫《かまくらぼり》の書類箱が押し込まれていた。蓋を開ける。証書類の束の下に膨《ふく》らみのある茶封筒。親指と人差し指を差し入れる。およそ二十万の感触。その現金が所有者を代えた次の瞬間、階下でボーンと一つ金気の音がした。

幾つかの情報が同時に脳を突き上げた。リビングのホール時計。午前二時半。停止した片方の寝息——。

真壁の五感はベッドの轟木に張りついた。無呼吸状態だ。瞼の下で眼球が動く。頬の肉がヒクリとつれる。小指が折れる。顔が赤らみ、眉間の皺が深まり、喉仏が競り上がった。真壁はドアに足先を向けた。と、その時、ダボハゼの口からヒュルルルと鳥が鳴くような息が漏れ、あとはまた規則正しい寝息が戻った。

凍結していた真壁の目が動いた。ポールに吊るされた背広の列を見上げる。グレーの背広と、その両脇の背広との間にそれぞれ腕一本分の隙間がある。グレーの背広に手を伸ばしてポケットを探る。昼間着ていたことを示す名刺入れや手帳、ボールペンの類が出てくる。手帳を捲る。イニシャルと数字がびっしり書き込まれている。その幾つかは、さっき目にした通帳の入金額と符合していた。

真壁は手帳を懐に入れ、それを合図に撤収を開始した。開きっ放しの扉や引き出しには目もくれず、寝室を抜け、階段を下り、玄関の内鍵を外して戸外に出た。北側の塀を乗り越えて道路に降り立つと、下見で決めた通り脇道に折れて闇に紛れた。

7

翌朝、午前九時――。

雁谷地裁の庁舎に入るのは二年ぶりだった。今朝のように玄関を潜ったわけではない。刑務官に腰縄《こしなわ》を握られ、裏の通用口から建物に入り、法廷に引っ立てられた。

真壁は警備室の脇を右に折れ、廊下奥の部屋を目指した。『執行官室』――。

扉を押し開くと、電話番の女が立ち上がった。

「なんでしょう」

「轟木執行官を呼んでくれ」

「どちら様ですか」

「神山伸介、と言ってもらえばわかる」

三十秒もしないうち、真っ青な顔が飛び出してきた。脂ぎった額はゆうべ見たままだったが、ダボハゼの口許は真一文字《まいちもんじ》に閉じていて、その唇は微かに震えていた。

入口に「清掃中」のプレートを立て、職員用トイレに籠《こ》もった。

真壁は轟木の肩を突いて奥に押しやり、自分はドアを背に立った。

「き、君は何者だ……？」

「わかっているはずだ」

「じゃあやっぱり。ゆうべのドロ……」

「サツには届けたか」

轟木はぶるぶると顔を横に振った。

盗まれた手帳と通帳は、知恵をつけた相手から金を毟ってた証拠品だ。警察が知れば飛び上がって喜ぶ。

「か、返してくれ！」

「言え」

「言えって……何を？」

「死んだ吉川の件だ。あの夜、ムンクでお前と鉢合わせしたらしいな」

轟木は目眩《めまい》を起こしたようによろけた。

「お前が殺《や》ったのか」

「ち、違う……違う！」

「だったら判事の仕業か」

轟木の上瞼が捲《めく》れ上がった。

「な、なんでそんなことを……」

「店にはママの他にお前と判事がいた。そこに吉川が入ってきた」

「あ……」

「判事を残し、お前と吉川は店を出た。その後まもなく吉川は死んだ」

「知らない。私じゃない。あれは事故なんだろう？　とにかく私は無関係だ」

「だったら話は終わりだ」

真壁が言うと、轟木は拝みポーズで取りすがってきた。

「本当なんだ。信じてくれ。ああ、確かに私は店にいた。あの男と一緒に店を出た。ひどく絡まれたんだ。だから宥《なだ》めようと思って外に連れ出したんだ」

「続けろ」

「あの男は真っ直ぐ歩けないほど酔っていた。川筋の遊歩道をふらふら歩くうち、ベンチに座り込んでしまったんだ。声を掛けても返事もしない。とうとう寝込んでしまった。やれやれと思って私はその場を離れた。それだけだ。なんにもしていない。信じてくれ」

「なぜサツに話さなかった」

轟木は崩れるように床のタイルに両膝をつき、やにわに土下座した。清掃前の汚れたタイルに額を擦りつける。

「言えなかった……。言ったら疑われる。こういう仕事だ、警察に疑われたりしたら職を失ってしまう。頼む。黙っていてくれ。金なら払う。ゆうべ盗《と》ったろう？　それはいい。もっとやる。なあ、金額を言ってくれ」

「なぜ吉川に絡まれた？」

「えっ……？」

「お前は出来レースの競売で恩を売って女を食った。それを判事に譲った。吉川も女を食っていた。誰が誰を殺ってもおかしくない絵柄だ」

「誤解だ。私はそんな……。判事だって……」

「食ってた弱みがなければ、判事が女のアリバイを証明するはずがないだろう」

「そ、それは……」

　轟木は言葉に詰まった。

「判事の名を言え」

「勘弁してくれ。根はすごく堅い人なんだ。あの晩だけ、一回きりだったんだ。奥さん以外としたことがないって言うんで、私が面白がって無理に誘ったんだ。ママも了解してた。決して嫌がってたわけじゃない」

「義理立てよりも自分の心配をしたらどうだ」

　轟木が顔を上げた。血走った目に期待の色が交じっていた。

「言えばアレを返してくれるのかい？」

「………」

「なあ、そうなのかい？」

　真壁は膝を折り、轟木の顎を鷲摑《わしづか》みにした。唇の両端に指先を食い込ませて口を開かせた。歯茎が剝き出しになる。でたらめな歯並びだった。

「や、やめてくれ……！」

「取り引きできる立場か。判事の名を言え」

「……栗本《くりもと》さんだ」

真壁は手を放して立ち上がった。踵を返す。

「ま、待って」

「何だ」

「返して……返して下さい、アレを」

真壁が歩きだすと、轟木が背後から武者《むしゃ》振《ぶ》りついてきた。撥《は》ね除《の》けつつ、轟木の目元に肘打ちを見舞った。

「ウワッ！」

うずくまる轟木を置き去りにして、真壁はトイレを出た。

啓二が歓声を上げる。

《いい気味だね！　スカッとしたよ！》

〈………〉

《けど、轟木が言ってたことホントかなあ。やっぱり野郎が殺ったんじゃないの。ねえ、なんでもっと攻めなかったのさ。修兄ィは信じちゃったわけ？》

真壁は玄関に向かって廊下を歩き、途中、売店の前で足を止めた。懐から手帳と預金通帳を掴み出し、設《しつら》えのごみ箱に放り込んだ。

《ああ！　なんで捨てちゃうのさ？　轟木をふんじばれる証拠だろ？　どうせ投げ込むなら雁谷署にでも投げ込みゃいいじゃんか！》
〈あの手の男にはこのほうが効く〉
《効く？　何が？》
〈いつかパクられるんじゃないかとビクビクしながら日々過ごすのは、実際にパクられるより恐ろしい、ってことだ〉
《あ……なるほど、確かにそうかもなあ》
真壁はまた足を止めた。玄関に近い守衛室の前だった。壁に埋め込まれた黒板に今日の公判予定が書き込まれている。目当ての名前はすぐに見つかった。
『裁判長　栗本三樹男《みきお》』
真壁は腕時計に目を落とした。今現在、第三号法廷の傷害致死事件に出ている。
《奥さん以外の女と初めてやった判事ね》
〈そうだ〉
真壁は階段に向かった。三号法廷は二階だ。
《あれ、どこ行くのさ？》
〈法廷を覗く〉

《栗本の？》
〈そうだ〉
《それって、栗本を疑ってるってこと？》
〈確かめたいことがある〉
《聡介殺しには関係ないと思うけどなあ、栗本は。稲村葉子との関係も一回ぽっきりらしいしさ》
〈それが気になる〉
《えっ？　どういうこと？》
もう三号法廷の前に着いていた。真壁は扉の小窓を開けた。予定通り開廷中だ。静かに扉を開く。傍聴席はガラガラだった。前のほうの席に腰を下ろした。正面の雛壇《ひなだん》の上に黒い法服を着た判事が三人座っている。栗本三樹男は中央の裁判長席だ。「神様みたいなヒゲ」は、赤い団子鼻《だんごばな》のしょぼくれた男だった。歳のころは五十半ば。老眼鏡を上下にずらしながら手元の書類に目を通している。
《また稲村葉子が可哀相になってきたよ。あんな不細工なオッサンと……》
法廷では弁護人がぐだぐだと証人に質問している。もとより裁判の中身に興味はない。真壁はただ一点、栗本の口元を凝視していた。

《で？　何を確かめるわけ？》
〈……〉
《ねえ、修兄ィ》
〈後にしろ〉
二十分ほどして、ようやく栗本が口を開いた。
「弁護人はもう少し質問を絞り込むように。証人はもっと簡潔に答えて下さい」
真壁は席を立った。
《もういいの？》
〈十分だ〉
《何かわかったってこと？》
〈わかったこととわからないことがある〉
真壁は廊下に出た。壁沿いに置かれた長椅子に腰を下ろして目を閉じた。
長い時間そうしていた。
やがて立ち上がり、啓二に伝えた。
〈今夜、福寿荘に行く〉

8

雁谷本町のカプセルホテルで夕方まで眠った。

午後八時。真壁は個人タクシーを拾って下三郷に向かった。車中、啓二があれこれ聞いたが答えずにいた。

すぐにわかる。胸に確信があった。

駅裏でタクシーを捨てた。大通りの人波をせっかちに歩き、海流に別れを告げるように薬局の角を折れた。途端に道は暗く、寂しくなる。まばらな民家……小さな墓地……その先の児童公園の角を入った路地の突き当たりに福寿荘がある。

墓地の脇に差しかかった時、啓二がまた声を掛けてきた。

《ねえ、ホントに福寿荘行くの？》

〈行けといったのはお前だろう〉

《俺は聡介の一件が終わってからって言ったじゃんか。今は刑事が張ってるだろ》

真壁は児童公園に入った。斜めに突っ切って歩く。

《ねえ修兄ィ》

〈黙ってろ。気が散る〉

《気が散る……？　どういうこと？》

〈シッ！〉

刑事が発するのとは明らかに異なる、念の塊《かたまり》のようなものが背後から迫ってきていた。それが今、はっきりとした足音に変わった。

真壁は振り向かなかった。

《修兄ィ！　後ろ！》

公園の中央、その暗がりを全身黒ずくめの男が矢のように走り、真壁の背中にナイフを突き立てた。いや、突き出した男の腕は、体をずらした真壁の腋《わき》の下に抱え込まれ、その勢いのまま前方に捩《ね》じり倒された。鈍い音。腕が折れた。ナイフが地面を滑り、次の瞬間、体重の乗った真壁の膝が男の首を直撃した。グエッ。蛙《かえる》の鳴き声に似ていた。

男は苦悶に顔を歪《ゆが》め、地面を転《ころ》げ回った。

大室誠――。

《ああっ！》

啓二が絶叫した。

《ど、どうして誠が！》

〈頼まれたんだ〉

《じゃあ、轟木の野郎とグル！》

〈違う〉

言って、真壁は大室のズボンから札入れを抜き取った。中に万札が三枚入っていた。一枚一枚ナンバーを見る。

〈三億五千万分の一だったな〉

NN842334D――。

啓二の驚嘆の声は、真壁の耳を数秒の間、駄目にした。

「トミーの店」で借りた七万。うち三枚は破いたブラウスの服代として「ムンク」に置いてきた。その三枚の万札を大室が持っていた。

《稲村葉子に頼まれた……！》

真壁は地面に片膝をつき、大室の髪を鷲掴みにした。

「ミイラとりがミイラになっちまったようだな」

「………」

大室に葉子の店の場所を探させた。それが二人の出会いになったに違いなかった。

「真壁さん……わかってたのか……」

「ここで張ってればいつか俺が現れる。そう考えるのはデカを除《のぞ》けばお前だけだ」

「なんで……俺と彼女のことに気付いたんだよ？」

「競売は半月も稼ぎがなかった。なのにパチスロを五日負け続ける金を持っていた。誰だっておかしいと思う」

「俺だってそれぐらいの金……」

「お前の顔を見るたび二十日鼠を連想する。女の背中の歯形を見て繋がった。上顎のほうは二本だけくっきり残っていたからな」

「フッ……」

「雁谷地裁の轟木も栗本も資格がなかった。お前みたいに立派な前歯を持ってる奴は珍しいんだ」

真壁が髪を放した拍子《ひょうし》に、大室は深くうなだれた。

「稲村葉子に頼まれて聡介を殺った――そうだな？」

「頼まれたんじゃない……」

大室は顔を上げ、キッと真壁を睨んだ。

「ああ、確かに最初はヒモみたいだった。俺も彼女の競売のインチキは知ってたから、それをネタに金をせびってた。けど――」

大室は宙を見つめた。

「あの人は最高だよ。泣いてくれたんだ。たいして不幸でもない俺の身の上話を聞いてポロポロ泣いてくれた。初めての時は震えてた。何度抱いても初めてみたいで、慣れないんだ。あんな女、俺、今まで一度も会ったことなかった。悪い連中に引っかかりさえしなけりゃ……。どいつもこいつも、彼女をオモチャにしやがって」

「……………」

「そうさ、俺が殺った。あの夜は吉川が泊まる日だったんだ。俺、ずっと吉川をつけ回してた。奴はムンクから轟木と出てきてベンチで寝込んだ。しばらくして起き上がってフラフラ歩き出したんだ。辺りには誰もいなかった。殺ってやろうと思った。彼女のために」

「……………」

大室は自分の両手を見つめた。

「背中を突き飛ばした。簡単だった……」

「女は知ってるのか」

「話してない。けど、薄々勘《かん》づいてるかもしれない」

「女に唆《そそのか》された。結局そういうことなんじゃないのか」

「違う！」

大室はまた真壁を睨んだ。その目に涙が浮かんでいた。

「あんたにはわかんないよ。あんたみたいな人には。これだって！」

大室は真壁の手から札入れを奪って、三枚の万札を握りしめた。

「返してきて欲しいって言われたんだ。あんたと縁を切りたいから、二度と会いたくないから、だから返してきて、って……」

「……」

「彼女、怯えてる。ずっと怯え続ける。あんたは知りすぎてる。あんたが生きてりゃ、また彼女が苦しむことになるんだ。俺、何でもするよ、あの人のためなら。あんたも轟木も、どいつもこいつもぶっ殺してやるよ」

歯形が脳裏を過《よぎ》った。

もう二度と吉川にも他の誰にも抱かれないでほしい。狂おしい思いを葉子の白い肌に刻印した――。

一瞬の油断だった。

大室は地面を転がるようにしてナイフに飛びついた。

利き腕は折れて使えない。大室は左手でナイフを握り、にじり寄ってきた。

「死ねよ！　死んでくれよオ！」

「でかい声を出すな」

真壁の視線は路地の奥に向いていた。

「張ってたのはお前だけじゃない」

「うるせえ！」

突っ込んできた大室をかわした。

やはり声を聞きつけられた。幾つもの頭がこっちに向かってくる。オールバック。坊主刈り。真ん中分けも。

その向こうに福寿荘の灯があった。二階の左端の窓――。

「チクショウ！」

横から襲ってきた大室の腹を蹴り上げた。

靴の先端に確か過ぎる感触があった。

沈んだ。完全に。その顔を見下ろした。やはり二十日鼠によく似た、とびきり人のよさそうな顔だった。

靴音が近づいていた。

《修兄ィ、行こう！》

真壁は身を翻《ひるがえ》した。

小さな灯が網膜にあった。その暖色の灯は、いくらら走っても消えることがなかった。

抱擁《ほうよう》

1

七月二十日午前三時半——。

満天の星がだまし絵のように目に映る。まもなく白《しら》む。夜は、辛《から》くも持続しているといったふうだった。

真壁は夏の闇を疑っていた。侵入に使ったサッシ窓から忍び足で戸外に逃れると、一転機敏な動きでブロック塀《べい》を越え、路地裏に停《と》めておいた自転車に飛び乗った。速度を上げる。一気に住宅地を抜け出す。

《あれぇ？　もう一軒入るんじゃなかったの？》

中耳に、啓二の意外そうな声が響いた。

〈今夜は切り上げる〉

ぶっきらぼうに答えて、真壁はペダルを踏む足を強めた。

《アガリはまだ二万円ぽっちじゃん》

〈欲をかけば夜に裏切られる〉

自転車は雁谷本町駅の裏を抜け、「雁谷銀座」を横切って、古くからの商店や民家が軒を並べる狭い通りに入った。しばらく先の、県道にぶつかる手前の角に、ここ数日ねぐらにしている「旅館いたみ」がある。

安全地帯に乗り入れた。そう真壁が確信した時だった。前方の十字路がふっと明るくなった。車のヘッドライトだ。左手の道から、こちらに曲がってくる。車の横腹が街灯に照らしだされた。白と黒のツートン――。

真壁はもうジャージのポケットに手を突っ込んでいた。ペンライトとドライバーを掴み出し、手首のスナップを利《き》かせた最小限の動作で道路脇の民家の生け垣に投げ込んだ。

それとほぼ同時だった。十字路を曲がり終えたパトカーの強烈なヘッドライトが、自転車を漕《こ》ぐ細身の三十男を捕獲した。およそ十五メートルの距離。

真壁はゆっくりと自転車を進めながら中耳に問い掛けた。

〈ナンバーは？〉

《読める。雁谷署のパトじゃないよ》
ならば県警本部の警邏《けいら》隊ということだろう。
《バンかけてくるかな？》
〈おそらくな〉
《捨てたとこ、見られなかった？》
〈見てたのなら、血相変えて車から降りてるだろう〉
《金は捨てなくて平気？》
〈もう遅い〉
《ヤバくない？》
〈稼ぎが悪かったのが幸いするってこともある〉
《あっ……》
〈何だ〉
《自転車だよ。これ、久子のじゃんか》
〈黙ってろ。来るぞ〉
車の動きというのは、運転している人間の心の動きがそのまま表れるものだ。角を曲がったパトカーは自転車の男に目を止め、不審に思い、職務質問をする決意を固めて停止した。運転席のドアが開く。

「ちょっとすみません」

団子鼻の若い男は遠慮がちに言い、しかし横に広げた手で真壁の進路をしっかりと塞《ふさ》いだ。制服の肩に警邏隊のワッペン。

「どちらに行かれます？」

「この先のコンビニだ」

真壁はサドルに跨《また》がったまま応対した。

車の助手席側からも、やや年長の丸顔の制服が職業的な無表情を作って降りてきた。真壁の顔を間近にしても色めき立つふうはないから、二人とも過去に盗犯刑事の経験はないとみていい。

「お宅は近いんですか」

「ああ」

「お名前と生年月日を教えて下さい」

「真壁啓二――昭和四十二年一月十八日」

双子の兄弟だから、生年月日は嘘ではない。

「何か証明する物をお持ちですか」

「いや、持ってない」

「免許証は？」

「ない」

「そうですか……。えーと、お仕事は？」

「道路の補修だ」

団子鼻が型通りの質問をしている間に、年長の丸顔の方は自転車の横に回り込んでフレームに懐中電灯を向けた。防犯登録のステッカーを探している。視線を向ける真壁を、団子鼻のソフトな声が引き戻す。

「すみません、本籍と現住所を教えて下さい」

真壁は昔住んでいた借家の所番地を口にした。十五年前に焼け落ちた家だ。

「四十二年生まれだと申《さる》ですね？」

虚《きよ》を突いて、団子鼻がカマを掛けてきた。

「いや、未《ひつじ》だ」

「本籍、住所をもう一度お願いします」

真壁は眉一つ動かさずスラスラ答えた。

二人の隊員は目配せを交《か》わした。一応は信じた顔だが、無論それだけでは終わらない。

丸顔が団子鼻の手からメモをさらってパトカーに戻った。室内灯を点《つ》け、無線のマイクを握った。

「しかし、今年の夏はしのぎやすいですね」

団子鼻が盛んに雑談を仕掛けてくるが、真壁はすべての神経をパトカーに集中させていた。ドアは閉まっているが、窓がほんの少し開いていて、そこから無線のやり取りが洩《も》れてくる。

「えー、警邏18から照会センター」

（照会センターです、どうぞ）

「一件、SとH願います——氏名、真壁啓二。四十二年一月十八日生まれ。本籍は……」

真壁が申告した内容が伝えられていく。S照会は指名手配されている人間か否《いな》かを、Hのほうは犯歴の有無《うむ》を警察のデータベースに照らし合わせる作業だ。啓二には空き巣の前歴があったが、死後十五年経った人間の犯歴を消さずにおくほど今の警察はルーズではない。

ややあって無線の声がした。

（S、H、いずれも該当なし）

が、年配の隊員はマイクを下ろさなかった。

「了解。では、引き続き自転車の所有者並びにZ照会願いたい。えー、防犯登録番号04007095――」

Zは贓品《ぞうひん》に関する照会、つまりは盗難届の有無の確認だ。

中耳の啓二は息を殺している。真壁の脳裏には、半月ほど前に目にした短い文面があった。新聞の片隅に載っていた「尋ね人」の小さな広告。

修一さん　連絡下さい　久子

無線が声を発した。

(所有者は、安西久子。住所、三郷市下三郷八の三。福寿荘204号室――Zについては該当なし)

丸顔はマイクを置き、落胆と疑念の入り交《ま》じった顔でパトカーから降りてきた。そこまで表情が読み取れたのは、辺りが白んできたからだった。明けの明《みょうじょう》星を除けば、もう空に星の瞬《またた》きはなかった。

丸顔は何やら団子鼻に耳打ちした。盗難届は出されていないが、だからと言って盗難自転車でないと決まったわけではない。所有者は女。しかも、ここから十キロ以上離れたアパートに住んでいる――。

「一つ伺《うかが》います」

団子鼻が口を開いた。もうソフトな声ではなかった。

「安西久子という女性を知っていますか」

「ああ」

「あなたとどういう関係です？」

「女房だ」

「女房？　しかし、苗字《みょうじ》が――」

「内縁だ」

隊員はまた目配せを交わした。これ以上突っ込む材料はない。だが、どうにもこの男は臭う。二人の目の会話はそうだった。

団子鼻はやや高圧的にでた。

「ポケットの中身を見せてもらえませんか」

真壁は無言で応じた。両手でジャージのポケットを裏返して見せる。右はカラ。左には数枚の札。

「ちょっといいですか」

団子鼻が手を伸ばして札を数えた。万札が二枚と千円札が三枚。思案している顔だ。三十四歳の男の持ち合わせと考えれば金額に不自然さはないが、しかし夜も明けぬうちにコンビニへ買い物に行くのに抜き身で二万三千円とは――。

「札入れは？」

「使わない」

真壁が答えると、唐突に丸顔が決断を下した。

「交番まで来てもらったほうがいいな」

「なぜだ」

「じっくり話を聞きたいんだ。いろいろありそうだからな」

真壁が睨むと、丸顔も負けじと睨み返してきた。

「何がある」

「自転車の件とかだよ。ホントにあんたの奥さんなのか確認しないとな」

「だったら、いま電話を入れて確認しろ」

「おいおい、相手のことを考えろよ。まだ四時を回ったところだぞ」

交番で朝を迎えるわけにはいかなかった。

ここからわずか一キロ南の二階屋で仕事をした。一階西側のサッシ窓が割れている。家人が起き出し、一一〇番し、その通報内容を所轄に伝える無線交信をこの二人に聞かれてしまったら万事休すだ。千円札三枚は真壁の元々の所持金だが、万札二枚には、先ほどまでの所有者の指紋が付いている。

「構わないから電話を入れろ」

真壁は語気を強め、久子のアパートの電話番号を告げた。

舌打ちを残し、丸顔はパトカーに戻った。私物なのだろう、後部座席のバッグをごそごそやって携帯電話を取り出した。

中耳に不安そうな声が響いた。

《修兄《に》ィ――》

〈心配するな〉

まるっきりでたらめの名を騙《かた》らなかったのは、防犯登録から久子に電話が行くこの事態を予測してのことだった。真壁啓二。その名を耳にすれば、久子は真壁の窮地を察するはずだ。

だが……。久子とは出所した日に会ったきりだった。あれから四カ月が経っている。人伝《づ》てに久子が会いたがっていると聞かされていたが、真壁は一度も連絡を取らず、新聞の尋ね人広告も無視した。

真壁啓二なんて人は知らない。久子が、丸顔の電話にそう答えないという保証はどこにもなかった。

丸顔は携帯を耳に当てていた。無線の時とは違って小声で喋《しゃべ》っているようだ。声は洩れてこない。口だけがもそもそ動く。

時間が長く感じられた。辺りはもう朝の空気が流れ始めていた。明けの明星も消えた。その空からは鳥の囀《さえず》りが降ってくる。まもなく新聞配達のバイクが動きだす。あの二階屋の、家人の朝は早いだろうか。

パトカーのドアが開いた。丸顔が携帯を手にしたまま車を降りた。先ほどと寸分違《たが》わぬ職業的な無表情が近づき、が、真壁の前でだらしなく破顔した。

「正真正銘《しょうしんしょうめい》の恋女房だ」

おどけるように言って、丸顔は携帯を突き出した。

「どうしても話がしたいんだとよ」

「………」

「ほれ。料金が嵩《かさ》んじまうじゃないか」

真壁は携帯を受け取った。

「俺だ」

（……元気？）

久子のくぐもった声が耳に響いた。

（どこにいるの？）

「……」

（新聞の……見た？）

「いや……」

（話したいことがあるの。寄って）

「……」

（大切な話なの。うんと困ってるの。だからお願い、アパートに寄って）

「……」

（夜遅くてもいいから。ずっと電気点けとくから）

「近いうちに戻る」

二人の隊員に聞かせて、真壁は電話を切った。

カレンダーが脳裏に浮かんだ。「25」につけられた赤丸……。

一つになれなかったあの夜……。

自転車を漕ぎ出した真壁は、パトカーとの距離を広げることだけを考えようとしていた。

2

「旅館いたみ」の女将《おかみ》は客を選ばない。皺《しわ》とシミで黒ずんだミイラのような手に、毎日きちんと千円札を三枚握らせておきさえすれば、たとえ指名手配の顔写真が出回っている者であっても長逗留《ながとうりゅう》できる。「宿賃は二枚。あとの一枚は見ざる聞かざる言わざる料」というのが、その昔、エリート警察官に散々弄《もてあそ》ばれた挙げ句に捨てられた、元売れっ子芸者の口癖だった。

正味二千円の三畳間で、真壁はごろり横になって目を閉じていた。昼時は過ぎた。通りを行き交っていたサラリーマンやOLの靴音は途絶《とだ》え、耳には、首振り機能のイカれた扇風機の音と啓二の苛立った声があった。

《近いうちっていつさ?》

あの職務質問の一件以来、中耳に現れるたび同じ台詞を繰り返している。

《修兄ィ、答えろよ。近いうちっていつなんだよ?》

〈久子に言ったわけじゃない〉

《ふざけんなよ。わかってるんだぜ、修兄ィだって久子と会いたいんだろ?》
〈……………〉
《久子の自転車、一度は乗り捨てたのにさ、なんでまた乗ってるんだよ?》
〈返すためだ〉
《だったら早く返しに行けばいいじゃんか》
〈……………〉
《なあ、会いに行ってやれよ。困ってるって言ってたろ》
真壁は荒い息を吐き、体を起こした。
〈啓二──お前はどうなんだ〉
《何がさ?》
〈お前は久子に会いたいのか〉
啓二は答えず沈黙した。
久子を奪い合った。十七の時から二年間、互いに言葉には出さず、だが真壁と啓二は反目していた。同じ顔。同じ声。同じような物の考え方。それだけに譲《ゆず》れなかった。自我の存亡が懸《か》かっている気がした。久子を巡る争いは、自分が双子の片割れではなく、世の中で唯一無二の存在であることを証明しようとする闘いだったかもしれない。

だから、家に寄りつかなくなった啓二の気持ちはリアルにわかる。しばらくはフリーターのような生活をしていたらしい。遠くの街で空き巣を繰り返し、ついには両手錠の無様《ぶざま》な姿を世間に晒《さら》した——。

《修兄ィ》

啓二の声が中耳に戻った。探る声。

《ひょっとして、俺がいるから？》

〈何がだ〉

《俺のことが引っ掛かってて……だから、ってこと？　だから久子と会わないの？　俺に遠慮して久子と暮らさないの？　そんなのやだよ。だったら俺、いつだって——》

〈よせ〉

《だって……》

〈そうじゃあない。あいつは保母をやって食ってる。真っ当な女だ〉

《だったら、修兄ィが足を洗えばいい。そうすりゃ一緒に住めるだろ》

〈わからないのか。向こうも迷ってるんだ〉

《迷わせたのは誰だよ》

〈……〉

《足を洗う気もないのになぜあんなことしたのさ》
〈あんなこと……？〉
《出所してすぐ久子のとこへ行ったろ》
〈……〉
《俺を試したわけ？》
〈試した……？〉
《久子を抱いて、俺が平気かどうか》
〈ふざけたことを言うな〉
《俺は平気だよ。俺はもう――》
真壁はドアを振り向いた。ノックの音。
「ちょっといいかい？」
女将の声だった。応答すると、ミイラの手がドアを細く開いた。皺くちゃの顔に沈んだ小さな瞳が油断なく光っている。
「今、変なのが来たよ」
「変……？」
「答えなくてもいいけどさ、あんた、真壁っていうんだろ？」

頷《うなず》くと、女将も満足そうに頷き返した。

「顎髭《あごひげ》生《は》やした四十くらいの男だよ。あんたの写真見せてね、泊まってないか、ってさ。名前も知ってたよ、真壁って。ありゃあデカの眼だね。間違いないよ」

「男は一人か」

「ああ、一人だったね」

真壁は立ち上がって廊下に出た。今日の宿代に二枚プラスして女将の手に握らせると、裏口に靴を回して外に出た。

啓二が慌てて耳骨を叩いた。

《いま出るとヤバイんじゃない？》

〈気掛かりは早めに潰《つぶ》しておいたほうがいいだろう〉

真壁は駅と反対の方向に足を向けた。この先に幾つか安い旅館がある。

《だって、デカかもしれないって婆《ばあ》さんが》

〈サツ官が髭を伸ばすのは相当勇気がいる〉

《えっ？》

〈上がうるさいからな。それに、いまどきのデカが一人で動き回ったりするか〉

《そっかあ。じゃあその男、何モン？》

〈多分、ヤメ刑だろうよ〉

答えた時にはもう前方に刑事崩《くず》れの探偵を見つけていた。豆腐屋の二軒向こう、今にも朽《く》ち果てそうなオンボロ旅館から、顎髭を生やした男が出てきたところだった。ずんぐりむっくりとした体つき。手札サイズの写真を手にしている。

すぐに目が合った。イヒッ。男はそんな下卑《げび》た笑い声を洩らした。

互いに無関係な人間同士の距離を保ちつつ、どちらが誘うでもなく廃業した煎餅《せんべい》屋の駐車場に足を踏み入れた。

真壁が先に口を切った。

「誰に頼まれて嗅《か》ぎ回ってる」

イヒッ。

「何が可笑《おか》しい」

「俺も落ちぶれたもんだと思ってな。ゴキブリ野郎にイッパシの口を叩かれるなんてよ」

「………」

「おっと、気を悪くするなよ。その昔、泥棒野郎は虫ケラ以下の存在だと、さんざっぱら上に教え込まれたんでな。ま、そう言われても仕方ねえやな。世の中、せこいヤマを踏む小悪党ばっかりだけどよ、その小悪党を職業にしてるのはお前ら盗《ぬす》っ人《と》ぐらいのもんだからなあ」

俺はただの探偵じゃない、元刑事なのだと言っている。

「お前、ノビ師なんだって？　空き巣の連中に言わせりゃあ、ノビをやる奴の気がしれねえってことらしいぜ。いくら真夜中にヤマ踏むとはいえ、中に人がいる家に忍び込むなんて信じられねえとよ。けど、お前らのほうも空き巣の神経を疑ってるんだよな。お天道様《てんと》が照ってる時間に家に入る馬鹿はいねえってよ。イヒッ」

「無駄話はそれぐらいにしておけ。誰に頼まれて嗅いでる」

「嗅いでるんじゃねえ。伝言を頼まれて来たんだよ」

「伝言……？」

「イヒッ。女だよ。三十過ぎで薹《とう》が立ってるが、結構いい女だ。お前に会いたいから連絡を寄越せとよ」

うんと困ってるの――。

が、男が口にした名は真壁の予想を裏切った。

「三郷の三沢玲子《みさわれいこ》って女だ」

男は連絡先を記したメモを突き出した。

予想は外《はず》れたが、筋書きは読めた気がした。三沢玲子は久子の幼なじみだ。久子の意を受けて玲子が探偵を雇ったということか。いや、雇わずとも――。

「女の親父に義理でもあってタダ働きをさせられたってわけか」

玲子の父親は警察官だ。かなり出世しているのだという話を耳にしていた。

男は、イヒッを連発した。

「俺がそんなマヌケに見えるかい？　女から前金で戴《いただ》いたよ。ま、とにかく用件は伝えたぜ。じゃあな、ゴキブリ野郎」

男の腕がねじ上げられた。

「な、何しやがる！」

真壁は男の手から写真をもぎ取った。

「もう用済みのはずだな」

以前、所轄で撮《と》られた被疑者写真だった。男が昔のよしみで鑑識に一枚焼かせたのだろう。

真壁は写真を細かく千切《ちぎ》り、男の顔面めがけて宙に散らした。

「うせろ。二度とその薄汚い髭面《づら》を見せるな」

「てめえ……！」

男は目を剝《む》き、拳《こぶし》を握った。だが、後ろ楯《だて》も金看板もない男同士が向き合えば、純粋に地金《じがね》の勝負になる。

睨み合ったのは数秒だった。

男は地面に唾《つば》を吐きつけると、腕を摩《さす》りながら足早に駐車場を出ていった。

3

三沢玲子とは下三郷駅近くの喫茶店で会った。

警察官の娘。一応は警戒して道沿いにあるガラス張りの店を選び、遠目に十五分ほど店内と周囲を観察してから店に入った。

「わあ、久しぶりィ。真壁君、ちっとも変わらないわねえ」

「随分と大袈裟《おおげさ》な探し方をするんだな」

「ごめんね。でも、ああでもしないと真壁君つかまらないから。けど、ホントにあなたって変わらない。細い、細い、細い」

玲子のほうはと言えば、真壁の肩の高さにも満たない小柄な体にやや肉がついた。いかにも勝気そうな瞳が居座る面長《おもなが》の顔も、丸顔と称していいほどにふっくらとしていた。会うのは五年ぶりだった。街でばったり出くわし、その時はわずか十分ほどの立ち話だったが、誰かに胸の内をぶちまけたくてウズウズしていたのだろう、玲子は母親がガンで死んだ話や調理師の夫と離婚した経緯を早口でまくし立てた。

今日もそうだった。玲子は真壁を探した理由など忘れてしまったかのように夢中で自分の話をした。元の夫が体を壊《こわ》してしまい、半年前から娘の養育費の振り込みが途絶えていること。やむを得ず、叔父《おじ》の経営している牛乳販売店で配達の仕事をしていること。その昼時の配達先に久子の勤める保育園があって、だから毎日のように久子と顔を合わせていること。

「それでね――」

玲子はようやく本題を切り出した。

「久子、いま、すごくピンチなの」

「どうピンチなんだ」

「うん。ちょっと、ほら、真壁君には言いづらい話なんだけどね……」

「いいから言え」

「あのね、先週、久子の保育園でお金がなくなったの」

真壁は無言で頷いた。

「事務室でね、経理の人が机の中に入れておいたお金が消えちゃったんだって。慰安旅行の積立金とかで、二十五万円もだって。それが封筒ごとそっくり。不用心よねえ。銀行に預けず、机に鍵も掛けてなかったっていうんだもん。悪いのはその人よね、なのに……」

玲子は口ごもった。

「続けろ」

「ひどいのよ。なんだかね、久子が盗んだんじゃないかって疑われているらしいの」

うんと困ってるの——。

久子の弱々しい声が耳に蘇《よみがえ》っていた。

「あっ、勘違いしないでね。警察が久子を疑ってるわけじゃないの。金額が金額だから、園長が被害届を出して、三郷署の人が保育園に調べに行って……。それで……わかるでしょ？」

真壁はまた無言で頷いた。

三郷署の刑事であれば、真壁と久子の関係を知らない者はいない。久子自身に嫌疑などなくても、ここぞとばかり、真壁に関する情報を引き出そうと粘ったに違いない。

「久子ばっかり何回も話を聞かれたらしいの。それで園のみんなは、警察が久子を疑ってるんじゃないかって思い込んじゃったの。あれじゃ針の莚《むしろ》よ。久子が可哀相《かわいそう》」

「親父に言って、部下を抑《おさ》えさせればいいだろう」

玲子の父親がいま三郷署の署長職にあることはゆうべ知った。探偵が寄越したメモの住所を頼りに玲子の自宅を探し、辿《たど》り着いた先が署長官舎だった。離婚した玲子は、娘とともに官舎に転《ころ》がり込んだらしい。官舎に出戻りとはあまり聞こえのいい話ではないが、署長は男やもめのわけだから、家事や食事の世話をするという言い訳も立つのだろう。

「父にはちゃんと言ったわよ」

玲子は気色《けしき》ばんだ。

「でも、そんなことできないって。刑事には刑事の考えがあるって言うの。ほら、ウチの父、交通が専門だから、刑事の人たちに強く出られないのよ。それを私に言われるのが嫌《いや》だから、なんかムキになって、泥棒と知ってて付き合っている女なんだから、手引きした疑いも捨てきれないとか言っちゃって」

「……………」

「ごめん」

「気にするな。で、用件は何だ？　俺を責めるために呼び出したのか」

「まさか」

「だったら、昔の探偵ごっこの続きでもやろうってことか」

真壁と啓二は五年生のとき雁谷小に転校したが、それまでは三郷小で玲子や久子と同じクラスだった。玲子は活発だった。少年探偵団のようなものをつくって、真壁と啓二も仲間に引き込まれた。父親が警察官だったこともあり、玲子の言うことはすべて正しいのだとわけもわからず信じて従っていたようなところがあった。

久子は物静かで、男子に人気があった。その分、ちょっかいを出す子も多く、よく泣かされていた。久子のハンカチや消しゴムや上履《うわば》きが次々と消える事件があった。玲子は張り切った。久子をかまっていた男子を次々と屋上に呼び出し、よく回る頭と舌で問い詰めた。結局、犯人はわからなかったが、しばらくして、なくなった久子の持ち物がまとめて机の中に戻された。追い詰められて怖くなったから返したのよ。玲子は大いに胸を張ったものだった。

「ヤダ、まだそんなこと覚えてたの」

「金が消えたのはいつだ」

「先週の水曜か木曜ね。経理の人、金曜の朝に気づいたんだって」

「外から、ってこともあるのか」

「うん。五分五分だって父は言ってた。トイレの窓の鍵が一つ、前から壊れてたらしいの。そこから入った可能性もあるって」

「浮かんでいるプロは？」

「そっちはさっぱりみたいね。なんか、うんと歳《とし》のいったお爺《じい》ちゃんが夜中に園の近くにいたとかで、木曜の夜かな、職質されたことはあったみたいだけど。あとは情報も全然ないらしいの」

やはり警察官の娘だから、ポッと職質などという単語が口をついて出る。

真壁は腕組みをした。

「その爺さん、ミニバイクだったか」

玲子は目を丸くした。

「えっ？　ウソ、なんで知ってるの？」

真壁は答えず、テーブルのレシートをさらって席を立った。

「ちょ、ちょっと待ってよ」

玲子は慌てて身を乗り出し、真壁のシャツを掴んでソファに引き戻す仕種《しぐさ》をした。

「まだ話が終わってないでしょ。私、探偵ごっこするために真壁君を呼んだわけじゃないのよ」

「だったら何だ」

玲子は真顔になった。辺りに目を配り、声を落とした。

「真壁君、なんで泥棒なんかやってるの？」

「…………」

「ご家族があんなことになって……啓二君も……。でも、もう昔の話でしょ。真壁君、すごく頭がいいんだし、あのままいってたら司法試験とかだって通ったと思う。ねえ、もういい加減、立ち直ったら。出所する時、刑務所で仕事紹介してくれたんでしょ」

「…………」

「きついこと言ってごめん。でもね、このままじゃ久子が可哀相すぎるよ」

「お前には関係ない」

怯《ひる》まず玲子は真壁を見据《す》えた。

「ちゃんと籍を入れてあげてほしいの。何か仕事を見つけて、一緒に暮らして、一生、久子を放さないでほしいの」

4

記録的な冷夏と言っても夏は夏だ。上り坂で自転車のペダルを踏みしめれば顔や腕から汗が噴《ふ》き出してくる。下三郷の駅裏で、防犯登録をしていない量販車を調達した。久子のモスグリーンの軽サイクルは雁谷本町駅の放置自転車の列に埋《うず》めてある。

《ねえ、修兄ィ。ここ山道みたいじゃんか。どこ行くつもりなの？》
〈すぐにわかる〉
《福寿荘は？　久子に会いに行かないの？》
〈真っ昼間に行ったっていないだろう〉
《えっ？　じゃあ行く気あるんだ》
〈……………〉
中耳に溜め息が広がった。
《あのさ、修兄ィ》
〈何だ〉
《玲子の言ったことだけどさ、俺もちゃんと聞きたいと思ってたんだ。修兄ィはなんで泥棒やってるの？》
〈……………〉
《俺のマネ？》
〈そうじゃない〉
《俺に悪いとか思ってるから？》
〈どういう意味だ〉

《そのまんまの意味さ。ねえ、そうなんだろ？　久子を取り合って、結局、俺があんなことになっちゃったから……。だから修兄ィ、久子と一緒になったら俺に悪いとか、可哀相だとか思って……》

〈いい加減にしろ〉

《だけど――》

〈俺の問題だ。お前には関係ない〉

坂の勾配《こうばい》がきつくなり、真壁の踏むペダルは今にも止まってしまいそうだった。汗で開けていられなくなった目に、十五年前の記憶の断片が浮かぶ。

野良犬のように険を宿す啓二の両眼……。抜け殻のベッド……。警察からの逮捕の報……。泣き崩れる母の丸い背中……。無言で煙草をふかす父……。家族を襲った不幸な出来事は、しかし真壁には深刻な打撃を与えなかった。久子は一人しかいない。真壁か啓二か、どちらかが砕けるしかなかった。だから啓二が裁判にかけられ、初犯ということで執行猶予の判決が下されて家に戻ってくると、真壁はひどく苛立った。啓二はまた久子に近づこうとするのではないか。単なる不安とは違った。双子というものは、互いの影を踏み合うようにして生きているところがある。真壁が自分ならそうするだろうと思うことは即ち、啓二がそうする確率が極めて高いことを意味していた。胸の中は黒々としていた。顔形はおろか、自分と心の有り様《よう》まで似通《にかよ》った複製のごとき人間が、この世に存在することを呪った。いっそのこと消えてなくなれ。そう念じた。

願望は叶《かな》った。

啓二は再び盗みに手を染め、母に焼き殺された。

炭化した啓二の亡骸《なきがら》はちっぽけで、もはや双子の片割れではなかった。

真壁もそうなった。望んだ通り、双子の片割れではない、この世でたった一人の人間になった。だが。

一人……。独り……。それは自分の影を失うということだった。

啓二が現世の未練から真壁の裡《うち》に棲《す》みついたのではなかった。真壁が呼んだのだ。どこにも啓二をやりたくなくて、影のない闇から逃れたくて、だから啓二の魂を呼び戻し、自分の中に繋ぎ留《と》めている。あの日からずっと――。

坂の上。目的の家が近かった。

真壁は自転車を降り、額の汗を拭ってから辺りを見回した。バブル隆盛の頃、「三郷市郊外でプチリゾート！」をキャッチフレーズに売り出されたログハウス風の小屋群。今は住む者も訪れる者もなく打ち棄《す》てられ、家庭菜園のために用意されたはずの土地には、百八十センチ近い真壁の背丈《せたけ》を超《こ》える雑木《ぞうき》や雑草が我が物顔で生《お》い茂っていた。

《あっ》

黙り込んでいた啓二が小さく叫んだ。

真壁も見つけていた。雑木林に半分呑《の》み込まれた前方の小屋の外壁に、泥撥《は》ねのひどいミニバイクが立て掛けてあった。

《ねえ、ひょっとしてあのバイク……》

〈おそらくな〉

真壁は小屋に向かい、蝶番《ちょうつがい》の留めネジが外れて傾《かし》いだ玄関ドアを引いた。

中は薄暗く、ひんやりとしていた。鼻孔を突き上げた悪臭は生ゴミのそれだった。

「よう」

真壁が声を掛けると、部屋の中央で、むくっと男の上半身が起き上がった。上には何も着ていなかった。肉と呼べるようなものは既になく、すべての本数を晒したあばら骨に、艶《つや》のない弛《たる》んだ皮膚がだらしなく張りついている。

〝割らずの清太郎《せいたろう》〟――ガラスを割らずに、無締まりの窓だけを狙って犯行に及ぶことから、その異名《いみょう》がある。大正生まれの七十六歳。いまだ現役だ。

「ノビカベ、てめえか……」

寝起きの目を凝《こ》らすと、清太郎は前歯のない口でモゴモゴと言った。刑務所で一年間同じ房だった。刑事が符丁《ふちょう》として用いる〝ノビカベ〟の呼び名は、所内でも広く知られていた。

「何の用だ？」

清太郎は怪訝《けげん》そうに真壁を見た。同房の者とも決して群れることのなかった男の、突然の来訪の意図《いと》を測りかねている。

真壁は後ろ手でドアを閉じると、「いたみ」の女将よりまだ皺深いミイラ顔を見据えた。

「あんたか」

「何がだ？」

「先週の木曜夜だ。三郷のうぐいす保育園に入ったか」

若い時分から「学校荒らし」を専門にしていた男だ。だが、学校の機械警備が急速に普及して仕事が難しくなり、最近では警備の比較的手薄な幼稚園や保育園に入っている。清太郎はそんな愚痴混《ま》じりの話を房の人間によく聞かせていた。

「だったらどうした？」

清太郎は挑《いど》むように言い返した。

「入ったのか」

「先週は結構稼いだぜ」

「本当にあんたなのか」

真壁は老いさらばえた体に視線を這わせた。

「おい、なめた口を叩くなよ。こう見えても、腕じゃあ若造には負けねえ」

真壁は砂埃《すなぼこり》の溜まった床を見渡した。コンビニ弁当の残骸……菓子パンの袋……灰皿替わりの空き缶……。

「ムショのほうが長生きできるんじゃないのか」

「なんだと……？」

「向こうで三、四年、栄養士の手が入ったものを食ってこい」

「てめえ、正気か」

「ここでくたばる気か？　誰にも発見されず、このゴミ溜めの中で何年も屍《しかばね》を晒すことになるぞ」

「帰れ！」

清太郎は沸騰《ふっとう》した。

「てめえ、いつからデカの子分になった？　おう、確かにあのヤマは俺がやったよ。だが、ムショに行く気はさらさらねえんだ！　俺を縛りたけりゃあ、真っ黒けの証拠を持ってきやがれ！」

5

十時を過ぎて、夜がようやく街に滲《し》み入った。
真壁は下三郷駅からほど近い中華料理店で炒飯《チャーハン》をかき込んでいた。先ほどから啓二は喋りっぱなしだ。すこぶる機嫌がいい。
《いや、ホント。何度も言うけどさあ、俺、修兄ィのこと見直したよ。やっぱり久子のことちゃんと考えてるんだなあ、って。清太郎がホシだってわかれば、久子の疑い晴れるもんね》
〈奴がホシならな〉
《えっ？　違うの？》
〈わからん〉
《だって、自分がやったってウタったじゃんか》
〈見栄《みえ》を張ったのかもしれん。奴だという証拠がない〉
《確かにね。それが問題だよねえ……》
啓二はしばらく思案し、あっ、と声を上げた。

《修兄ィ、清太郎はホントにシロかもよ》
〈なぜだ〉
《だって、清太郎の奴、園の近くで職質食らったんだろ。バイクだから免許で名前バレバレだし、犯歴照会されたらもう逃げようがないよね。なのにパクられずにあんなとこで悠々と昼寝してたじゃんか》
真壁はコップの水をひと口飲んだ。
〈覚えてないか〉
《えっ？　何を？》
〈いたみに戻る時、警邏隊に職質されたろう。丸顔の男が俺たちの生年月日を無線で伝える時、どう言った〉
《ああ。えーと……四十二年一月十八日生まれ——そう言ったよ》
〈そうだ。頭につくはずの昭和が省《はぶ》かれていた〉
《どういうこと？》
〈照会センターのデータベースに大正生まれの人間は登録されていないってことだ。七十五を過ぎれば、もう外回りの事件は起こせないっていう読みだろうよ〉
《そっかあ。清太郎の野郎、そのフリーパスを利用して！》

〈おそらくな〉

言って、真壁は席を立った。

レジで金を払い、釣り銭を横のピンク電話に落とした。番号をプッシュする。

《あ……》

啓二の声を、呼び出し音が掻《か》き消した。

（はい。安西です）

幾ばくかの予感を秘めた声だった。

「俺だ……」

（あ、うん）

「一つ聞かせろ」

（えっ？　なに……？）

「金が消える直前の数日間だ。昼間、園の周《まわ》りをバイクでうろついていた爺さんがいなかったか」

〝下見の清太郎〟。それが、あの男のもう一つの異名だ。狙いをつけると、二度、三度と入念に下見を繰り返す。

（園のこと、聞いたの？）

「爺さんを見なかったか」

（見なかった……）

「園の中にやりそうな人間はいるのか」

（わからない――ねえ、それより、話を聞いてほしいの。寄れる？）

「話なら三沢玲子から聞いた」

（玲子が？　なんて？）

「お前がデカになぶられ、園の連中に疑われてる」

（違うの）

「違う……？」

（そんなの平気。いつものことだもん。アパートにもしょっちゅう刑事さん来るし……）

「園に押しかけられたとなれば話は別だろう」

（それはそうだけど……。でも、ホントに大丈夫だから。みんなにどう思われたって……。私、ほら、誰かさんに鍛《きた》えられて強くなってるから）

久子は笑い損《そこ》ねた。

（だから違うの。相談したいのは、そのことじゃなくて……）

真壁はその段になって気づいた。保育園で金が消えたのは先週。尋ね人の広告を目にしたのは半月前だった。

「話してみろ」

（寄れない……？）

「話せ」

数秒の間《ま》があった。

（プロポーズされてるの）

「相手は？」

（園の事務長――園長の息子さんなの）

長い沈黙があった。

「いい男か」

（……わからない）

「今回の盗難の件についてはなんて言ってる？」

（少しも疑ってないって……）

「俺のことは話したのか」

（ええ）

「……」

（あなたと別れてくれ、って言われた）

「いい男らしいな」

（馬鹿……）

ピィーと通話時間切れを予告する音が耳を突いた。

「受けるのか」

（そのほうがいい……？）

語尾が涙声になって掠《かす》れた。

通話が切れる寸前、真壁は言った。

「この件が片づいたら寄る」

6

「私立うぐいす保育園」――。

午前一時を回っていた。昼間目にした園舎の造りは童話の世界をそのまま取り込んだような遊び心たっぷりのものだったが、こうしてシルエットとなると相当に印象が異《こと》なる。同じ童話でも、陰湿な魔女の棲み家といった趣《おもむき》だ。

真壁は慎重に事を運んだ。ドライバーで園庭に面した「るり組」の窓ガラスを破った後、いったんその場を離れ、塀を乗り越えて園の外に逃れた。少し離れたマンションの外階段を上がり、四階と五階の間の踊り場から周辺の様子を窺《うかが》った。県警の捜査車両のリスポンスタイムは平均約五分。その倍の十分が過ぎたが、パトカーや警備会社の車が集まってくる気配はなかった。現金紛失事件から一週間。機械警備の導入はまだのようだ。いや、園の運営者は内部の人間の仕業《しわざ》と決めつけていて、端《はな》から導入する気がないのかもしれなかった。

《これで変わるね》

〈何がだ〉

《今夜、外から泥棒が入るんだもん、前のだって外からってことになるでしょ。もう久子が疑われなくて済むじゃんか》

〈清太郎の仕事だったと証明できれば事足りる〉

《そりゃまあ、それがベストだけどさ》

〈行くぞ〉

真壁はもうマンションの外階段を下り始めていた。

三分後には保育園の敷地内に再侵入を果たした。庭園灯で十指の指紋すべてがマニキュアで潰れていることを確認すると、先ほど破った「るり組」の窓ガラスに小走りで近寄った。割った部分はいつも通り一辺が約二十センチの三角形。腕を差し入れ、V字形に曲げてクレセント錠を外した。

侵入し、窓を閉じた。園舎の中は生暖かく、どこか乳臭かった。真壁はオモチャのような机よりもさらに身を低くして三十を数えた。闇に目が慣れ、雑多な輪郭線が見えてくる。

廊下に出る。「事務室」のプレートはすぐに見つかった。縦《たて》長の素通しガラスが嵌《は》め込まれた引き戸……。把手《とって》の横に真新しい南京錠《なんきん》がぶら下がっている。今回の事件を機に付けたのだろう。およそ三十センチ幅の嵌め込みガラスに顔を近づけて室内を窺う。幾つもの机が緑色の避難口誘導灯にぼんやりと浮かび上がっている。ガラスすれすれに顔を寄せれば、部屋の左右の壁までが見渡せる——。

不意に真壁はガラスから顔を離した。ペンライトを点け、ガラスの表面を斜めから照らす。やや視線を下げ、自分の胸の高さ辺りの部分を丹念に観察した。

真壁は灯《あかり》を消し、荒い息を一つ吐いた。

トイレに向かった。中には窓が三つあった。いずれも真壁の首ほどの高さだ。真ん中の窓の鍵は針金でぐるぐる巻きにされていた。応急処置を施《ほどこ》したということだ。

右側の窓の鍵を外し、窓を半分ほど開いた。首と手を外に突き出し、ペンライトで地面を照らす。鑑識が石膏《せっこう》で足跡を採取した痕《あと》があった。首を曲げ、真ん中の窓の下の外壁に目を凝らした。最近になって塗り直したものらしい。淡いピンク色の外壁に、汚れや傷は見当たらなかった。

それが早目の撤収を真壁に決意させた。

廊下を抜け、「るり組」に入り、侵入口の窓から園庭に出ると、すぐさま塀を乗り越えて音もなく裏通りに下り立った。路地に入り、二度、三度と角を折れ、児童公園のトイレの陰に隠しておいた自転車に跨がり、保育園と反対の方向に乗り出した。

顔に風を感じるまで速度を上げた。

ヒュー、と中耳にも風が巻いた。

《やっぱスリルあったね》

警察が捜査に入っている保育園にノビを仕掛ける。久子のことがなかったら、啓二は大反対したに違いない。

《で？　どうだったの修兄ィ。清太郎がやった証拠、何か摑めた？》

〈ああ〉

《ホント！　何さ？》

〈奴がホシじゃないって証拠だ〉
《ええっ？》
トイレの窓は高過ぎた。七十六歳。清太郎がいかに身軽だとしても、歳には勝てまい。壁にまったく靴の痕跡《こんせき》を残さず、腕力《うでぢから》だけであの窓に体を持ち上げるのは不可能と言うほかなかった。
《だけどさ、それって絶対じゃないよね。ひょっとしたらってことだって》
〈本ボシが見えた〉
《何が？》
啓二は真壁の呟《つぶや》きを聞き逃したようだった。
〈これからもう一軒入る〉
《ウソ。どこさ？　だって下見とかしてないじゃん》
〈下見は済んでる〉
自転車が止まった。正面に、恐ろしく塀の高い二階屋――。
啓二が悲鳴のような声を上げた。
《ま、まさか、ここに入るの？》

7

午前六時。腕時計の秒針が12を通過するのを待って、真壁は電話ボックスに入った。ジャージのポケットから、探偵が寄越したメモを取り出そうとしたが、啓二が番号を伝えてきたので、その通りにプッシュした。

呼び出し音ゼロで先方の受話器が上がった。

(もしもし)

押し殺した声。三郷署の三沢睦夫《むつお》署長——。

(……お前だな？)

「そうだ」

(とんでもないことを仕出かしおって。逃げられんぞ。今の声は録音したからな)

「夜中に調べさせてもらった。そういう機能はない電話だ」

舌打ちが耳を叩いた。

(思い上がるなよ。娘から貴様の名を聞いた。即刻逮捕してやる)

「署長官舎が泥棒に入られました——そう本部に報告するわけか」

絶句の間の後、三沢は唸《うな》り声を上げた。

(き、貴様ア、いったい何を盗んだ！)

「情報だ」

(何だと……？)

「三沢玲子の手帳、アルバム、化粧品、それと預金通帳だ」

(通帳が情報か？　コソ泥風情《ふぜい》が格好をつけおって。ただの金目当てだろうが)

「探偵を雇うのに幾らかかるか知ってるか」

(何ィ……？)

「玲子は探偵に俺を探させた。だが、預金通帳にはここ一カ月、一度に三万以上の金が引き出された記録はなかった。どういうことかわかるか？　あんたの娘は、保育園の事務室から盗んだ金で探偵の報酬を払ったんだ」

(でたらめを言うな！　どこにそんな証拠がある！)

「鑑識にやらせろ。事務室のドアの窓ガラスに付着しているファンデーションと玲子の持ち物を照合してみることだ」

牛乳の配達で毎日のように園に出入りしていた玲子は、経理の人間が机の引き出しに大金を入れていることを知っていた。各部屋に牛乳を配って歩きながら、事務室が無人になる機会を窺っていた。何度も中を覗いたに違いない。あの縦長のガラス窓から──。

（馬鹿を言え！　玲子に限ってそんな──）

「昔、こんなことがなかったか」

真壁はゆっくりと言った。

「娘の部屋で見慣れない物を見つけた。白雪姫のハンカチ……。匂いのする消しゴム……。真新しい上履き……。持ち主にこっそり返せと娘に命じたことはなかったか」

（あっ……）

三沢の声が揺らいだ。

「娘が可愛いなら園の連中にこう言え。金の紛失は外部の犯行と断定した。デカ連中にはきつく命じろ。二度と安西久子には近づくな──わかったか」

電話の向こうで、一人の父親がへなへなと床に崩れる様《さま》がはっきりと見えた。

ややあって、ヒステリックな女の声が取って代わった。

（ひどい！）

「ひどいのはどっちだ」

手帳やアルバムにはすべて目を通した。

「熊川満彦《くまがわみつひこ》。園長の息子だ」

（そうよ！）

「温泉宿で抱き合ってる写真があった」

（最低！　あんたが悪いんでしょ！　久子をほっぽらかしとくから。久子も久子よ、満彦に色目使って、だから満彦が靡《なび》いちゃったのよ。私、満彦に話したんだ、あんたと久子のこと。そしたら、可哀相だとか言って、ますます熱くなっちゃって。だからあんたに頼んだのよ。久子を放すなって。ねえ、ちゃんとやってよ。こっちは久子のお陰でメチャメチャになっちゃったんだからね）

「昔からそうだったな。お前が久子を持ち出す時は、自分が光りたい時だ」

（ぜんぜんわからない。なんでみんな、あんな女をチヤホヤするのよ。ちょっと顔が可愛いだけで、なんの面白みもないじゃない。いつも黙ってて、自分の気持ちも満足に言えなくて、イライラするのよねえ、ああいう陰気なオンナ！）

「………」

（ちょっと聞いてるの？　ねえ、もしもし！　もしもし！）

電話を切ろうとした時、受話器の向こうが湿った。

（私、満彦のこと絶対諦《あきら》めないから。久子に言っといて——お腹にいるの。まだ診《み》てもらってないけど、わかるんだあ、絶対そうだって）

8

午前二時。今年初めての熱帯夜だった。

真壁はゆっくりペダルを漕いでいた。啓二は気配を絶っている。闇と同化した路地の奥、「福寿荘」の二階に、ぽっかり一つだけオレンジの灯があった。あの電話の日からずっとそうしていたに違いない。

ドアをノックすると、鏡で顔と髪を見るほどの間があってドアが開いた。

「入って」

掠れた声で言って、久子は逃げるように背中を向けた。真壁が靴を脱ぎ、狭い台所を抜けると、奥の八畳間に久子の顔があった。低すぎる電灯が、その張り詰めた表情を半分隠している。潤《うる》んだ瞳で、眩《まぶ》しそうに真壁を見つめている。

「なぜ黙ってる」

真壁が言うと、久子は小さく息を吸った。

「怖いもん。あなたがなんて言うか……」

「園長の息子は断れ」

「本当……？」

「三沢玲子とも縁を切れ」

「えっ……？」

真壁は畳に腰を落として胡座《あぐら》をかいた。つられるようにして久子も座った。玲子の名で一瞬曇った表情が、その前の真壁の台詞に縋《すが》ってえくぼを作ろうとしている。

「嬉しかった。電話、二回も……。それに、警察の人にしてくれた話も」

「俺が警察に何を言った？」

「私のこと、奥さんだって言ってくれたんでしょ？」

「内縁だと言った」

「事実だもん……。違う？」

「……」

「園長の息子さんの話、だから断れって言ってくれたんでしょ？　ねえ、そうなんでしょ？　そう思っていい？」

言いながら、久子の顔に失望の色が広がっていった。真壁の無表情がそうさせた。

「お母さんはね、お見合いしろって言うの」

「そうか」

「してみようかなあ、一回ぐらい」

真壁は視線を逸らした。

女手一つで久子と二人の弟を育てた母親が、そう言ってみて駄目なら諦めろと諭《さと》したのだろう。

「だって私、もう三十四だし……。どうにもならないでしょ？」

あなたがどうするつもりもないんだから。瞳はそう続け、だが言葉にはしなかった。久子は開き直ることを知らない。

真壁は目を閉じた。

無意識に啓二を呼んでいた。

二人は一つになれる。だが、三人は――。

「したいならしろ」

真壁が言うと、久子の瞳が揺れた。

「だったらどうして？」

「……何がだ？」

「どうして出所した日にここに来たの？　抱きたかっただけ？　女の人なら誰でもよかった？」

「……」

「ずっと刑務所にいればよかったのに」

自分の発した言葉に打たれ、久子は顔を手で覆った。

「お願い。もうやめて泥棒なんて」

「……」

「普通に仕事して、普通に暮らして……何でも普通に普通に、それじゃだめ？」

中耳が痛かった。その静寂が。

「普通とか平凡とか、世間が言うほど大したことじゃない」

久子はぽっかり口を開き、それをキュッと閉じて畳に目を落とした。

「啓ちゃんが生きてたら、きっとあなたのことぶつと思う」

真壁は立ち上がった。

ドアに向かった。

背中に燃えるような体が張りついた。細い両腕が胸と腹の間を締めつけた。

「教えて」

久子は真壁の背中に頬を押しつけた。

「二人とも愛せばよかったの？　あなたも啓ちゃんも、二人とも？」

「………」

「そんなことできないよ。心を二つに割るなんて」

「………」

「お願い。啓ちゃんのことは忘れて。お願いだから……」

真壁は天井を仰いだ。

啓二の軀《むくろ》が見えていた。

あの夜の声が耳に蘇っていた。

熱いよ！　熱いよ！

真壁は久子の手首を摑んだ。体に絡みつくその細い手をゆっくりとほどいていった。抗していた久子の手からすっと力が抜け、だらりと垂《た》れ下がった。

真壁は部屋を出た。

階段を下りた。

自転車を乗り出した。

中耳で啓二が暴れていた。

床に大の字になって手足をバタつかせる幼子のように。

《戻ってよオ、修兄ィ！　お願いだから戻ってよオ！　俺、消えるから。俺、どこかに行

くから。父さんと母さんのとこに行くからア！　修兄ィ！　修兄ィ！　修兄ィってばあ！　馬鹿ア！　馬鹿ア！》

業火《ごうか》

1

九月二十八日。煙雨——。

週末のせいもあって、街道沿いのファミリーレストランは、午前一時を回っても客足が途絶えなかった。席は八割がた埋まっている。サラダバーの近くに、虫でも涌《わ》いたかのように犇《ひしめ》き合う茶髪の一団。その向こうのラウンド席に、三人のフィリピーナをはべらせてレアステーキにかぶりつく「シャチョウ」。窓際の席には、ピンクのスーツを着込んだ保険外交員風の「三十女」が、落ちつかない素振りで独《ひと》りいた。テーブルの上に目印とおぼしき女性誌。出会い系にでも嵌《は》まっているのか、携帯のメールを気にしつつ、マスカラの陰から覗く細い目で、入店してくる男たちを盗み見ている。

真壁は調理場に近いカウンターの席にいた。

髪が濡れ、微かに息が乱れている。「旅館いたみ」を逃れ出てからまだ三十分ほどしか経っていない。警察が『旅舎検《りょしゃけん》』を仕掛けてきた。旅館や安アパートに対する一斉立ち入り検査だ。新聞記事によれば週明けに皇族が来県する予定だというから、それを睨んでの大掃除だったに違いない。

真壁の他にも、こうした店には不似合いな気配を漂わす一人客の男が何人かいた。警察の頭には、闇の中で追い立てた獲物は、より深い闇に向かって逃げるという思い込みがある。今夜に限るなら、皓々《こうこう》と灯《あかり》のともるこのファミレス辺りが、娑婆《しゃば》の裏を生きる人間たちにとって最も安全な場所だと言えた。

真壁は冷めたコーヒーを一口啜《すす》った。

〈啓二――〉

入店してから何度目かの呼び掛けだった。返事はなく、中耳は静まり返っている。もう二月《ふたつき》近く、啓二の声を聞いていない。

「――森田《もりた》さんじゃないですか」

声でそうだとわかった。振り向いた真壁は、ピンクのスーツの胸に女性誌を抱いた「三十男」の顔を見た。

「違う」

真壁が突き放すと、男はマスカラの目を剝いた。じゃあ誰が森田さんなのよオ、と見当違いに真壁を睨み、今にも泣きだしそうな顔で店内を見回した。外から窓越しに様子を窺《うかが》った「森田」が正体を見抜き、こっそり逃げ帰った可能性については考えていないようだった。

男の身長がゆうに百七十を超えていたから、その後ろにいた小男に気づいたのは、ヒステリックなヒールの足音がレジに向かった後だった。

「胸は一応工事してたみたいだな」

小男は、にやついた顔でピンクのスーツの背中を見送ると、真壁に親しげな視線を絡めてきた。丸刈り頭。赤ら顔。歳《とし》は四十半ば。奥の席にいたのは知っていた。こうした店には似つかわしくない人間の一人に数えていたからだった。

小男は真壁の隣の椅子に腰を乗せ、殺した声を寄越した。

「あんた、ノビカベさんだろ？」

四十代の丸刈りは刑務所で嫌《いや》というほど見てきた。目鼻立ちに視線を這わせたが、記憶と重なる顔はなかった。

「どこかで会ったか」

「三崎《みさき》ってんだ。あんたの足元にも及ばないが、一応、同業者だ」

三崎……。その名は記憶に触れた。〝天蓋引《てんがいび》き〟。天窓やドマーニから侵入する窃盗手口でいっときこの界隈《かいわい》を賑《にぎ》わせた。

「肝臓をやられて引退したように聞いた」

真壁が言うと、三崎は照れ臭そうに頭を掻いた。

「そのつもりだったんだが、またガキができちまって」

今夜の旅舎検は妻子持ちの泥棒まで燻《いぶ》りだしたようだった。警察の狙いはテロ防止のはずだが、結局のところ泥棒であろうが不法滞在者であろうが、怪しげな者は手当たり次第に微罪で引っ掛けて留置場に放り込む。風俗店の看板やポルノ映画の街頭ポスターと同じ扱いだ。目障《めざわ》りなものはすべて撤去し、「浄化」した街に皇族を迎え入れる。

「話は済んだのか」

自分の席に戻れ。そう言ったつもりだったが、三崎には伝わらなかった。

「いやあ、前からあんたに会いたいと思ってたんだ」

真壁は答えず、コーヒーカップを口に近づけた。

「こっちに足入れする前は随分なエリートさんだったらしいね」

遠慮がちに言って、三崎は探るように真壁の目を見た。

真壁は席を立った。

三崎は慌てて真壁のシャツの袖《そで》を摑《つか》んだ。

「あ、待ってくれ。気に障ったら謝るよ」

真壁は手荒な動作でシャツの袖を取り戻した。

「自分の席に戻れ」

「謝ってるじゃないか。なあ、座ってくれ。実はあんたに教えたい情報があるんだ。それでのこのこカウンターへ来たんだ」

情報……？

真壁は尖った視線を三崎に向けた。

「随分と親切なんだな。たまたまここで出くわした人間に」

「だからだよ。同業者が鉢合わせなんて、こんなこと滅多《めった》にないから話したいんだ。あんたにも関係がある話なんだ。聞いてくれ」

三崎の真顔は点呼を受ける受刑者を連想させた。

真壁は椅子に腰を戻した。

「三分で済ませろ」

三崎は小刻みに頷《うなず》き、声を潜《ひそ》めた。

「盗っ人狩りの話だよ。耳にしてるかい？」

今夜の旅舎検のことを言っているのではなさそうだった。

「初耳だ」

「半月前から同業者が襲われてるんだ。立て続けに三人もだぜ」

「襲われてる……？」

「チンピラが何人もで襲ってきて袋叩きにするんだ――鮒戸に、黛って若いのがいるの知ってるかい？」

斜《しゃ》に構えた風貌が脳裏を過《よぎ》った。黛明夫。〝宵空《よいあ》き〟専門の駆け出しだ。出所して間もないころ、小さな取り引きをした。

「奴がやられたのか」

三崎は色をなした。

「やられたなんてもんじゃねえ。頭蓋骨へこまされて意識不明の重体ってやつだ。きっと助からねえ」

「……」

「他の二人も散々殴られて入院だ。でもって、ここからが肝心な話なんだが――」

喋《しゃべ》っている三崎の目に怯《おび》えの色が覗いていた。

「やられた三人は、みんなこの界隈で仕事をしてる連中なんだ」

「……………」

「おい、聞いてるのか？　次は、俺かあんたかもしれねえって話なんだぜ」

「サツは？」

「ちっとも動かねえ。ま、俺たちが何人くたばろうが痛くも痒《かゆ》くもねえだろうからな」

真壁は頷いた。

「チンピラの目星《めぼし》はつかないのか」

「さっぱりだ。ただ、泥棒が襲われる理由なんてそうそうあるもんじゃねえ。目的のほうは見当がつくってもんだ」

遠回しに言って、三崎は答え待ちの顔をした。

「盗んじゃならない物を盗んだ奴がいる、ってことだな」

「ご明察だ。やられた三人はバッグを取られたりヤサを掻き回されたりしてる。チンピラはブツを取り戻そうとしてやがるんだ」

ブツ――三崎の頭には「裏帳簿」だか「シャブ」だかの単語が浮かんでいそうだった。

真壁は前を見たまま言った。

「話は終わりか」

「ああ。とにかく気をつけな。雁谷界隈じゃ、あんたの右に出る腕利《きき》はいないんだ。間違いなくリストアップされてるぜ」

真壁はカップのコーヒーを飲み干した。テーブルの上の伝票を浚《さら》い、三崎が手にしていた伝票も摘《つま》み取った。散々飲み食いした数字——。

「あ、よしてくれよ。そんなつもりで話したんじゃないんだ。袖擦《す》り合うも、ってやつだからさ」

口では言いつつ、真壁が足元の黒バッグを手に席を離れるまで、三崎の手が伝票に伸びることはなかった。

2

三つほど明るい店を梯子《はしご》するうち空は白《しら》んだ。

真壁は雁谷本町駅に足を向けた。雨はあがり、旅舎検明けの街はカラスばかりが目立った。今日も暑くなりそうだった。記録的だった冷夏の帳尻《ちょうじり》を合わすかのように、残暑の厳《きび》しさもまた記録を塗り替えつつあった。

交番のある北口は避け、真壁は南口から駅構内に入ってコインロッカーにバッグを押し込んだ。三崎が言うような「ブツ」が入っているわけではない。中身は黒色ジャージの上下と一組の下着。あとは十万ほどの現金だけだ。ペンライトやドライバー、ガムテープといった仕事道具は、昨夜、「いたみ」を飛び出した直後に捨て去った。

真壁は午前中いっぱい喫茶店と本屋で時間を潰し、午後になって自転車で北へ向かった。仕事の下見をする気はなかった。皇族の来県日程が済むまで警察の特別警戒は続く。

強い日射しを首筋に感じつつ、真壁は「一妙寺《いちみようじ》」を目指してペダルを漕いでいた。古い住宅街を抜けていく。真壁と啓二が自分たちの庭のように思っていた街――。

〈啓二――〉

答える声はなかった。

往《い》ってしまったのかもしれない。真壁は本気でそう思いはじめていた。

自転車が、昔住んでいた借家の辺りに差し掛かった。当時の名残《なごり》はない。今は間口の狭い雑居ビルが建っていて、一階に洒落《しやれ》たパン屋が入っている。揃いのミニスカートの一団が賑やかにパンを品定めしている。十五年前、この場所に三つの焼けただれた死体が転がっていたことなど知る由《よし》もない。

一妙寺は静けさに包まれていた。

真壁は寺の裏から墓地に入った。「真壁家の墓」には目もくれず、敷地の奥まった場所に聳《そび》える杉の巨木に向かって歩いた。その根元で足を止め、膝を折った。青みがかった角のない石。記憶の中の目印は深い下草に覆われていた。ゆうべの雨で湿った草を両手でかき分けてみる。長年風雨に晒され土に埋もれてしまったか、それとも草取りの手がどけてしまったのか、それらしき石は見つからなかった。だが、ここにいる。啓二はこの土の下に眠っている。

四十九日の晩、墓の蓋を開き、納骨したばかりの骨壺を取り出して杉の根元に移した。啓二を焼き殺した母が許せなかった。その母と啓二を同じ場所に眠らせることに我慢がならなかった。

真壁は、枝振りに凄味《すごみ》を増した巨木を見上げ、また足元に目を落とした。

〈啓二、戻ってこい〉

耳を澄ませた。

どれほど微かな気配であっても聞き逃すまいと中耳に神経を集中させた。

俺、もう消える。二月前、啓二は泣きながらそう言った。真壁が「福寿荘」を後にした時だった。

〈いいから戻ってこい〉

真壁は目を閉じた。

声はなかった。

静けさが、ありもしない音を聞かせるばかりだった。

真壁は目を開いた。

啓二は往った——。

現実を受け入れるしかなかった。

踵《きびす》を返した。早足で歩いた。墓地を抜け、本堂の裏を通り、駐車場に出た。その時だった。

前方の黒塗りのセダンのドアが開いた。運転席と助手席のドアが同時だった。二人の男が降りてきた。そうする間、四つの鋭い眼光は真壁を捕《と》らえ続けていた。

チンピラと呼ぶには抵抗のある、すっかり出来上がった男たちだった。懐《ふところ》に鞘《さや》を呑んでいるのはスーツの撓《たわ》みでわかる。なのに二人は三段伸縮の特殊警棒を手にしていた。殺す気はない。ぶちのめす腹だ。

二人は無言だった。真壁の顔も名も承知しているということだ。おそらくは過去の火災事件も知っていて、実家や寺のあるこの周辺を真壁の立ち回り先の一つと踏んでいた。

目も鼻も口も小さい、のっぺらぼうのような男が前方に立ち塞《ふさ》がり、顎《あご》の先端に刃物傷のあるもう一人は、弧《こ》を描くようにして右に歩き、やがて真壁の視界から消えた。

のっぺらぼうが腕を一振りして、特殊警棒を伸ばした。背後でも同じ金属音がした。

その背後の顎傷が先に動いた。砂利《じゃり》を蹴って走り、横腹を狙って警棒を打ちつけてきた。真壁はすんでのところでかわし、顎傷の鼻っ面《つら》に裏拳《うらけん》を叩き込んだ。怯《ひる》んだところに肩から突進して後方によろけさせ、がら空《あ》きになった腹に正面から靴の爪先を食らわした。体がくの字になったと見るや頸椎《けいつい》めがけて肘を落とし、そのまま襟首《えりくび》を摑んで顔面を膝で蹴り上げた。仕留《しと》めた。確信しつつ真壁は体を反転させ、のっぺらぼうの攻撃に備えた。が、一瞬早く振り下ろされた警棒が左の肩口を打った。

真壁は飛び退《の》き、後ずさりした。のっぺらぼうが警棒を振り上げた格好のまま間合いを詰めてくる。真壁の瞬《まばた》きを見逃さず、大きく左足を踏み込んできた。真壁は体を屈《かが》めて突進した。振り下ろされる警棒をかい潜《くぐ》り、腋《わき》の下に張りついた。腕を摑み、ねじり上げようとしたがもつれた。互いの体が伸び上がった。次の瞬間、のっぺらぼうの額《ひたい》が鼻梁《びりょう》に叩きつけられた。真壁は視界を失い、だが反射的に繰《く》り出した肘打ちに確かな感触があった。

黄色い視野の隅に、膝立ちののっぺらぼうを見つけ、顔面を蹴り上げた。が、それは頬を掠《かす》めただけでかわされ、逆に足を取られた真壁はバランスを崩し、背中から地面に落ちた。ネコ科の猛獣のごとき素早さでのっぺらぼうが体を浴びせてきた。骨ばった手が真壁の首に掛かった。体重を乗せ、力任せに締めつけてきた。真壁も下から首を締め返した。互いの荒い息を呑み合った。二つの顔は今にも張りつきそうだった。蒼白《あおじろ》いのっぺらぼうの顔が、真っ赤な鬼面と化していた。

上が有利と決まっている。無呼吸の限界は過ぎていた。機能を失いかけた脳が、しかし極めて明瞭な命令を発した。真壁の右手がのっぺらぼうの首から離れた。震えるその手がスーツの懐に伸び、白鞘からギラリと光る匕首《あいくち》を引き抜いた。

時間が止まったように、のっぺらぼうの動きが止まった。匕首の刃先を太い首に這わせながら、真壁は体を起こした。

すぐには声が出せなかった。

喉《のど》を行き交《か》う熱い息が笛のような音をたてていた。吐き出す息に言葉を託した。

「誰だ……？　誰に頼まれた？」

刃先は頸動脈《けいどうみゃく》を正確に探り当てていた。もうのっぺらぼうとは呼べなかった。その三十代前半とおぼしき男の表情は怯えに支配されていた。

匕首を握る手に力が籠《こ》もった。刃先にうっすら血が滲《にじ》んだ。

「言え！」

震える唇が動いた。

「ジ……ジゴロだ」

利那、中耳にけたたましい声が響いた。

《修兄《に》ィ！　後ろ！》

それが仇《あだ》となった。

真壁は背後の気配に気づいていた。振り向こうとした時、啓二の叫び声に動きが一瞬止まった。再起動したが間に合わず、渾身《こんしん》の力で振り下ろされた特殊警棒の一撃は、真壁の耳の上の側頭部で鈍い音を発した。

真壁は顎傷の男を睨みつけ、だが、できたのはそれだけだった。顔から地面に沈んだ。その顔にすぐさま蹴りが飛んできた。別の足が続けざまに腹を襲った。鳩尾《みぞおち》に靴の爪先を放り込まれ、真壁はのたうった。攻撃は全身に対して執拗《しつよう》に繰り返された。ついには靴底で顔を踏みつけにされた。体重を掛けられ、地面の砂利に頬がめり込んだ。

頭上で声がした。

「コソ泥ふぜいが手間かけさせやがって」

「……………」

「死体《ロク》になりたくねえなら正直に答えろ。シゲハラマサオの家に盗みに入ったのはお前か」

シゲハラ……マサオ……。

とりわけきつい一撃が背骨に叩き込まれた。

「思い出せ。今月の十日。妻山《つまやま》団地のはずれにある瓦《かわら》屋根の二階屋だ――入ったか！」

3

《修兄ィ……》

啓二の声だ……。

《修兄ィ、大丈夫？》

心配そうな啓二の声……。

真壁はカッと目を見開いた。

天井が高かった。ベッドにいた。幾つも並んでいるベッドの一つだ。腕に針――。

点滴……。病院……。盗っ人狩り……。

体が動かない。いや、動かしてはならないと脳が命じている。目線を窓にやった。午前中の日差しだ。丸一日近く眠っていたということか。

真壁はハッとした。

〈啓二――〉

呼び掛けて、耳を澄ました。

〈いるのか〉

確かな気配を感じていた。

〈啓二、返事をしろ〉

《威張るなよ修兄ィ。心配したんだぜ》

懐《なつ》かしい声だった。夢ではなかった。啓二は真壁の中耳に戻ってきていた。

《けど、まあ、ホッとしたよ。生き返ってくれて》

〈俺の体はどうなってる?〉

《頭の骨はどうにか無事だったらしいよ。少し内出血してたらしいけど》

隣のベッドのスポーツ刈りが、不思議そうに真壁を見つめていた。一人ではない。そんな気配を感じているのかもしれなかった。

《それからアバラにひび。右腕と左手の指二本もひび。あとはとにかく全身打撲。これだけやられりゃ、ショック死してもおかしくなかったってさ》

〈もういい。わかった〉

のっぺらぼうだか顎傷だかの台詞が脳の片隅にへばりついていた。

シゲハラマサオの家に盗みに入ったのはお前か？

〈啓二――俺は連中の質問に答えたのか〉

《いや、ひと言も答えなかったよ。それで連中、ますますいきり立ってさ、住職が出てこなかったらマジで殺されてたよ》

質問に答えなかったということは、連中が再度締め上げに来る可能性があるということだ。

真壁は上半身を起こした。激痛と鈍痛がごちゃ混ぜになって全身を駆け抜けた。点滴の針を引き抜き、ベッドから下りた。足元のプラスチック製の籠《かご》にシャツとズボンが畳んで入れてあった。ポケットを探った。万札が四枚、手つかずで残っていたが、コインロッカーの鍵は消えていた。

着替えを急いだ。軋《きし》む体を無理やり操《あやつ》ってのことだから、普段の何倍もの時間を要した。向かいのベッドの老人が、無茶はおよしよと何度も声を掛けてきた。返事をしないでいると、老人は一転むくれてナースコールのブザーを押した。真壁は万札を一枚ベッドに放り、病室に駆け込んできた看護婦を押し退けて廊下に出た。

五階の病棟だった。真壁はエレベーターで一階に下りた。ロビーは広かった。ソファで診察待ちをしている外来患者が一斉に真壁を見た。トイレに入って鏡に顔を映した。尋常な腫《は》れ方ではなかった。売店でマスクを買った。花粉症の人間がつける大きなマスクが必要だった。そうしたところで、右目と額の青痣《あおあざ》は隠しようがなかった。帽子とサングラスを考えたが、マスクを含めたその三つの組み合わせは、職務質問をしたくてうずうずしている警察官を何人も招き寄せるに違いなかった。

マスクをつけ、真壁は玄関に向かった。あと数歩のところだった。啓二が叫んだ。

《修兄ィ！　外！》

玄関の自動ドアの向こう、「喫煙コーナー」のガラス張りのボックスに、ひと目でそれとわかるパンチパーマの男が立っていた。灰皿を独り占《じ》めにして美味《うま》そうに煙草をふかしている。

えらの張ったその顔に見覚えがあった。どこかで見た。確か……。

《ブラックビルの前にいたんだよ！》

真壁はゆっくり頷いた。

そう、いつだったか、「イースト通り」に面した通称「ブラックビル」の前に立っていたところを見かけた。外壁を黒タイルで覆ったその五階建てビルは、「博慈会《はくじ》」の活動拠点だ。雁谷界隈で「十舎連合《じゆつしや》」と勢力を二分する有力組織である。

《相手が悪いよ、相手が……》

啓二はすっかり怖《おじ》けづいていた。

無理もなかった。パンチパーマが真壁の監視役だとするなら、昨日襲ってきたのっぺらぼうと顎傷も博慈会の人間ということになる。

パンチパーマが監視役である可能性は高かった。肉親を装《よそお》って消防署や病院に電話を入れれば、救急患者の行き先などすぐに知れる。パンチパーマはそうしてこの病院を突き止めた。担当医から、あの男はしばらくは動けないと聞かされ、この一階ロビーに腰を落ちつけた。無論、医師には、男が目覚めたら知らせてほしいと告げてある――。

ニコチンの禁断症状に感謝すべきだろう。パンチパーマがロビーのソファにいたら終わりだった。いや、五階で看護婦に見られた。真壁が病室を抜け出したことはすぐにでも奴の耳に入る。

真壁は玄関に背を向けた。迷路のような廊下を歩き、医療器具の搬出入に使われる裏口から外に出た。降るような日差しだった。その光と熱が、体中の傷に塩だか砂だかを擦り込んでくるように感じた。奥歯を噛みしめながら歩いて裏通りに出た。目は自転車を探していた。乗れる自信はなかったが、このまま歩いて倒れ込むよりはましだと思った。

《修兄ィ、どこに逃げるの？》

しばらく考え、真壁は答えた。

〈まずは駅でロッカーを見る――その後、シゲハラマサオのヤサだ〉
《ま、まさか、この件を調べるってこと?》
〈そうだ〉
《そうだじゃないよ! 危ないじゃんか。そんなところウロウロしてりゃあ、また連中に見つかっちゃうよ》
〈見つかる前に調べをつける〉
《正気かよ、いったい何を調べるわけ?》
〈決まってるだろう。襲われた理由だ〉
答えながら、真壁はガードレールに張りついていた放置自転車を歩道に引っ張りだした。
《だから、やられた理由はさ、シゲハラの家で何か盗んだって疑われたからだろ?》
〈何かって何だ〉
啓二は苛立った。
《そんなの知るかよ。俺たちに関係ないだろ。やってないんだから》
〈襲ったのは誰だ?〉
《もう! 博慈会だろ。バリバリのヤクザじゃんか。だから俺はやめろって言ってるんだ

よ》
　真壁は自転車を跨《また》いだ。痛みが、怒りとなって全身に広がった。
　敵の名が脳を突き上げていた。
〈ジゴロだ〉
《えっ……？》
〈ジゴロと呼ばれる奴が命令し、組員二人に俺を襲わせた〉
　真壁の強い口調に啓二は気圧《けお》された。
《そ、そうかもしれないけどさあ、そんなの調べたらマジで危ないって。知らないほうがいいってことだってあるさ》
〈何も知らないでいるってことが、何より危険なんだ〉
　真壁は自転車を乗り出した。漕ぎ出してスピードに乗るまでは全身の骨と肉が悲鳴を上げ続けた。
　なだめるような声がした。
《やめよう。ね、大怪我《けが》してるんだし、しばらく雲隠れしたほうがいいよ。どっか別の街に行ってほとぼり冷まそうよ》
〈……………〉

《なあ、修兄ィ、そうしよう。栃木か群馬にでも行こうよ。温泉につかりゃあ、傷も早く治るしさ》
〈一度離れたら戻れなくなる〉
《えっ？》
〈土地っていうのはそういうもんだ〉
小さな間《ま》があった。
《ここってそんなにいいところ？》
〈………〉
久子がいるから？　啓二はその問いを呑み込んだようだった。
自分が消えたのに、なぜ久子のアパートに行かなかったのか。今にも投げつけてきそうなその問い掛けも、啓二は言葉にしなかった。
溜め息が中耳に広がった。
《そうだよね。俺たちが生まれた土地だもんね》
〈そういうことだ〉
真壁は自転車を雁谷本町駅の南口に回した。構内に浅く入り、遠目からコインロッカーのある一角を窺う。

〈見えるか？　45番だ〉
《違うよ。46番だろ》
記憶力で啓二と争う気はなかった。
《半開きだね……。あれえ？　バッグ、入ったままみたいだよ》
病院を抜け出してから三十分以上が経っていた。パンチパーマが真壁の逃走に気づいていてもおかしくない。いずれにせよ、ロッカーの中のバッグは「罠《わな》」と考えたほうがよさそうだった。
《あきらめる？》
〈ああ〉
真壁は体を返し、歩道の電話ボックスに入った。電話帳を捲《めく》る。骨にひびの入った指は言うことをきかず、思いのほか時間を食った。「シゲハラマサオ」。載っていた。「重原昌男」で。住所を啓二に記憶させ、電話機の上に置き去りにされていたボールペンと就職情報誌を浚《さら》って、ボックスを出た。
押し殺した声――。
《修兄ィ、見て》
駅構内のロッカー……。半開きだった46番の扉が閉まっていた。いや、完全には閉まっていないが、中にバッグがあるかどうかは窺い知れない。通行人が持ち去ったか。駅員が発見したか。それとも、餌《えさ》を、より餌らしく見せるために奴らが細工《さいく》したか。

《やっぱ、ヤバいよ……》

〈行くぞ〉

真壁は自転車に跨がった。

暴力の恐怖は体が覚えていた。

だからといって、真壁はこの地を離れて生きる自分を想像しなかった。

4

信号待ちが辛《つら》かった。

自転車を漕ぎ出す苦痛は次第に増していく。

西へ向かっていた。駅のロータリーからアーケードの商店街を抜ける。しばらく丘陵を目指すように走ると、区画整理のしっかりした一戸建ての住宅団地が姿を現す。

妻山団地——数年前に公社が造成して分譲した住宅団地だ。既に四百戸近い家が建っているので、団地内をひと回りすれば主だった住宅メーカーの新型モデルをすべて目にできる。週末にはマイホームにあと少しで手が届こうかという三十代夫婦の見学が引きも切らない。キャリアの浅い泥棒にとっては格好の仕事場に映るだろう。下見は住宅見学を装えばいいし、そもそも新しい住民ばかりで地域の繋がりが希薄だから余所者《よそもの》のチェックなどないに等しい。

真壁は団地の道路を北端まで突っ切ったところでペダルを止めた。仕切り線でも引かれているかのように、団地と道一本隔てた向こうに「旧住民」の家が十戸ばかり並んでいた。所番地からして、重原昌男の家はこの一角にある。どの家も一昔前に流行《はや》った和洋折《せっ》衷《ちゅう》の造りだ。洒落た新築の家を散々目にした後では些《いささ》か見劣りするが、職業泥棒が短時間で確実なアガリを得ようと考えるなら、ローンで汲々《きゅうきゅう》とする妻山団地は後回しにしてこっちを狙う。

真壁は目と耳で辺りの様子を窺った。人の気配はない。静かに自転車を発進させ、門柱の並ぶ南側の道を走った。目の隅で表札の名前を拾う。「芹沢《せりざわ》」……。「工藤《くどう》」……。「山田《やまだ》」……。右から四軒目に「重原」の表札が下がっていた。そのまま通り過ぎ、しばらく先のカシの木の陰で自転車を降りた。

手櫛《てぐし》で髪を整える。顔のマスクを直す。駅前の電話ボックスで拾った就職情報誌とボールペンを手にして歩きだす。真壁は悲鳴を上げる体をねじ伏せ、仕事の目で一軒一軒、古い民家を観察していった。

《一番入りやすい感じだよね》

ひと通り見たところで啓二が言った。

真壁は頷いた。

他の家が生け垣や低い板塀《べい》なのに、重原宅だけは大仰《おおぎょう》に積まれたブロック塀に囲まれていた。入ってしまえばまず外から見られる恐れはないし、奥まった母屋《おもや》は部屋の出っ張りが多く、その分死角も多い。職業泥棒がこの一角に立てば、十人が十人、この家を選ぶだろう。

逆に言うなら、家の造りや外観からは、この家に好んで入りそうな泥棒の名や手口を特定できないということだ。仮に天窓でもあれば、〝天蓋引きの三崎〟ら数人の名前に目が向くが、ただ誰もが入りやすいということ以外、この重原宅に際立《きわだ》った特徴はなかった。

が、誰が入ったか知るためにここへ来たわけではなかった。

重原昌男の素性《すじょう》を知る。この家で何が盗まれたのかを知り、そのブツを取り戻すためにのっぺらぼうと顎傷を差し向けた「ジゴロ」の正体を突き止める——。

真壁は門柱に歩み寄った。

前庭に車はないが、粘土質の地面に二台分の轍《わだち》がくっきり道路へ筋を引いている。カーテンが半開きだ。南向きの部屋の中に洗濯ロープが渡っているから、まずは夫婦共稼ぎとみる。玄関先にタイヤ径の小さい自転車が二台。赤いほうには補助輪。青いほうはそれを外したばかりの白い跡。小学一年の男児に幼稚園児の妹——。

習慣で動きだした思考を止めたのは女だった。三軒右の門扉《もんぴ》から花柄のワンピースが出てくるのを視界の端にとらえた。真壁はマスクを微調整すると、小脇に抱えていた就職情報誌を開き、胸ポケットからボールペンを取り出した。なにがしかの調査を装う。

視界の中央に入ってきたのは、七十をとうに過ぎていそうな老婆だった。顔も手も皺《しわ》深く、垢《あか》抜けた花柄のワンピースだけが女だった。

老婆は真壁の手元を覗き込むように顎から順に腰まで伸び上げた。真壁は老婆に目を移し、それが就職情報誌だとわからぬように丸めて筒にした。

老婆はもう家だか道だかを聞かれる顔になっていた。

「ここの家は——」

昼間は留守なのかと聞くと、老婆は自分だけが知っているといったふうにうんうんと満足そうに頷き、酸《す》っぱそうにすぼめていた口を開いた。

「もう誰もいないのよ」

引っ越したということか。

驚きもせず聞き返す真壁に、老婆は軽い落胆の色を覗かせた。

「違うのよ。ここんちの亭主がひどい男でねえ。もう女を取っかえ引っかえ家まで連れ込んでさあ。可哀相に、奥さんは子供連れて実家に帰っちゃったのよ」

一瞬思った。ジゴロは黒幕ではなく、重原昌男のことか。

重原は何をしている人間なのか聞くと、甲高《かんだか》い声と唾《つばき》が飛んだ。

「詩人だって！　大嘘よオ。親が死んだ途端《とたん》会社辞《や》めちゃってねえ、遺産食い潰してたのよオ。もう四十になるっていうのにさあ」

「今は家にいない？」

「ああ、それがね——」

老婆は、これは大変な秘密だよ、といった顔で辺りを見回し、だが辺り構わず地声《じごえ》で続けた。

「先週ね、ああっと先々週だったかな。とにかく、おっかないのが何人も来たのよオ。あいうの、ほら、ほら」

「ヤクザ……」

「そうそ！　それよ、絶対。きっとヤクザの奥さんとかに手を出したかなんかしたのよ。それで連れて行かれちゃったのよ」

「連れて行かれた……？」

「そうなのよオ。怖いでしょ？　無理やり黒い車に押し込まれてね」

老婆の話は止まらなかった。口調はもう何度も繰り返し人に話したそれだった。

《過激な婆さんだね》

〈ああ〉

老婆が息切れしたのを見計らって、真壁は泥棒の話をぶつけた。

「そうそう、そうなのよ。半月ぐらい前に入られたのよ」

「夜か」

「それがわかんないの。亭主が二日ぐらい家を空けて、どっかの女とほっつき歩いてる間にやられちゃったの。どこから入られたかもわからないんだって。玄関の鍵だって開いてたみたいでさ」

手口不明。つまりは、雁谷本町界隈で仕事をするすべての泥棒が容疑者ということだ。

何を盗《と》られたのか聞くと、また唾が飛んだ。

「そんなこと知らないわよオ。しかし、まったくねえ、あの亭主、ほら、ちょっと色男なのを鼻に掛けて、感じ悪かったでしょ、挨拶《あいさつ》もしないで、ねえ」

老婆は的外《まとはず》れに同意を求め、真壁が応じないとさらに続けた。

「きっとね、あの亭主、殺されちゃったわよ。そういう感じだったもの。でも自業自得《じごうじとく》よね。殺されたって仕方ないようなことしてたんだから。今ごろ後悔してるわね。でも、殺されちゃってから後悔したって遅いわよねえ」

物騒な当て推量まですっかり披露して、それでも眉《まゆ》一つ動かさない真壁に興《きょう》ざめしたのか、老婆はつまらなそうに下唇を突き出した。

「で、あんたは何？　やっぱり奥さんにちょっかい出されたとか？」

真壁は皺くちゃの手に万札を握らせ、「ヘッ？」と札の両端を摘んで太陽に翳《かざ》し見る老婆を残して立ち去った。

来た道を自転車で戻るうち、啓二が話し掛けてきた。

《さっぱりだね》

〈ああ〉

《女狂いか……。盗まれたのはやっぱシャブかなあ。ほら、よく言うじゃん。女とする時に二人で打つとか》

〈ありえるな。だが――〉

真壁は脇腹を押さえた。振動が堪《こた》えた。自転車はアーケード街に入り、彫刻を施《ほどこ》したタイルの上を走っていた。

《大丈夫？》

〈……ああ〉

真壁は自転車を止めた。

痛みが思考を妨《さまた》げていたが、それでもシャブの線は薄いと感じていた。重原が売人《ばいにん》でもしていたのなら話は別だが、自分で使う程度の僅《わず》かなシャブに目くじらを立て、何人もの人間を拉致《らち》したり病院送りにする暇なヤクザはいないだろうと思った。

5

夕刻、真壁修一は「働き蜂」にチェックインした。雁谷本町駅の東に新しくできたカプセルホテルだ。あざとい店名がビジネスマンにうけたらしく、ロビーも狭い通路も背広姿の男たちがひっきりなしに行き来していた。

真壁はカプセルの中で二時間ほど眠った後、軽食スタンドでラーメンを食い、十時になるのを待って外出した。

体の痛みは幾分和《やわ》らいでいたが、やはり自転車の漕ぎ出しはきつかった。

《修兄ィ、今度はどこ？》

〈ユウヤに会う〉

《ユウヤ……って、ホストの？》

〈そうだ〉

ジゴロのことを聞きに行く。

《やめようよ、こんなの。だいいちウエスト通りだって博慈会のシマじゃんかあ。修兄ィ、今度こそ殺されちゃうよオ。ねえ、引き返そうよオ》

その「ウエスト通り」はいつもどおり客引きばかりが目立った。しつこく絡まれずに済んだのは、自転車に乗っていたことより、顔の痣のせいだろう。皇族来県を明日に控え、街に出ている警察官の数は多かった。その特別警戒は、今夜に限って言うなら真壁の危機を救うことになるかもしれなかった。

ピンサロの角を折れる。「ホストクラブ・スーパーマン」の派手な電飾看板が見えてきた。真壁は自転車を降り、たばこ屋の公衆電話から店に電話を入れた。

ビルとビルの狭い隙間にある店の裏口で待った。洋酒の空きボトルと使用済みのおしぼりが山と積まれて足の踏み場がなかった。息苦しさを感じて真壁はマスクを外した。

十五分ほどして裏口のドアが開き、ユウヤが顔を覗かせた。

「やっ、真壁さん、どうしちゃったのよ、その顔！」

お前のほうこそ、と鼻で笑った。

日焼けサロンで焼きに焼いたテカテカの顔。肩まで届く金髪に描いた眉。目は二重《ふたえ》に整形し、紫の口紅を塗った唇には金のピアスが光っていた。

真壁は靴先でおしぼりのプラスチック籠を横に押しやり、大人二人が向かい合えるスペースをつくった。

「あ、いいよ、ここで」

ユウヤが慌てて言った。営業用の高価なスーツを汚したくないとみえる。

「で、聞きたいことって何？」

真壁はドアの隙間のユウヤを見た。

「お前、ジゴロって呼ばれている男を知らないか」

「はあ～？」

接客中にでもしそうな道化まじりの反応だった。

「知らないか」

真壁が念押し気味に言うと、緩《ゆる》みきったユウヤの表情がやや締まった。

「ま、言ってみりゃあ、俺たちホストはみんなジゴロみたいなもんだけどさあ。死語じゃないの、ジゴロなんて」

「ヤクザの中にいないか？　そんなふうに呼ばれてる男が」

ヤクザと聞いて表情は格段に締まった。そう若くないユウヤは店のチーフだ。連中にアガリを毟《むし》られる現場にも度々《たびたび》立ち会っているだろう。それとも、真壁の顔を目にして刑務所での悪夢が頭を過《よぎ》ったか。

「ヤバイ話は御免《ごめん》だよ」

怯えの宿った瞳が、改めて真壁の青痣の数を数えていた。

「お前にケツは回さない。思い当たる名前を言ってみろ」

「悪いけど、お客さん待たせてるから――」

ドアが閉まった。いや、隙間に革靴が突っ込まれていた。

真壁は激痛に堪《た》えつつ言った。

「あっちでの借りを返せ」

ユウヤの目が見開いた。

刑務所で同房だったことがある。ユウヤは牢名主《ろうなぬし》のごとく振る舞うヤクザの男娼《だんしょう》だった。その屈辱から解放してやった。後から入房した真壁は、さっそくとばかり新入りをいびりに掛かったヤクザを逆に痛めつけ、結果としてヤクザが別の房に移された。

「わかったよ……」

ユウヤは青ざめた顔でドアを開いた。

「けど、真壁さん、約束だよ。あっちでのことは誰にも言わないって」

真壁は目で頷いた。

ユウヤは安堵《あんど》の息を吐き、それからしばらく考え込んだ。

「ジゴロか……。あいつがそんなふうに呼ばれてたかも……」

「誰だ」

「篠木っていうスケコマシ」

篠木辰義。その名は真壁の頭にもあった。ルックスとシャブを武器に女を食いまくり、いっとき、稲村葉子を情婦《イロ》にしていた。だが——。

「シャブで入ってまだ半年ちょいだ。当分出てこられないだろう」

「らしいね。ざまあみろって感じだよ」

真壁は頷き、言った。

「他には？」

「他には——」

ユウヤの視線が遠ざかり、が、すぐにその目が焦点を得た。

「うん。もう一人いるよ。女にベラボウに強いヤクザが」

「誰だ」

「御影《みかげ》っていう男。博慈会の若頭《わかがしら》」

唐突に線が繫がった。

「ただね、そいつは女のほうが放っておかないんだ。マスクがメチャメチャいいし、苦み走ったいい男だから」

「わかった。店に戻れ」

真壁はマスクをつけて踵を返した。

ユウヤの押し殺した声が追ってきた。

「約束だからね。ホントに頼むからね。あっちでのことは誰にも――」

真壁は足元に神経をやりながら壁と壁の隙間を歩いた。

《その御影って奴がジゴロ？》

〈さあな〉

《でも、もうどうしようもないよね？　相手が博慈会じゃ調べようがないし――》

啓二の声が途切れ、ヒッ、と息を呑む音が中耳に響いた。ちょうど通りに出たところだった。

のっぺらぼうがいた。

連れが三人いる。待ち伏せをしていたわけではなさそうだった。たまたまここを通り掛かり、真壁に気づき、足を止めたという感じだ。他の三人も立ち止まり、真壁を見た。揃って獲物を発見したような目だった。

真壁は眼球だけ動かして通りの左右を窺った。警察官の姿はない。後方は見るまでもなく袋小路だ。ユウヤがドアの内鍵を掛けた音も耳にしていた。いや、仮に退路があったとしても走れる状態ではない。しかも、状況は四対一――。

のっぺらぼうが真壁に向かって歩きだした。

《しゅ、修兄ィ……》

〈黙ってろ……〉

距離が詰まった。

昨日と同じだ。互いの息を感じるところまでのっぺらぼうが近づいた。感情を読み取れない小さな瞳に、刺すような真壁の両眼が映っていた。

骨ばった手がスッと腹の辺りに上がってきた。今日も懐に呑んでいる。

真壁は太股《ふともも》の後ろで密《ひそ》やかに拳《こぶし》を握った。鼓動が速まり、血が滾《たぎ》った。それが全身の痛みを増幅させた。できることは多くはなさそうだった。匕首を抜かれたら、その匕首を奪って腹を刺す。脳は、繰り返し同じ命令を発していた。

のっぺらぼうの手は懐を撫《な》でるようにして胸の辺りを徘徊《はいかい》し、やがて自分の耳に触れながら手櫛となって脂気《あぶらけ》のない髪をキザったらしく整えた。
にやり。のっぺらぼうが笑った。
それだけだった。何事も起きなかった。のっぺらぼうは真壁に背を向けて歩きだし、三人の男たちも従った。振り向くことなく四つの背中が遠ざかり、ピンサロとマクドナルドの間の路地を折れ、消えた。
真壁はその場に立ち尽くしていた。
《ど、どういうこと……？》
〈疑いが晴れた、ってことだろう〉
《じゃあ、重原のとこに入った奴が捕まった！》
〈おそらくな〉
《よかったあ！　やったね。これで、大手を振って歩けるじゃんか！》
〈ああ……〉
《どうしたの修兄ィ？　嬉しくないの？》
〈………〉
昼前に病院を抜け出した時はまだ嫌疑を掛けられていた。病院に見張りがいて、コインロッカーにも「罠」の気配があった。博慈会は午後になって、重原の家に盗みに入った人間を捕らえたということだ。捕らえてはいないが、やった人間の名が割れた可能性もある。いずれにせよ、博慈会は真壁の仕業《しわざ》ではないと知り、だから、のっぺらぼうは真壁を見逃した。

筋は通っている。だが、真壁はその筋書きを呑み込めずにいた。

「働き蜂」に戻り、棺桶《かんおけ》のようなカプセルに身を沈めた。啓二はいたって機嫌がよかった。

確かに危機は去った。だが、ジゴロの正体は謎のままだ。

暴力の恐怖は、じわじわと骨の髄《ずい》にまで染《し》み込みつつあった。

それ以上に脳が疼《うず》いていた。

己《おのれ》の無力さに。

啓二の亡骸《なきがら》を業火《ごうか》に送り込んだ、あの日のように。

6

十月四日早朝――。

真壁は「イースト通り」の歩道に立っていた。数分前からそうしていた。

《帰ろうよオ、修兄ィ！》

啓二が絶叫している。ここに来てからずっとだ。

真壁は眼前にある五階建てのビルを見上げていた。黒タイルの壁が不気味に朝日を照り返す「ブラックビル」——。

五階の窓が一つ開いている。その窓を真壁は凝視《ぎょうし》していた。

音を耳にして、真壁は目線を下げた。ビルに動きがあった。正面の分厚《ぶ》いガラスドアが勢いよく開き、スキンヘッドの大男が肩を揺らして出てきた。病院で見張りをしていたパンチパーマも一緒だった。喫煙コーナーにいたばかりに真壁に逃げられたが、懲《こ》りずに今日もくわえ煙草だ。

「おう、そこで何してんだ？」

巻き舌とともに、スキンヘッドが真壁の胸を突いた。

「御影という男に会いたい」

真壁が言うなり、スキンヘッドは歩道に唾《つば》を浴びせ、次の瞬間、両手で真壁の襟首を締め上げた。

「もういっぺん言ってみな」

踵《かかと》が浮いていた。真壁は首を捻って気道を確保し、ビルの五階を仰ぎ見た。窓は開いたままだ。地上の声はよく上に昇る。真壁はその小さな窓の集音力に賭けていた。

御影征一《せいいち》は五階にいる。ビルの一階から三階までは表看板の「博慈興行」が入り、四階と五階が博慈会の事務所だ。二晩続けて隣の雑居ビルに忍び込み、双眼鏡を使って下見をした。博慈興行の専務でもある若頭の御影は、五階フロアの半分を占める3ＬＤＫの居住スペースで寝泊まりしている。

スキンヘッドに放り投げられ、真壁の体は歩道の端まで転がった。すぐに立ち上がったが、パンチパーマに足を払われた。こめかみに青筋を立てた若い男が加わり、膝立ちの真壁の肩に容赦なく革靴の底を落とした。

「うせろ」

スキンヘッドが背を向けた。パンチパーマと青筋も続いた。真壁は上目遣《うわめづか》いで三人の背中を睨んだ。度胸に免じて。御影にそう言わせる以外に、その御影とサシで話をする機会は得られまい。

真壁は立ち上がった。膝が流れたが踏ん張った。

啓二が恐々《こわごわ》言った。

《ま、まさかだよな、修兄ィ……？》

真壁は声を上げた。

「ちょっと待て」

三人が足を止め、一人ずつゆっくりと振り向いた。こめかみの青筋が立体感を増していた。パンチパーマは呆《あき》れたように笑い、額に皺を寄せたスキンヘッドが真壁の瞳を覗き込むようにした。

「まだ何か用か……？」

「御影に取り次げ」

賭けだった。寺の駐車場で全身に受けたダメージは、たかだか五日の休息で癒《い》えるものではなかった。

三人が引き返してきた。沸騰《ふっとう》している。

叫べ。真壁は念じた。

「コソ泥があ！　てめえみてえなゴミが会える相手じゃねえんだよオ」

青筋の発した甲高《かんだか》い怒声が辺りの空気を切り裂いた。よし。真壁が思った瞬間、スキンヘッドの重いパンチが腹にめり込んだ。両膝がストンと地面に落ちた。

「よさねえか」

上から降ってきた声は、酸《す》っぱい液体を吐きながら聞いた。

五階の窓から御影が首を突き出していた。バスローブがはだけて覗いた刺青《いれずみ》の胸元に、髪の乱れた女が張りついている。

一階の応接室には墨痕《ぼっこん》鮮やかな『赤誠』の書が掲《かか》げられていた。鳳凰《ほうおう》の刺繍《ししゅう》を施《ほどこ》した布貼りのソファは、すぐには次の行動が起こせないと感じさせるほどに腰が沈んだ。通された、というよりは、連行されたというほうが当たっていた。今もそうだ。真壁のいるソファの両脇にはパンチパーマとスキンヘッドが仁王《におう》立ちしている。

御影が姿を現した。

古代ギリシャの彫像を思わす風貌。初めて双眼鏡で目にした時は息を呑んだ。その御影がいま眼前にいる。向かいのソファに座り、真壁の顔の痣に視線を這わせた。

「そうまでやられて、よく来る気になったたな」

「………」

「で、俺に何を聞きたい？」

「あんたがジゴロなのか」

途端、横からスキンヘッドの腕が伸びて真壁の胸ぐらを摑んだ。

「口のきき方に気ィつけろ！」

御影は手のひらで制止した。深みのある瞳に好奇の色が覗いていた。

「知ってどうする？」

「俺は、俺に起きたことを知りたいだけだ——あんたがジゴロか」

御影は肯定するでもなく頷いた。

「俺が女殺しに見えるか」

真壁は黙した。女ではなく、幾人もの男を殺してきた。見掛けの華《はな》やかさとは裏腹に、御影が漂わす匂いは死臭に近かった。

「まあ、わざわざ来てくれたんだ、土産《みやげ》話ぐらいは持たせてやる」

静かに言いながら、御影はテーブルの煙草に手を伸ばした。パンチパーマが慌ててライターの火を近づける。一つ煙を吐き出し、御影は真壁に顔を戻した。

「しかしお前、泥棒をやってるのにジゴロを知らないのか」

意味を計りかねた。

「昔は法律を齧《かじ》ったことがあるらしいじゃないか」

博慈会に泥棒リストを流した刑事がいるということだ。

「俺もガキの頃は頭がよかったんだ。だが、俺の家はほんの少し金が足りなかった。ほんの少しだけな」

「………」

御影は上に向けて煙を吐いた。

「わからないのなら教えてやる。ジゴロは二五六、ってことだ」

「二五六……」

「まだわからんか」

途端、脳が反応して、古い記憶に突き当たった。

刑法二五六条――。

「贓物《ぞうぶつ》収受、故買《こばい》……ってことか」

「やっと出たな――そう、ジゴロは盗品を売りさばく贓物故買の大物だ。いや、もうとっくに引退したが、その昔は県内の故買屋の総元締めだった」

そこまで話して、御影は思い当たった顔になった。

「なるほど、お前が知らなくて当然だ。今時の泥棒は現金しか盗まないからな」

真壁は話を引き戻した。

「その故買屋のボスっていうのはどこの誰だ」

御影の唇の端が笑った。

「そいつは許してくれ。ウチの組長《オヤジ》とは古い付き合いなんでな」

「……………」

故買屋がヤクザに頼んで今回の狩りが行われた。そこまではわかった。だが――。

「故買屋のボスがなぜ泥棒を襲わせる？」

御影は、なるほど、という顔で頷いた。

「確かに納得できないわな。わけもわからず殴られっぱなしじゃ」

金の指輪で光る指が、大きなガラス灰皿の真ん中で煙草を揉み消した。

「いいだろう。話してやる。実はそのボスの孫娘が悪い男に引っ掛かっちまってな――」

御影の話は簡潔だった。

高三の孫娘が、親子ほども歳の離れた重原昌男と懇《ねんご》ろになった。一月《ひとつき》もしないうちに別れたが、重原は孫娘の痴態をビデオに収めていた。そのテープを返してくれないと孫娘に泣きつかれたボスは旧知の仲である博慈会の組長に相談した。すぐさま組員が送り込まれたが、重原の家にテープはなかった。盗まれたのだ。ビデオや通帳を保管していた手提《さ》げ金庫が――。

「そんなわけで泥棒を狩ることになった。まあ、こっちも本意じゃないが、乗り掛かった舟ってことだ」

「重原昌男は……どうなった？」

重原の「その後」に興味はなかったが、博慈会のもつ暴力の深度を計りたかった。

御影の瞳の奥に鈍い光が宿った。

「それなりに、だ」

きっと殺されちゃったんだよ。重原の近所の老婆が口走った台詞が耳に蘇《よみがえ》っていた。

真壁は御影の目を正視した。

「俺の疑いは晴れたのか」

御影は目を細めた。

「ああ。お前はシロだ」

「金庫を盗んだ奴は誰だったんだ？」

「まだだ。引き続き狩らせている」

まだ……？

のっぺらぼうの笑みが脳裏を走り、真壁の内面は波立った。あの時、漠然《ばくぜん》と感じた疑念の根っこを捕まえた気がした。

「盗んだ奴の名前も割れていないってことか」

「そう言ったろう」

「だったら、なぜ俺をシロにできた」

予想外の質問だったらしい。御影はふっと視線を宙にやった。数瞬後、小さな舌打ちの音がした。

真壁は畳みかけた。

「なぜ俺じゃないとわかったんだ？」

「まさかお前――」

御影の声質が変わった。

「俺に追い込みを掛けようってわけじゃないんだろう？」

銀色の邪悪な光が、瞳全体を支配していた。

二人は睨み合った。

目を逸《そ》らせ。脳が命じたが、口は背いた。

「シロにした理由を教えろ」

両サイドの男が動いたが、御影は両手で制止した。そして好物の菓子を前にした幼児のように、ぺろりと舌なめずりした。

その仕種《しぐさ》が次の瞬間、御影にどんな行動を取らせるのか、部屋の電話が鳴り出さなければ、真壁は身をもって知ることになったに違いなかった。

パンチパーマが電話の子機を御影に差し出した。

何かの報告のようだった。御影は頷きながら聞いていた。

真壁は思考の時間を与えられた。全身総毛立っていた。背中にどっぷり汗をかいていた。だが、それでも思考は伸びていた。

不可解だった。ジゴロが何者であるのかを除けば、御影は泥棒狩りの裏事情をありのまま語った。にもかかわらず、真壁をシロとみなした理由を明かさない。

なぜか？

不意に答えが浮上した。

真壁をシロにした根拠を話すことは、ジゴロの正体を話すに等しい。だから御影は口を噤《つぐ》んだのだ。そこから導《みちび》き出される結論は――。

真壁は席を立った。

「おい――」

電話を切った御影が、ドアに向かう真壁を呼び止めた。

「話はもういいのか」

数分の電話が、御影の声質を元に戻していた。

真壁は振り向き、答えた。

「必要ない。これからジゴロに会いに行く」

「ほう、わかったのか」

「ああ」

「そうか。だが、もう会えんぞ」

御影は手にしていた子機に目を落とし、その視線をスキンヘッドに向けた。

「香典を用意しろ。夜中に芹沢の婆様が心不全で逝《い》ったそうだ」

7

居座り続けていた残暑も、いよいよ秋風に背を押されはじめたようだった。

妻山団地の外れ、道沿いに並んだ十戸の民家。その右端の「芹沢宅」に慌ただしく葬儀社の人間が出入りしていた。

真壁は三軒隣の「重原宅」の前に立っていた。芹沢セツ子の孫娘は、回覧板を届けに行って重原に誘惑されたという話だった。

《あの婆さんがジゴロだったとはね……》

〈………〉

思い返せば手掛かりはあった。

芹沢セツ子は真壁の顔の痣にひと言も触れなかった。その顔どうしたの？　あれだけお喋りな老婆が、当然しそうなその問い掛けをしなかった。知っていたからだ。〝ノビカベ〟の顔も、博慈会の人間に痛めつけられたことも。
痣だらけの顔は見ずに、ボールペンを走らせる真壁の手元を覗き見ようとした。あの時点ではまだ、ビデオテープを盗み出した容疑者の一人だったから、セツ子は真壁の言動のすべてに目を光らせていた。
《そういやあ、修兄ィが何を盗まれたのか聞いた時、婆さん、知らないって大声で言って話を逸らしたよね》
〈あの質問をしたから、俺は狩りのリストから外されたんだ〉
《えっ？》
盗んだ本人が何を盗まれたか聞く道理がない。セツ子はあの瞬間、「ノビカベはシロ」と確信し、博慈会に連絡を入れたのだろう。
《けど、なんかフビンだね、あの婆さん。ビデオが気掛かりのまま逝っちゃってさ……》
〈向こうで重原が待ってる。あいこみたいなもんだ〉
《あんな奴は殺《や》られて当然さ！　人間のクズじゃんか》
〈もう一人、クズがくたばる〉。
《え？　誰？》

〈狩られた宵空きの黛だ――奴らにとっちゃ、俺たちはクズ以下なんだろうよ〉

《そんなぁ……》

真壁は自転車に跨がった。漕ぎ出しは、いまだに幾つもの痛みを伴った。

団地の中ほどで黒塗りのベンツと擦れ違った。後部座席に、目を閉じた御影がもたれ掛かっていた。

金に困ったらいつでも来い――。

真壁はペダルを踏む足に力を込め、鎮《しず》まりかけていた痛みを呼び戻した。

使徒

1

十二月二十四日——。

夕闇の街は波打つイルミネーションで着飾っていた。冷え込みはさほどでもないが、ちらちらと雪が落ち始めていて、絡み合って歩く若いカップルを嬉々とさせている。

スーパー「やはぎ」の店頭ではクリスマスケーキの投げ売りが始まっていた。定価千五百円のデコレーションケーキが八百円でワゴンに並び、三十分もしないうちに五百円にまで値を下げた。それを待っていたのだろう、会社帰りとおぼしき中年の男たちが五人、六人、どこからともなく現れて売り子に小銭を突き出した。立てたコートの襟《えり》は、会社の徽《き》章《しょう》や役職を覆い隠しているかのように見えた。いや、その幾人かは既に会社も仕事も失っているのかもしれなかった。

「泥棒！」

別の一角で金切《かなき》り声が上がった。

野球帽を目深《まぶか》に被《かぶ》った体格のいい男が走っていた。革手袋の手がエナメル地の赤いバッグを鷲摑《わしづか》みにしている。後方を、真っ白いコートを着た若い女が覚束《おぼつか》ないヒールの足で追っていた。ひったくり男は十字路を突っ切り、横から出てきた中年男と接触した。その拍子に中年男の持っていた白い箱が弾《はじ》き飛ばされ、五百円のデコレーションケーキは路上にクリームの花を咲かせた。呆然《ぼうぜん》とする男の目の前、転がったサンタクロースの飾り菓子をヒールで踏みつけ、白いコートの女が駆け抜けていった。

女はまた黄色い声を上げた。

「泥棒！——誰か！」

背後の騒ぎに、真壁は足を止めた。

振り向くと、疾走する野球帽の男が至近に迫っていた。男の発した「どけ！」と、後ろを走る女が叫んだ「捕まえて！」が同時に耳に入った。

真壁は顔を前方に戻し、ゆっくり歩きだした。傍《かたわ》らを矢のように野球帽が追い越していった。ややあって、甲高《かんだか》いヒールの音が近づき、追い越しざま、「バカヤロ」と罵《ののし》って真壁を睨みつけた。女のすぐ後ろに三人目がいた。クリームで汚れたコートの裾《すそ》を靡《なび》かせ、驚くほど腕を振って野球帽を追跡していった。
《修兄《に》ィ――》
中耳に啓二の声がした。
《今の女、ホントのこと知ったらびっくりするよね》
〈何がだ〉
真壁が聞き返すと、啓二はクスクス笑った。
《だってさ、泥棒に泥棒捕まえてくれって頼んでやんの》
〈それがどうした〉
《ケッサクじゃん。射的屋《しやてき》のオヤジがサツ官に拳銃貸してくれって頼んでるみたいでさ》
啓二がとんちんかんなこじつけ話をする時は、その後に決まって「本題」が控えている。
《けどまあ、ノビ師にサンタクロースを頼むっていうのは、ケッサクを通り越して名案の部類だよね》
案の定、啓二は「刑務所での約束」を切り出した。
《ねえ、そろそろ行く?》

〈どこへだ〉
《ああもう、惚《とぼ》けんなよ。大野《おおの》の女房のとこだよ》
〈約束したわけじゃあない〉
《したよォ》
啓二は語気を強めた。
《俺が証人だかんね。修兄ィは大野とちゃんと約束した。だいいちさあ、修兄ィがサンタやってやんなきゃ、恵美《えみ》ちゃんて子、きっと泣くぜ。可哀相じゃんかよ》
足元で、貧相な野良犬が盛んに尻尾《しっぽ》を振っていた。その垂《た》れた耳には、人には聞こえない啓二の声が届いているらしかった。
《早く行こうよ、修兄ィ》
〈………〉
《聞いてんの。ねえ――》
啓二は言葉を止めた。
前方に人垣ができている。その輪の中から怒鳴り声が上がっていた。
「この野郎……この野郎！」
野球帽の男が路上に転がり、その上にコートの男が馬乗りになって殴りつけていた。

出血している。野球帽の男は口の端が切れていた。帽子を剝《は》ぎ取られてゴマ塩頭が晒《さら》された。思いがけず歳《とし》がいっていた。とうに五十は過ぎている。コートの男も同年輩だった。二人して目が真っ赤だ。一方は泣きながら殴り、もう一方は泣きながら殴られていた。

誰も止めない。取り巻いた若い連中は薄ら笑いを浮かべて眺めている。輪の外で、白いコートの女が携帯で警察を呼んでいた。そうしながら、取り戻したエナメル地の赤いバッグを舐《な》めるように点検していた。

真壁は歩きだした。

雪の密度が増した。ホワイトクリスマスになるのかもしれなかった。

しばらくして、中耳に啓二が戻った。神妙な声。

《さっきの二人、なんか哀《あわ》れだったね……》

〈………〉

《きっと、あんなふうだったんだろうね、恵美ちゃんって子の親父さんも》

〈もういい〉

《えっ……？》

〈さっさと済ましてねぐらを探す〉

《じゃあやるんだね！》

真壁は顔を顰《しか》め、耳を押さえた。

〈でかい声を出すな〉

《よかったあ。やっぱ、クリスマスは特別だもんね。喜ぶよオ、きっと！》

真壁は雁谷本町の駅裏を抜け、四丁目方面に足を向けた。大野芳夫《よしお》。少しは知られたノビ師だから、恋女房の住むアパートの場所ぐらいは承知していた。

サンタクロースをやってくれ――。

真壁の脳裏には、大真面目《おおまじめ》でそう言った大野の赤ら顔が浮かんでいた。

2

今年の三月、Y刑務所でのことだった。

第二区の木工品作業場。真壁は組み上がった安楽椅子の脚《あし》に紙やすりをあてていた。

隣で囁《ささや》き声がした。

「二級に上がったんだって？」

視界の隅に、同じ作業をする大野の顔があった。

口がまた小さく動いた。

「だったら近々、仮釈《かりしゃく》だな……」

「……」

「娑婆《しゃば》に出たら一つ頼まれてくれないか」

「……」

「なあ、真壁——」

「名前を呼び合うような付き合いがあったか」

真壁は椅子の脚を見つめたまま言った。

「とんがるなよ。聞いてくれ。こいつはお前にしか頼めない話なんだ」

「その辺にしておけ。担当が見てるぞ」

次の瞬間、刑務官が鋭い声を発した。

「そこ！　作業中の交談！　減点一！」

午前中の刑務作業が終了して運動時間になると、大野は再び寄ってきた。この時間ばかりは刑務官の横槍《よこやり》も入らない。

「さっきは悪かったな」

「……」

「なあ、真壁。聞くだけ聞いてくれ」

大野は真壁の傍らに腰を下ろした。運動場の隅に設《しつら》えられた木製のベンチだ。

「三分で済ませろ」

「ありがとよ。じゃあズバリ言う。お前にサンタクロースの役を頼みたいんだ」

真壁は大野の顔を見た。真顔だ。

「俺の知り合いに可哀相な女の子がいてな。クリスマスの夜に、その子にプレゼントを届けてやって欲しいんだ」

「お前の娘か」

「そうじゃねえ、山内広太《やまうちこうた》って同業者がいたの知ってるか」

「知らん」

「俺とはガキの頃からの付き合いでな。たいした泥棒じゃなかった。コソ泥の類《たぐい》だ。女房が早死にして、恵美っていう名のちっちゃい娘と二人で暮らしてたんだが、そのうちアル中になっちまってな。手がブルブル震えて満足な仕事ができなくなった。それからは食うや食わずの生活だったらしい」

「運動時間の間中、喋ってるつもりか」

真壁が睨むと、大野は悲しげな瞳を返してきた。

「死んだんだ。六年前のクリスマスの日に。それも五歳の恵美の目の前でな」

「………」

大野は続けた。

「その日、山内は恵美をデパートに連れていった。地下のジューススタンドだ。メロンとかパインとかあるだろう、恵美はそこのフレッシュジュースが好物だったんだと。金がない山内にすりゃあ、せめてものクリスマスプレゼントって気持ちだったんだろうよ。ところが――ここからは想像だけどな、恵美が本物のクリスマスプレゼントをせがんだ。リカちゃん人形が欲しいと駄々《だだ》をこねたんだ」

「………」

「そうでなけりゃあ、前々から恵美が欲しがってるのを知ってて、山内が堪《こら》えきれずにやったかだ」

「盗《と》ったのか」

「ああ。恵美をデパートの外に待たせ、五階の玩具《おもちゃ》売場で働いた。下手《へた》な仕事だったんだろう、フロアを抜けて階段を下りかけた時、警備員に声を掛けられた」

「………」

「山内は持っていたナイフで警備員の足を刺して階段を駆け下りた。他の警備員が何人もで追い掛けてな、デパートを出た山内は人形を恵美に渡すと、通りの向こうに逃げようとして道路に飛び出した」

「……………」

「バイクだった。まともに撥《は》ねられてな、頭蓋骨を割っちまった。即死ってやつだ。恵美はその一部始終を見てた。あまりのことに泣きもしなかったらしい」

真壁は立ち上がった。

「おい、ちょっと待ってくれ。話はここからなんだ——残された恵美は遠縁の夫婦に引き取られたんだが、ひでえ扱いを受けてる。そこのウチには年嵩《としかさ》の娘が二人いてな、恵美は自分の部屋もなくて黴《かび》臭い納戸《なんど》で寝かされてるんだ」

「そんなに可愛いなら自分でサンタクロースをやれ」

「やってたんだ」

真壁は大野を見下ろした。

「やってた……？」

「ああ。毎年、俺がサンタをやってたんだ。けど、今年のクリスマスはできねえ。俺の仮釈はどんなに早くても来年の春だ」

刑務官が運動時間の終了を告げていた。

「他を当たれ」

吐く息で言って、真壁は踵《きびす》を返した。すぐに大野が追いすがってきた。

「ノビ師じゃなきゃサンタの役はできねえだろうが。なあ、考えてみてくれ。深夜、民家の奥の納戸に忍び込んで、娘の枕元にプレゼントを置いてくるって芸当だ。空き巣や事務所荒らしの連中はビビってできねえ。人がいる家に入れるのは俺たちだけだろう？　違うか？」

「家の前にでも置いてくればいい」

「俺はな、親や二人の娘にバレないようにやってきたんだ。これはナイショだよってメモ書きを残してな。それに入ってみてわかったよ。あそこんちの親は恵美にはプレゼントをやってないんだ。午前二時だぜ。その時、枕元になけりゃあ、そういうことだろ？」

「……………」

「頼む。この通りだ」

大野は手を合わせて頭を下げた。

「俺が知ってるまともなノビ師はお前だけなんだ。プレゼントは用意しておく。面会の時、カカアに話しておくからよ。だから頼む。不憫《ふびん》でならねえんだ、あの恵美って子が。今年のクリスマスもなんとかプレゼントを届けてやりてえんだ」

3

雪はいよいよ本格的な降りになった。

真壁は「片山《かたやま》アパート」の前で腕時計に目を落とした。午後八時――。

〈何号室だ？〉

《大野は203って言ってたよ》

真壁は、頭とジャンパーの雪を払い、鉄製の外階段を上がった。

203号室の表札には「角田《つのだ》」とあった。

啓二の記憶違いは疑えないから、大野が嘘を言ったか、大野の女房が引っ越したかのどちらかだ。

ブザーを鳴らすと、ややあってドアが細く開き、病的に頬《ほお》のこけた中年の女が顔を覗かせた。大野の女房のことを尋ねたが、何も知らなかった。向かいの家がアパートの大家《おおや》だからそっちで聞いてくれと言う。

真壁は階段を下り、道路を隔《へだ》てた「片山」の家のインターホンを押した。紳士然とした男の声で応答があったが、用件を告げるや、途端に訝《いぶか》しげな声へと変わった。

「おたく、大野さんの親戚か何か？」
「いや、ただの知り合いだ」
「もういませんよ。二月ほど前に出て行っちゃったんですよ、ガラの悪い若い男と一緒に。こっちも困ってましてねえ、家賃を踏み倒されて散々です」
真壁は来た道を戻った。
《旦那がムショで留守の間に駆け落ちかあ……》
〈よくある話だ〉
《大野は知ってるんかな？》
〈さあな〉
《可哀相だね、大野の奴》
〈他人の娘の心配より、自分の女房の心配をするべきだったってことだ〉
《そうだけどさ》
一拍置いて、探るような声がした。
《けどまあ、それはそれとして問題はないよね。プレゼントはこっちのポケットマネーで面倒みてやればいいわけだし》
今にも真壁がサンタクロースの役を投げ出してしまうのではないかとハラハラしてい

る。

真壁は歩きながらポケットの中身を探った。万札が三枚。一昨日のアガリだ。それをポケットの奥に押し込み、北に足を向けた。

アーケードの商店街に差し掛かった時、啓二が先手を打つように言った。

《さーて、なんにしようか》

〈何がだ〉

《決まってんだろ。プレゼントだよ。えーと、恵美ちゃんはいま十一歳かあ。どういうのあげると喜ぶんだろ》

もう八時半を回っているが、イブの夜だから玩具屋や貴金属店に店じまいの気配はない。陶器の店やブティックもそうだ。凝《こ》ったディスプレイを施し、どの店からも決まりきったクリスマスソングが漏れてくる。客足は疎《まば》らだ。どれほど光と音で煽《あお》ってみたところで、道行く人々の胸には冷たい不況風が吹き抜けている。

商店街を抜けてしまうと、啓二の声が真剣になった。

《まさかだよね、修兄ィ?》

〈ん?〉

《やめたりしないよね》

〈……〉
《なあ、どこへ行くのさ？》
〈高見沢《たかみざわ》のヤサだ〉
《えっ……？　高見沢って……。昔、近所だった頑固オヤジ？》
〈そうだ〉
真壁は横断歩道橋を渡った。ここから五分も歩けば、十五年前まで住んでいた石塚《いしづか》町の住宅街に入る。
嫌でも焼け跡の臭気を伴った記憶が蘇《よみがえ》る。
《高見沢かあ。俺、あいつ大っ嫌いだよ。ボールとか取りに庭に入るとさあ、シッ、シッ、って犬みたいに追っ払ったじゃんか。なんであんな奴のとこ行くのさ？》
〈がらくたを預けてある〉
《がらくた？　なにそれ？》
〈物置は焼け残ったろう。その中の物は高見沢が引き取って保管した。民生委員だったからな〉
あっ、と啓二が小さく叫んだ。
《そっかあ、俺たちの宝物のことね。うん、あるある。星の砂の小瓶《こびん》とか、革の表紙のな

ぞなぞ辞典とかさ。そうだね、そういうほうが喜ぶよね。冴《さ》えてるじゃん、修兄ィ》

高見沢の屋敷は昔のままだった。城のように幾重《いくえ》にも折り重なった瓦《かわら》屋根がうっすら雪化粧していた。

三度目の呼び鈴で出てきた高見沢は、真壁の姿を目にして心底驚いたようだった。馬鹿馬鹿しく広い上がり框《かまち》に仁王立ちし、禿《は》げ上がった額《ひたい》をぴしゃりと手のひらで叩き、もう片方の手で真壁を指さした。名前が出てこない。

「わかってるぞ、わかってる……。そう、真壁んとこの伜《せがれ》だ！　双子の片割れの啓二！　いや、修一のほうだ！」

真壁が頷《うなず》くと、高見沢はみるみる顔を紅潮させて文句を並べ立てた。

「お前、啓二とおんなじになっちまったんだってな。泥棒だよ、泥棒。まったく見下げ果てた奴だ。お前は石塚町の恥さらしだ。よくツラを出せたもんだ」

「……………」

「一妙寺の住職から聞いたぞ。お前、一度も墓参りに行ってないんだってな。この罰《ばち》当たりが。おふくろさんを恨《うら》んでるって？　啓二を連れていっちまったからか？　とんだ逆恨《さかうら》みってもんだ。誰だってな、伜が泥棒に落ちぶれたりすりゃあ思い詰めて心中ぐらい考える。それが親ってもんだ。啓二はぶらぶら浪人してたが、お前はいい大学にも行って、司法試験だって夢じゃないぐらいの成績だったらしいじゃないか。親父さんだってすごく期待してたんだ。飲んで言ってたよ。もう啓二は駄目だが、俺には修一がいる、ってな。なのにお前って奴は――」

「説教はいい」

真壁は遮《さえぎ》って言った。

「あんたに預けておいた物を返してくれ」

高見沢は目を剝《む》いた。

「あんた……だとぅ？　お前、誰に口をきいてるんだ？」

「そっちこそ何様のつもりだ？　いいから俺の家の物置にあった品物を出せ」

高見沢はゆでだこのような顔になって怒鳴った。

「そんな物はもうない！」

「ない……？　処分したってことか」

「ああ、みんな捨てちまったよ。当たり前だろう、十五年も前のがらくたをいつまでも取っておくもんか。だいいち、引き取るはずのお前が泥棒になって行方《ゆくえ》知れずだったんだからな」

真壁は高見沢を一睨みすると、くるりと背中を向けて三和土《たたき》を出た。

「ちょっと待て」

高見沢が呼び止めた。

「思い出した。一つだけ渡す物がある」

高見沢は苛立った足音を残して廊下の奥に消え、たっぷり十五分は待たせて玄関に戻った。

「持っていけ」

高見沢が突き出したのは、くすんだ銀色の腕時計だった。一目見てすぐに父の持ち物だとわかった。金に困った繊維業者から祖父が買い取り、父に引き継いだ年代物だ。

「親父さんがな、燃える家に飛び込む直前、外《はず》して近所の人に預けたんだそうだ。毎日こいつを拝んで親父さんを思い出せ。そうすりゃ、金輪際《こんりんざい》、泥棒なんてできんだろう」

道路にも雪が積もり始めていた。

ポケットの中の腕時計はズシリと重かった。いまどき、スイス製という売り文句など子供騙《だま》しにもなるまいが、品物自体が悪くないことは真壁にも察しがついた。

中耳に啓二の気配はなかった。

おそらくは、高見沢が口走った父のひと言が堪《こた》えている。

もう啓二は駄目だが、俺には修一がいる――。

4

雁谷本町駅が近かった。

啓二が中耳に戻ってきたのは、真壁が黄色い電飾看板の矢印に従って小路に足を踏み入れたからだった。『質　24時間』――。

《ねえ、まさか親父の時計、質入れする気？》

真壁は答えず、足を進めた。

《なんでさ？　プレゼント代だろ？　金ならあるじゃん。アガリの三万が》

言ってみて、啓二は思い当たったようだった。

囁く声。

《まずい……ってこと？》

〈………〉

一転、啓二は明るい声を上げた。

《うん！　そうだよ。仕事のアガリでクリスマスプレゼント買っちゃまずいや。夢がぶっ壊れちゃうもんね》

小路の突き当たりに民家の一部を改造した小さな店舗があった。

十坪ほどの店内は昼間のように明るかった。奥のカウンターに、グレーのスーツを着込んだ金縁眼鏡の女が一人。壁の両サイドにはウインドウケースが置かれ、さして高価とは思えないバッグや貴金属が雑然と並べられていた。天井近くの壁に防犯カメラが二台。片方はダミーだ。

女は意外なほど若かった。

「こいつを頼む」

真壁が腕時計を差し出すと、おずおずとした白い手が受け取った。日々店に立っているというわけではなさそうだった。

「随分と古い物ですね……」

女はすぐに顔を上げた。

「すみません。立派な品物だということはわかるのですが、こういう物は主人に見せませんと……。一時間ほどしたら戻りますが」

「幾らでもいい」

真壁の言い方がマニュアルに引っ掛かったのかもしれない。女はハッとした表情になり、目の玉だけ、客から死角になっている横壁に向けた。おそらくは常習窃盗犯の顔写真がズラリと貼ってある。

　真壁の写真がそこにないことは、女の顔の緊張がほぐれたことでわかった。現金以外に手をつけない真壁に質屋は用事がない。

「三千円ほどでしたら、いますぐ用立てられますが」

「買い取りもするんだな？」

「ええ。やってます」

《修兄ィ！》

　啓二が叫んだが、真壁は無視して続けた。

「だったらそうしてくれ」

「あ、でも、そういうことでしたら主人に見せてからのほうがよくありませんか。骨董《こっとう》的価値があるかもしれませんし」

「いや。いい」

　苛立ったように言って、真壁は傍らのウインドウケースに視線を這わせた。数秒の品定めだった。赤字で記された「２８００円」の値札。

「時計の三千円でそいつをくれ」

　真壁が指さしたのは、小振りなカメオのペンダントトップだった。横顔の少女。その肩に小鳥がとまっているデザインだ。

「お目が高いですね。ちょっとキズがあるのでその値段なんですが、もとはデザイナー物で三、四万はするんですよ」

女はすっかり警戒心を解《と》いていた。恋人か女房へのクリスマスプレゼントを用意するために大切な腕時計を売りに来た男。女の中ではそんなストーリーが出来上がっているに違いなかった。

「リボン、お掛けしますね」

「頼む」

「ありがとうございました。どうぞ素敵なクリスマスを」

甘ったるい女の声に送られて真壁は店を出た。小さな包みをポケットにねじ込み、雁谷本町駅に足を向けた。

道も街路樹も真っ白だ。この分だと大雪になる。そんな予感を抱かせる降り方になっていた。

《なんで売っちゃったんだよ》

さっきから啓二は同じ質問を繰り返している。

《親父の形見《かたみ》じゃないか。たった一つの遺品だったんだ。なのになんだって売ったりした

んだよ》
　真壁は安物の腕時計に目を落とした。十時半の最終電車に乗るには少し急がねばならなかった。
《修兄ィ、なんとか言えよ。俺、許せないよ。時計売ったの》
〈腕時計なら足りてる〉
《誤魔化《ごまか》すなよ。なんで売ったんだ》
　真壁は荒い息を吐き出した。
〈親父もおふくろと同じだろう〉
《なんでさ？　親父は俺のことは見捨ててたかもしれないけど、修兄ィにはうんと期待してたんじゃないか》
〈世間体だ。自分がいい思いをしたかっただけのことだ〉
《本気で言ってんの？》
〈本気だ〉
《じゃあ当てつけかよ？　親父やおふくろに恥かかせるために泥棒やってるわけ？　二人とも死んじゃったんだぜ。それなのにまだ仕返しを続けようっていうわけ？》
　真壁は駅構内に入った。服の雪を払い、券売機で「鴨《かも》ノ池《いけ》」までの切符を買った。下り線のホームへ通じる階段を下りると、ちょうど最終電車が滑り込んできたところだった。
乗り込んだ車両は空《す》いていた。一つに溶け合ってしまったような十代のカップルと、赤や金色のとんがり帽子を頭に載せた三人組の酔っ払いと、巾着《きんちゃく》袋をきちんと膝に置いた着物姿の老婆が客のすべてだった。
啓二はいつになくしつこかった。
《なあ、答えろよ。本当に当てつけで泥棒やってるわけ？》
〈もうその話はいい〉
《よかないよ。重要なことじゃんか。この際、はっきりさせようぜ》
〈何をはっきりさせるんだ？〉
《そんな理由なら、俺、やめたほうがいいと思う。馬鹿らしいよ。だいいち、一生、泥棒やって食べていくつもり？　歳とってヨボヨボになって、それでもムショと娑婆行ったり来たりして、そうやって生きていくの？》
真壁は舌打ちした。
〈お前はどうだったんだ〉
《えっ……？》
〈家を出て、空き巣をやってた頃、どうやって生きていくつもりだった？〉

啓二は口ごもった。
《俺は……なんにも考えてなかったよ。若かったからさ。でも修兄ィはもうすぐ三十五だぜ》
〈足を洗えってことか〉
《だって、いつか洗うしかないじゃん。だったらいま洗ったって同じだろ？　久子のことだってあるよ。いまならまだ間に合うよ。カタギの仕事に就けば久子と一緒になれるじゃんか》
電車は下三郷を過ぎたところだった。
安西久子とは夏以降、会っていない。母親に見合いを勧められていると言っていた。
《修兄ィ……》
啓二は溜め息混《ま》じりに言った。
《とにかくさ、親父やおふくろに仕返しするためになんてもうよそうよ》
〈そんな気はない〉
《あるよ。俺にはわかるもん》
〈ない〉
《だったら、なんで泥棒やってるのさ？》

〈………〉

《確かにあんなことがあったけど……。でも、泥棒を続ける理由にはならないだろ》

火葬場の焼き釜の炎が見えていた。

〈別に理由なんかない。前に聡介が言ってたろう。勝手気ままにやりたいってことだ〉

《死んだ聡介ね》

〈ああ〉

《あいつはこう言ったよね――俺だってな、実家のジジババや女房やガキどもも一人残らずいなけりゃな、お前みたいに勝手気ままにやってみてえ》

啓二の記憶は正確無比だ。

〈そういうことだ〉

《嘘だ》

〈だったらそう思ってろ〉

正面の席の老婆が、ジッと真壁の顔を見つめていた。奥まった小さな瞳は悲しげだった。啓二の気配に気づき、憐《あわ》れんでいるのかもしれなかった。

5

鴨ノ池駅に着いたのは十一時半だった。

山裾《やますそ》に近く、駅舎も駅前も寂《さび》れていた。そこから山内恵美が住む家までは十五分ほどの距離だった。真壁は途中のコンビニでビニール傘を買った。雪は気にならないが、傘をさしていなければ不審がられるほどの降りになっていた。

新興住宅団地の一角。ツー・バイ・フォーのありふれた二階屋だった。『村松《むらまつ》忠《ただし》　美知子《みちこ》　綾子《あやこ》　絵里子《えりこ》』。表札に恵美の名は記されていなかった。

下見を済ませて駅に戻った。周辺を少し歩いたが、開いている店が見つからず、仕方なく真壁は「無人オートスタンド」の看板を掲《かか》げたプレハブに入った。二十台ほどの自販機と粗末なテーブル。壁沿いにはパチンコ台やクレーンゲームが手慰みに置いてある。不貞《ふて》腐《くさ》れでもしたのか、啓二は静かだった。代わりに、自販機の発する鈍い音と振動が耳に障《さわ》る。

真壁はうどんの自販機に硬貨を落とした。

決行は午前二時と決めていた。うどんを啜《すす》り、雑誌を何冊か捲《めく》っても、具体的な侵入計画を練るのに十分な時間があった。

普通の仕事とは違う。窓を割って屋内に侵入するわけにはいかない。痕跡《こんせき》を残して警察沙汰《ざた》にでもなれば、サンタクロースの正体は泥棒なのだと恵美に知らせることになるし、来年以降の侵入も難しくなる。

村松の家族は恵美も含め全員二階に寝ている。過去五回とも、大野は二階のベランダに上がり、サッシ戸を開いて夫婦の寝室に侵入したと話していた。一階も二階も他の戸や窓はすべて施錠されていたからだ。夫婦の寝室を侵入口にする。それはあまりに危険な「煙突」に思えるが、だからこそ、この仕事はノビ師にしかできないのだとも言える。

寝室は六畳。夫婦は頭をサッシ側に向けて寝ている。しかもベッドではなく布団だというからかなり条件は厳しい。詰まるところ、侵入時の手際の善し悪《よあ》しがこの仕事の成否を決する。いや、夫婦のどちらかが目を覚ましてしまったら、仕事どころか夫との格闘を覚悟せねばならない。

まずはサッシ戸を開く音を最小限に抑えることだ。かといって慎重になり過ぎてモタつけば、今度は部屋に忍び入る冷気が寝ている夫婦の頬を叩くことになる。ましてや今夜は雪だ。風こそないが、それでも相当に冷たい外気が室内にもたらされることを計算に入れておく必要がある。

真壁は目を閉じ、頭の中でイメージした。
静かにサッシ戸を開け――機敏に入り――また静かに閉める。
一、二で開け――三で入り――四、五で閉める。
真壁は納得いくまで何度もイメージトレーニングを繰り返した。大野には確か〝猫足《ねこあし》の大野〟という異名があった。この仕事では大いに真価を発揮したことだろう。

真壁は思考を切り換えた。

冷気の他にも、雪は今夜の仕事に多くの悪影響を与えるに違いなかった。最も厄介《やっかい》なのは雪明かりだ。下見の時点で村松の家の外灯は消えていた。だが十メートルほど先の電柱に防犯灯があって、いつもならその辺りをぼんやり照らすだけの灯が、村松の家の周囲にまで及んでいた。かなり浅い闇の中で仕事をすることになる。最近塗り直しでもしたのか、家の外壁がやけに白っぽいことも気掛かりだった。いずれにせよ、いま着ている黒のジャンパー姿では目立ち過ぎる。雨樋《あまどい》を伝って二階のベランダに上がるまでの十数秒間を運に任せるのは無謀というほかない。

雪は足跡も刻む。仕事の後も降り続けば問題はないが、降りやんだ時に備えて朝までに別の靴に替える。

あとは――。

指を凍《こご》えさせないことだ。サッシ戸を開ける時、力の加減を誤れば命取りになる。

午前一時半。真壁は腰を上げた。

〈行くぞ啓二——機嫌を直せ〉

《別に機嫌悪くないよ。俺なりにいろいろ考えてたの》

〈何をだ〉

《これから先のこととかさ》

真壁はフッと笑った。

〈そういうことは生きているうちに考えるもんだ〉

6

午前二時ジャスト。真壁は村松の家の門を入った。

玄関の脇で息を潜《ひそ》める。家の窓はすべて灯が消えている。音もない。乳白色のレインコートに袖を通す。途中、コンビニで調達したものだ。

革手袋の手で雨樋の強度を確かめる。びくともしない。躊躇《ちゅうちょ》なくそのまま一気に登りに掛かった。やはり闇は浅い。靴底が滑る。手袋に氷水が染《し》みてくる。三……四……五……六……頭の中で秒針を刻みながら登る。片手を伸ばす。ベランダの外枠上部の鉄棒に指先が掛かった。そこに積もった雪を払い、鉄棒を確《しっか》と握る。

雨樋の手を放し、同時に体を浮かせてベランダに乗り移る。靴底がベランダに敷かれた人工芝を踏んだ。植木鉢を避け、腰を屈める。耳を澄ませる。下の通りは静かだ。誰にも見られなかったと断じてよさそうだった。

目はサッシ戸を凝視していた。カーテンが引かれている。音はない。

真壁は素早くレインコートを脱ぎ、小さく畳んでズボンのポケットに押し込んだ。革手袋も外し、素手《すで》をジャンパーのポケットに突っ込む。手のひらに使い捨てカイロの温《ぬく》もりが伝わってくる。手を出し、五指の動きを確かめる。滑らかだ。

もう一度耳を澄ます。室内に音はない。

真壁は靴を脱いでベルトと腹の間にねじ込んだ。手袋を嵌《は》め、サッシ戸の桟《さん》に指を掛けた。強くもなく、弱くもなく、経験で身についた力加減でサッシ戸を開いた。

カララ……。

カララ……。

真壁は最小限の隙間から体を室内に移した。

サッシ戸とカーテンの間で、真壁はすべての気配を断《た》っていた。

寝息が聞こえる。

二つだ。

ともに深く、規則正しい。熟睡。そうみていい。

真壁はそろりとカーテンを割り、室内を見渡した。小さな豆電球の灯。真壁の足先から三十センチほどの至近に横向きの頭があった。尖った鼻。長い髪。女房のほうだ。右の布団にごつごつした顔が覗いた。毛布を顎のところまで引き上げている。酒臭い。どこか甘ったるい匂いだ。ワインかシャンパンでも飲《や》ったか。

真壁は動いた。女房の布団の左側を回った。布団とドレッサーの間の狭い隙間を踏み、数秒後には夫婦の寝室を抜け出した。

廊下。コンセントに直接差し込むタイプの簡便なフットライトが青白い光を放っていた。左側の二つの扉は村松の娘の部屋だ。恵美のいる納戸は正面突き当たり――。

湿気を吸ってか、引き戸は思いのほか重みがあった。

大野が言った通り納戸は黴臭かった。灯はないのに、うっすら部屋の中が明るいのは、カーテンのない窓から入る雪明かりのせいだ。

恵美は――物に埋もれ、縮《ちぢこ》まって寝ていた。そう目に映った。四方をガタのきた食器棚や家電の段ボール箱が占拠していて、今にも恵美の布団の上になだれ込んできそうだ。

が、枕元にはきちんと整頓された小さなスペースが見て取れた。そこに赤いランドセルと教科書と、ピンク色の靴下が並べて置いてあった。

真壁は段ボール箱を避けながら枕元に回り込んだ。恵美の寝顔に目を落とす。額の広い、賢《かしこ》そうな顔をした娘だった。眠っていないことはひと目でわかった。不自然な寝息。長い睫毛《まつげ》が微かに震え、瞼《まぶた》の下の眼球が盛んに動いている。口を一文字に結び、目を開けたい衝動と懸命に闘っている。目を開けてしまったらクリスマスもサンタクロースも消え去ってしまう。何もかもなくしてしまう。そんな恐れを抱いているのかもしれなかった。

真壁は膝立ちになり、ポケットから小さな包みを取り出して靴下の中にねじ込んだ。その時になって気づいた。靴下のあった場所に薄いピンク色の封筒が置かれていた。

『サンタ様へ』

一瞬迷い、真壁はその封筒をポケットに入れて立ち上がった。

十秒後には納戸を出ていた。

待ちかねたように啓二が言った。

《やったね修兄ィ、パーフェクトじゃん！》

〈黙ってろ。まだ終わっちゃいない〉

普段なら、このまま階段を下り、玄関のドアから逃走するところだ。だが、今夜の仕事は「人が入った」痕跡を残せない。仮に、夫婦が寝る前に玄関の施錠を確認していたとしたら、誰かに開けられたと騒ぐだろう。玄関ではなく、一階の窓を逃走口に使えば「鍵の掛け忘れ」で落ち着くかもしれないが、真壁は啓二が口にしたパーフェクトを目指していた。要するに、入った「煙突」から出るということだ。

真壁は夫婦の寝室に耳を当て、ドアを細く開き、スッと中に入った。夫婦の顔を交互に見つめ、眠りが深いことを確認すると、女房の布団の脇を通ってカーテンの裏に体を滑り込ませた。

カララ……。

冷気が全身を包み込んだ。

カララ……。

《脱出成功！》

〈まだだ〉

真壁は靴を履《は》き、レインコートに袖を通した。体を伸び上げて、下の道路を窺《うかが》う。無人だ。雪は降りやむ気配もない。

《これで来年もサンタが来れるね》

〈黙ってろ〉

《そのためのパーフェクトだろ？　ねえねえ、この際、来年も修兄ィがやってやれば？》

〈願い下げだ〉

真壁はベランダの外枠上部の鉄棒を握り、体を浮かせて雨樋に移動した、その時だった。冷気よりも冷たいものが真壁の心臓を鷲掴みにした。

道路に人影があった。

家の門を出てすぐの場所に立っている。こちらに背を向け、手にした何かを膝頭で叩いている。雪を払っているのだ。

見逃した。いや、さっきは塀の陰で見えなかったのかもしれない。

《しゅ、修兄ィ、どうする？》

〈シッ！〉

真壁は雨樋にへばりついた状態で道路を凝視していた。闇は浅い。だが降りしきる雪が視界を相殺《そうさい》している。大柄だ。男であることは間違いない。コートを着ている。膝の辺りまで丈《たけ》のある黒いコートだ。光沢《こうたく》がある。革製か。

真壁の腕は痙攣《けいれん》するように震えた。この寒さの中、雨樋に掴まって体重を支えていられる限界は過ぎていた。

男が体の向きを変えた。手にしていた物を頭の上に持っていった。被ったのだ。

制帽――。

《サツ官だ！》

指が雨樋から離れた。

真下はコンクリートの犬走り。落ちる寸前、真壁は外壁を蹴って飛んでいた。バランスを崩しながらも雪の積もった地面に下りた。それでも靴底と膝にかなりの衝撃があった。反動で立ち上がろうとして、が、右の足首に激痛を覚えた。捻挫《ねんざ》――。

道の男が物音に反応した。腰を屈めて闇に目を凝らし、家のほうに足を踏み出した。

《修兄ィ！　来るよ！》

逃げ道は村松の家の庭しかなかった。真壁は動いた。右足を庇《かば》いながら、道路に背を向けて走り出した。

「待て」

押し殺した声が響いた。

真壁は懸命に逃げた。右足は引きずっていた。その足で犬走りを通り、庭を突っ切った。

《ヤバいよ！　追って来る！》

背後に雪を踏みしめる追跡の足音があった。

ザッ……ザザッ……ザッ……ザザッ……。

真壁は左足一本でジャンプし、裏の家との境のブロック塀に飛びついた。腕力《うでぢから》に任せて乗り越えたが、勢い余って向こう側に転げ落ちた。またしても右足に激痛が走った。立ち上がり、痛みを堪《こら》えて走った。裏の家の庭を抜けると、一本南の道路に出た。

駅とは反対のほうへ向かった。目についた民家の軒先から自転車を盗んで乗り出した。車輪が滑り、何度も転倒した。それでも捻挫した足で走るよりは距離を稼げた。振り切った。そう確信し、真壁はビジネスだか連れ込みだか判然としない旅館の一室に転がり込んだ。時刻は午前四時になろうとしていた。

7

三日後――。

真壁は雁谷本町に舞い戻っていた。

積雪二十三センチ。路肩には黒ずんだ雪が山と詰まれ、醜悪な姿を晒していた。

線路沿いに安アパートが集まる一角。真壁は所番地を頼りに滝川稔《たきがわみのる》のアパートを探していた。大野芳夫の舎弟《しゃてい》分で、もっぱらバイク盗を働く男だ。真壁とはY刑務所で同房だったことがある。
《やっぱ、大野の野郎が修兄ィをサツに売ったってことかなあ？》
〈あれは制服だった。デカじゃない〉
《けど、午前二時過ぎだったんだよ。制服にしたって、何も情報がなくてあんなところにいるわけないじゃん。いくらなんでもドンピシャ過ぎるよ》
真壁は頷いた。
偶然ではない。それは確かだ。大野に問いただせば話は早いが、Y刑務所の刑務官で真壁の顔を知らない者はいない。近親者に化けて面会を申し出ても警察に通報されるのがオチだ。
《きっとさ、なんかウラがあるんだよね》
〈どんなウラだ〉
《たとえばさ、恵美ちゃんはホントは大野の娘だとか》
真壁は地番表示を目で追いながら言った。
〈そうだとして、なぜ奴が俺を売る〉
《そこは繋《つな》がんないけど、でも、ほら、大野の女房が逃げちまったのは恵美ちゃんが原因だったのかもよ。他の女に産ませたのがバレてさ》

〈ありうるな〉

《でしょ？　それにさ、大野の野郎、修兄ィにサンタ役を頼んだ時、ものすごく入れ込んでたじゃん。他人の娘のことであんなに入れ込む？　ちょっと普通じゃなかったよ》

〈あれを見れば誰だって入れ込むだろう〉

《えっ……？　ああ、うん。確かにひどいとこに寝かされてたよね……。そっかあ、親子とは限らないかあ》

〈その辺りの事情は滝川に当たればはっきりするだろう〉

真壁はもう目的のアパートを見つけていた。今にも朽《く》ち果てそうだ。モルタルの壁は剝げ落ち、幾つかの部屋の窓ガラスは割れたまま修繕もされていない。廃屋《はいおく》と言われれば誰もが信じてしまうに違いなかった。

表札も部屋番号もない右端のドアをノックした。応答はなかったが、部屋の中から咳《せ》き込む声が聞こえた。

ドアノブは回った。真壁はドアを押し開いて部屋に入った。六畳一間の造りだ。滝川は炬燵《こたつ》に首まで潜《もぐ》っていた。

「上がるぞ」

「あ……真壁さん……」

滝川は目だけ真壁に向けた。その目は青く腫《は》れた瞼《まぶた》に覆われて糸のように細かった。頬骨も顎もひどく腫れ上がり、その逆に顔の真ん中辺りは鼻骨が折れて無残に潰《つぶ》れていた。察しはついた。重原昌男の家から盗み出されたビデオテープは、いまだに見つかっていないということだ。

「いつやられた」

「おととい……」

暗紫色の唇にはまだ血が滲《にじ》んでいた。喋るのも難儀そうだ。

真壁は荒い息を吐いて畳に腰を落とした。

「イエス、ノーで答えろ――お前、大野の女房がどこにいるか知ってるか」

「ああ……本町の片山アパート……」

「そこにはもういない。男と逃げた」

驚いた拍子に滝川は顔を顰めた。痛みが走ったのだろう。

「山内広太っていう同業知ってるか」

「何度か会った……。けど、とっくに死んだよ……」

「娘がいたろう」

「ああ……」

「山内と大野は幼なじみだな？」

「いいや……山内は長谷《はせ》町の出だから……」

啓二の舌打ちが中耳に響いた。

大野は嘘を言っていた――。

真壁は続けた。

「だが、山内と大野は知り合いだったんだろう」

「ない……と思うけど……」

「まったくか」

「多分……」

「大野がサンタクロースをしていたのは知ってたか」

「えっ……？　なに……？」

真壁は立ち上がった。

ポケットの中身を摑み出した。万札二枚とピンクの封筒――。

真壁は万札を炬燵の上に放った。

「医者に診《み》てもらえ」

アパートを出ると、啓二が勢い込んで耳骨を叩いた。

《まったく、とんだ食わせもんだぜ、大野の野郎！》
〈だな〉
《けどさ、なんであんなデタラメ言ったのかな。山内と幼なじみだなんてさあ》
〈……………〉
《サンタクロースをやってたっていうのも嘘かもね。舎弟の滝川が知らないんじゃゃ》
〈いや、そいつは本当だろう〉
真壁の脳裏には大野の真顔があった。村松の家に入ったことがなければ、あれほど詳しく間取りを説明できない。
《じゃあなんで滝川に隠してたのさ？》
〈言わないでくれ——そう頼まれたってことだろうな〉
《えっ？　それじゃあ、大野も誰かに頼まれてサンタをやってたってこと？》
〈おそらくな。だとすれば、山内と幼なじみだったと俺に嘘を言ったことも納得がいく。頼んだ人間を隠すために作り話をしたってことだ〉
《誰さ？　誰が大野に頼んだの？》
〈わからん〉
真壁は線路沿いの道を歩いた。

大野ではなく、別の誰かが恵美にプレゼントを渡したがっていた。頼まれた大野も恵美の境遇を知って本気になった。五年間、サンタクロースの代理を務めたが、今年は刑務所暮らしで果たせなくなり、代理の代理を真壁に頼んだ――。

そういう筋書きだろう。だが、そもそもの発案者は誰なのか。なぜ自分の正体を隠そうとしているのか。

啓二が唐突に言った。

《あれ読んでみようよ》

〈何だ〉

《ピンクの封筒さ。恵美ちゃんの手紙だよ。読めばホントのサンタが誰かわかるかもしれないじゃん》

〈俺宛の手紙じゃない〉

《そんなことわかってるよ。でも、しょうがないじゃんか。大野とは会えないんだし、それにホントのサンタがわからなけりゃ、その手紙だって渡せないじゃないか》

〈………〉

《ずっと修兄ィが手紙持ってる気？　そうならいいけど》

真壁は足の向きを変えた。設計事務所の看板の向こうに児童公園が見えていた。

公園は無人だった。雪が溶けて地面がぬかるみ、とてもではないが遊べた状態ではなかった。

真壁はベンチに腰掛け、手紙を開封した。

サンタ様へ

いつも、いつも、ステキなプレゼントをありがとうございます。毎年、クリスマスが待ち遠しくてたまりません。

すごくうれしくて、本当はみんなにじまんしたいのですが、サンタさんのいいつけを守って、家の人たちにはナイショにしています。

いただいたプレゼントは、わたししか知らない秘密の場所にしまってあります。ときどき、こっそりとりだして、ながめています。心がウキウキして、とってもしあわせで楽しい時間です。

いつか、サンタさんに会って、ちゃんとお礼をいいたいです。

わたし、本当はサンタさんがだれなのか知っているんですよ。名前は知りませんが、でも、お顔はちゃんとおぼえています。

そうなんでしょう?

あの日のおじさんですよね？

自分のほうがたいへんだったのに、やさしい目で、わたしをジッと見つめてくれた、あの時のおじさんですよね？

ぜったいそうだと思います。

でも、サンタさんがきたときは、こわくて目をあけられません。もし、ちがう人だったら、どうしていいかわからなくなってしまいそうだからです。

わたしにとって、サンタさんは、死んだお父さんとおなじくらい大切な人です。

いつか、会ってくださいね。

きっとわたし、まっ赤になってしまうと思います。うまくお礼をいえるかどうかもわかりません。そうしたら、ゆるしてくださいね。

大好きなサンタさんへ
恵美より

啓二は鼻を啜《すす》っていた。

真壁は大きく息を吸い込み、それをゆっくりと吐き出した。

あの日のおじさん……。

すべての謎が氷解した。

だが、今回の仕事をパーフェクトで終えようとするなら、真壁にはあと一つだけ、やらねばならないことが残されていた。

8

十二月三十一日——。

製麺工場の守衛室の奥には八畳ほどの仮眠室が設えられていた。音量を絞《しぼ》ったテレビの画面が「紅白歌合戦」のフィナーレを伝えている。

里見三郎《さとみさぶろう》と名乗った男は、座卓の向かいに座った真壁に茶を勧めた。五十半ば。髪には白いものが混じっている。

「それで、お話というのは？」

「山内恵美の件だ——大野芳夫にサンタクロースを頼んでいたのはあんただな」

里見は息を呑んだ。しばらくは声も出せない様子だった。

「なぜ、そのことを……？」

「わからないか？　俺とあんたは一週間前に会っている」

里見は驚きの目に瞬《まばた》きを重ね、あっ、と小さく叫んだ。

「それじゃあ、あなたがあの時の……」

そうだと言って、真壁は壁際の衣紋《えもん》掛けに目をやった。丈の長い黒革のコート。そして警備会社の制服と帽子――。

警察官の制服のデザインは一新され、以前のように警備員と見間違うことはなくなった。だがコートを着てしまえば、今も双方のシルエットは寸分たがわない。

里見は座卓に両手をついた。

「そうだとしたら、あなたにお礼を言わねばなりません。ありがとうございました。恵美ちゃんもさぞや喜んだことでしょう」

「………」

「しかし、よく私だとわかりましたね」

「俺に追いつけなかったからな」

「えっ……？」

里見は足を捻挫した真壁に追いつくことができなかった。不規則な追跡の足音。ザッ…ザッ…ザッ…ザザッ……。真壁を追った里見もまた足を引きずっていたのだ。

「傷は深かったのか」

「ええ、神経をやられてしまいまして……。当時は随分と山内を恨みました……」

「娘のことはどうして知った？」

「担架《たんか》で救急車へ運ばれる途中、道路に突っ立っている恵美ちゃんを見たんです。リカちゃん人形を胸に抱いていたので、一瞬にしてすべての事情が呑み込めました。恵美ちゃんが山内の娘であること。それに山内が人形を盗んだ理由も」

「……」

「救急車の扉が閉まるまで、私は恵美ちゃんから目が離せませんでした。今でも忘れません。真っ白い顔をしていました。感情がどこかへ飛んでしまったような……なんとも言えない顔をしていました」

——自分のほうがたいへんだったのに、やさしい目で、わたしをジッと見つめてくれた、あの時のおじさんですよね？

里見は問わず語りに話をした。

「徐々にですが、山内に対する恨みよりも、残された恵美ちゃんのことのほうが私の中で大きくなっていきました。不憫でならず、それで大野君に相談したんです。昔、彼がうんと若かった時分、私が担当していたスーパーで万引きをしたことがあったんです。初犯なので許してあげて、それが縁でずっと付き合いがありました」

大野はサンタクロース役を快諾《かいだく》した。五年続けてその約束を果たし、だが今年はやりたくてもやれないジレンマに陥《おちい》った。

「夏に面会に行った時、大野君は代わりの人間を頼んだと話していました。それがあなただったんですね」

「……」

「私はプレゼントを買い、大野君との約束通り、イブの前日に奥さんの家に届けに行きました。ところが――」

大野の女房は男と逃げてしまっていた。里見は途方に暮れた。これでは代理のサンタにプレゼントが渡らない。もし仮に代理の人間がプレゼントを用意してくれたとしても、実際に危険を冒してまで届けてくれるだろうか。不安は膨らむばかりだった。

「だから村松さんの家に足を運んだんです。あなたの姿を見つけ、代理の人だと確信しました。しかし、私のあの格好がいけなかったですね。真夜中に住宅地をうろうろしたら、あらぬ疑いを掛けられると思いました。それで警備員の制服ならよかろうと着ていったのですが失敗でした。あなたにお礼を言うつもりが逃げられてしまいましたから」

里見は小さく笑った。

除夜の鐘が聞こえた。テレビからだった。

「ゆく年くる年」が始まっていて、どこか山深い寺の様子が映し出されていた。

里見は深く頭を垂れた。

「このことはなにぶん内密に願います。どこでどう恵美ちゃんの耳に入るかわかりませんから」

「ずっと名乗らないつもりか」

「ええ、そう決めています。恵美ちゃんにとっては、私がお父さんを殺してしまったようなものでしょう。自分でもそう思う時があるんです。見逃してやればよかった。あの時、なぜ気づかなかったんだろう。普通の万引きではなかった。いい歳をした男がリカちゃん人形なんか盗むはずがないじゃないか、って……」

「………」

「それに、恵美ちゃんの夢も壊したくありません。あの時、お父さんに刺された警備員がサンタクロースだと知ったらがっかりするでしょう。私に対して憎しみや負い目を感じるかもしれません。だからお願いします。そっとしておいて下さい」

「いつまでも子供じゃあない」

「えっ……?」

真壁は腰を上げた。

ポケットからピンクの封筒を摑みだし、座卓に置いた。

靴を履いていると、背後で嗚咽《おえつ》が漏れた。

――わたしにとって、サンタさんは、死んだお父さんとおなじくらい大切な人です。

振り向かず、真壁は初詣《はつもうで》客がそぞろ歩く真夜中の街に紛《まぎ》れていった。

遺言《ゆいごん》

1

二月十五日——。

木枯らしのやんだその日が、黛明夫の命日となった。宵闇に紛れて空き巣を働く、いわゆる〝宵空《よいあ》き〟の手口で売り出し中の男だった。職業泥棒の最期《さいご》といえば、孤独死か獄死と相場が決まっているが、二十八歳の黛は、午後の日だまりが優《やさ》しい清潔なベッドの上で逝《い》った。ただし病院のベッドだ。雁谷本町界隈を仕切る博慈会の人間に襲われたのが昨年九月だった。頭部打撲による硬膜下《こうまくか》出血。この四《よ》ッ葉《ば》病院に救急外来で担ぎ込まれ、五カ月もの間、昏々《こんこん》と眠り続けていた。

真壁修一はベッドサイドに立ち、紙のように白い死顔を見下ろしていた。

中耳の奥で啓二がしんみりと言う。
《まさかだよね。見舞いに来た途端に死んじまうなんて……》
〈まったくだ〉
真壁は抑揚《よくよう》なく返した。
よもや今わの際《きわ》に立ち会うことになろうとは思ってもみなかった。黛がうわ言で真壁の名前を呼んでいるという噂を耳にしたのが一月《ひとつき》ほど前だった。ここ数日は、一度ぐらい見舞ってやろうよ、と中耳がうるさかった。その啓二は、黛がこれから渡るであろう川の向こう岸に存在するわけだから、虫の知らせ以上の何かを感じ取っていたのかもしれない。
看護婦はまだ戻らない。死んでいることは確かだが、黛はまだ医師の死亡宣告を受けていなかった。暴力団員にリンチされて担ぎ込まれた泥棒……。その死……。急ぎ足でこの病室に向かう医者がいるはずもなかった。
《しかし、不思議だよね修兄《に》ィ》
〈何がだ?〉
《だって、一回しか会ったことないんだぜ。なのになんで黛の奴、修兄ィの名前なんか呼んだのかなあ》
一年近く前だった。情報を得るために真壁のほうからねぐらのアパートに出向いた。黛はクチャクチャとガムを嚙《か》みながら小馬鹿にするように言った。『何か用か？　同業者がご対面なんてのは洒落《しゃれ》にならねえだろう』。小さな取り引きをして別れた。ただそれだけの関係だ。黛の亡骸《なきがら》を前に湧き上がる感情はなかった。この場を辞さずにいるのは、啓二が口にした疑問を真壁も感じていたからだった。

ようやく戻った看護婦は髭面《ひげづら》の医者を伴っていた。撫《な》で肩の傾斜がきつくて、今にも白衣が脱げ落ちてしまいそうだ。「吉田《よしだ》」。院内の規則なのか、胸に銀行員のようなネームプレートをつけている。

その吉田は脈と瞳孔で死亡を確認すると、おざなりに合掌《がっしょう》し、看護婦に幾つかの指示を与えてから真壁を振り向いた。

「えーと、あなた、ご親戚か何か？」

「違う」

「どんなご関係なんです？」

「一度会ったきりの男だ」

「あ、そう」

吉田は負けじと言葉を崩し、探る目で真壁を見た。

「じゃあ泥棒仲間ってことでもないの？」

真壁は感情のない目を返した。

吉田は声を立てて笑った。

「いや、失礼。警察の人に聞いたんだ。この黛って男、若いのに結構有名な泥棒だったらしくてね」

「真壁だ」

「えっ？」

真壁は黛に一瞥《いちべつ》をくれた。看護婦の手で鼻から管《くだ》が抜かれたところだった。

「この男が俺の名前を呼んでいたと聞いた」

ああ、と吉田は手を打った。

「あんたが真壁さんか。そうなんだ、運び込まれた時はまだ微かに意識があってね。マカベを呼んでくれ、って何度も言ったんだ。しかしまあ、こっちとしてはどこを探したらいいやら見当もつかないから――」

遮《さえぎ》って、真壁は言った。

「俺を呼べと頼んだ。それだけか」

「あ、いや、他にも二言三言口にしたよ。あんたへのメッセージかなあ」

「何と言ったんだ」

「それがだね……」

吉田は笑《え》みの引いた顔で白衣のポケットをゴソゴソ探り、手帳を摑みだした。

「一応メモしておいたんだけど、意味不明なんだ——ウライタ——それと、カマ——わかるかい？」

真壁は答えず、脳裏で漢字を充《あ》てた。

裏板——釜——。

吉田は開いた手帳を突き出した。

「ちょっと見てくれるかい。ほら、他にも一杯あるんだ。これは意識がなくなってからのものだから、あんたに言ったんじゃないと思うけど」

真壁は手帳に目を落とした。

アイチャン——ドウカツ——ナカヌキ——ウキス——ナミヒキ——ハコシ——バンカハズシ——ハボク——スギモト——。

吉田が指で追いながら言う。

「アイちゃんていう名の女を恫喝《どうかつ》して、ナカヌキはなんか卑猥《ひわい》なことかなあ。けど、その後がさっぱりでね。最後のスギモトは人の名前だろうけど」

真壁は首を傾《かし》げた。カタカナの羅列《られつ》のすぐ横に走り書きの文字があった。『父《とう》ちゃん、行っちゃやだよ、父ちゃん』――。

「これもか」

真壁が聞くと、吉田は頷いた。

「四、五日前に口走ったんだ。まるっきり子供みたいな声でね」

真壁はベッドに目を向けた。悪態を発するためにあるような歪《ゆが》んだ口許は、既に白い布で覆い隠されていた。

「あっ、ご家族の方？」

声に顔を向けると、痩《や》せぎすの背広が息せき切って入ってきたところだった。「この人はね」と吉田が手短に事情を説明すると、経理の綾瀬《あやせ》と名乗ったその四十男は、いかにも困ったという顔を真壁に向けた。

「父親の居所《いどころ》、知りませんか？　今日まで一円も医療費の支払いがないんですよ」

「警察に聞けばいいだろう」

「警察でもわからないらしいんです。母親はとうに死んでいて、兄弟もいないっていう話なんですが……」

溜め息混じりに言って、綾瀬は舌打ちを連発した。

「まいったなあ、いったい誰に請求すりゃあいいんだ」

「幾らだ」

真壁が聞くと、綾瀬の声はさらに沈んだ。

「ざっと二百万近くあります。もう最悪ですよ。国保に入っていている泥棒なんていないでしょうし……」

数瞬考え、真壁は言った。

「これから黛のアパートに行く。あんたも来るか」

「えっ？　じゃあそこに父親が？」

「いや、黛は独りだった」

綾瀬は肩を落とした。

「だったら、本人のアパートに行ったところで……」

「ウライタっていうのは板の裏――つまりは金の隠し場所ってことだ」

「はい……？」

首を捻《ひね》った綾瀬の隣で、「へえ、そうなんだ」と吉田が小さく叫んだ。慌てて手帳を開き、綾瀬にカタカナ文字の説明を始める。

《修兄ィ》

すかさず啓二の声が中耳に響いた。

《随分と親切じゃん。どういう風の吹き回し？》
〈鍵《かぎ》代わりだ〉
《ふーん。ま、確かに病院の名刺持った男が一緒なら大家も信用するね。けどさ、部屋に入ってどうするの？　この綾瀬とかって男のために金を見つけてやるわけ？》
〈黛は自分がくたばるとわかってた。後始末のための金を俺に託したってことだ〉
《きっとそういうことだよね。だけどさあ、放っておけばいいじゃないか。こんな強欲《ごうよく》病院に儲けさせてやることないよ》
〈金だけじゃあない。部屋を掻き回せば他にも何かでるだろう〉
真壁が言うと、啓二はクスッと笑った。
《最初っからそう言いなよ。アパートで黛の親父を探す手掛かりを見つけようってことだろ？》
〈そうだ〉
《父ちゃん、行っちゃやだよ、父ちゃん——泣かせるよなあ、黛の奴》
〈………〉
《うん、伝えてやろうよ。遺言《ゆいごん》みたいなものだもんね。けどさ、うわ言の内容からして、おそらく黛の親父もカタギじゃないね、たぶん——》

「カマは電気釜ってことでしょうか」

嬉々とした声が病室に響いた。綾瀬は最敬礼でもしそうな顔で真壁の前に進み出た。

「さあな」

気負いを逸らして真壁は廊下に出た。躍《おど》る足で綾瀬がついてきた。二人の傍《かたわ》らを、ストレッチャーに乗せられた黛の軀《むくろ》が追い越して行ったが、綾瀬は目もくれなかった。

2

外は無風だった。

四ツ葉病院から黛のアパートのある鮒戸までは車で二十分ほどの距離だ。綾瀬はタクシーを奮発した。黒鞄《くろかばん》の中から請求書の束《たば》を取り出し、揺れる車内で電卓を叩いている。

車窓に目をやる真壁の中耳は騒がしかった。さっき吉田が見せたカタカナの羅列を啓二が読み解いている。

アイチャン――ドウカツ――ナカヌキ――ウキス――ナミヒキ――ハコシ――バンカハズシ――ハボク――スギモト――。

《ほとんどがスリ用語じゃん。ナカヌキはズバリ中抜き。財布の中身だけ抜く手口だよ

ね。バンカハズシは鞄の金具を外すことで、アイチャンは相手の動きに合わせて仕事しろってことだもんね》
〈ああ〉
《ハコシは箱師で電車専門のスリ。ドウカッは動活師のことかな？　映画館専門の》
〈そうだ〉
《ウキスっていうのは初耳だな。これ何？》
〈浮きスだ。船の中を仕事場にする〉
《ふーん。じゃあナミヒキは？》
〈波引きのことだ。列車の中で仕事したあと飛び降りて逃げる〉
《ヒエー！　そんなスリがいるの？》
〈昔はな。いずれにしても、相当仕込まれたってことだろう。うわ言で口走るぐらいだからな〉
《あっ、やっぱ修兄ィもそう思う？　俺もそれを言おうとしてたんだ》
黛の親父はプロのスリ——。
《けどさ、黛なんて名前のスリ、聞いたことある？》
〈ない。だが、手帳にあったスギモトは名の知れたスリだ〉

杉本克彦《すぎもとかつひこ》。もういい歳《とし》だろうが、若い時分は洋モノの映画のタイトルをもじって「ゴールドフィンガー」などと呼ばれていた。
《知ってるよ。〝音無《おとな》しのカツ〟って異名もあったんだ。財布に鍵や鈴がついていても音をさせないってんでさ》
〈そうだ〉
《じゃあさ、ひょっとして黛は杉本のテカだったってこと？》
〈わからん。黛がスリをやってたという話は聞いてない。奴は根っからの宵空きだ〉
《だよね……》
タクシーは鮒戸駅前の商店街に差し掛かっていた。ここを抜ければ、黛のアパートが近い。綾瀬はまだ電卓を叩いている。
《あ、そうだ、あと一つ。ハボクっていうのは何？》
〈縁日に出店する植木屋のことだ〉
《なるほど、葉と木、ってことかあ》
〈それで全部か〉
《えっ？　何が？》
〈手帳に書かれていたカタカナだ〉

《うん。それよか修兄ィ、黛の親父だけど、スリじゃなくてその植木屋ってことも――》

啓二の声が途切れた。

真壁の視線に気づいたからだった。前方右手の喫茶店の前に、背中の線の美しい女が立っていた。

安西久子だった。

両手を体の前のハンドバッグで合わせ、控えめな眼差《まなざ》しを店のドアに向けている。誰かが出てくるのを待っていることは一目でわかった。

《修兄ィ……》

〈………〉

喫茶店から背の高い男が出てきた。明るいグレーのコートを着た、三十半ばの優しげな風貌の男だった。久子と肩を並べて歩道を歩き始めた。何やら口にして笑い掛け、久子も微笑《ほほえ》みで応えた。二人とタクシーは声が届くほど接近し、そして擦《す》れ違った。

目に涙を溜め、見合い話があると言っていた。すればいい。真壁はそう言って久子のアパートを出た――。

《あの、修兄ィ……》

タクシーが商店街を抜けたところで、啓二が恐る恐る声を掛けてきた。

〈何だ〉

《あんまし関係ないと思うよ》

〈何がだ〉

《だって離れてたもん、肩と肩。二十センチぐらいあったよ。いや、三十センチは離れてたね》

〈………〉

《ねえ、修兄ィ》

今度は機嫌を窺《うかが》うような声だった。

〈何だ？〉

《最近、修兄ィはちょっと変わったよね》

〈俺が変わった……〉

《うん。こないだは人助けでサンタクロースの役をやってあげたしさ。今回だって黛のために動いてやってるじゃん》

〈………〉

《今ならやり直せると思うな》

〈………〉

《ねえ、そうしなよ、修兄ィ。ここらできっぱり足洗って久子と暮らせよ》
〈もういい〉
真壁が言うと、啓二はいきり立った。
《よかないよ。このまんまじゃ、あのキザっぽい男に久子を持っていかれちゃうぜ》
〈少しもキザっぽくなかった――お前だって見たはずだ〉
《………》
〈忘れろ〉
《忘れられるのかよ修兄ィ？　あんないい女、世界中どこ探したっていないぜ。だから、俺は消えるって。そうすりゃ久子と一緒になれるだろう？》
〈黙れ〉
啓二はしおれた。
《一度は消えたのに……。なのに修兄ィは……》
〈うるさい！〉
「えっ……？」
隣の綾瀬が、真壁の顔を覗き込んだ。
「何か言いました？」

「言ってない」

真壁は正面に顔を戻し、タクシーの運転手に声を掛けた。

「その先のモルタルのアパートだ」

3

動いた室内の空気は冷たかった。

雑誌。段ボール箱。鍋《なべ》や紙皿……。黛明夫の部屋は床に物が散乱していた。形容するなら、それは「泥棒にでも入られたような部屋」だった。博慈会の仕業《しわざ》に違いなかった。例の盗品を探し出すために、黛を叩きのめした後、手荒に家捜《やさが》ししたのだ。

「ご覧の通りです」

大家は鍵をポケットにしまいながら言った。孫娘にでもプレゼントされたのか、ひどく編《あ》み目の雑な毛糸のマフラーを大切そうに首に巻いていた。

「黛さんがいなくなってすぐ荒らされたんですよ」

「警察には届けたんですか」

綾瀬が詰問でもするように言った。既にがらくたを跨《また》いで台所の電気釜の蓋を開けていた。顔が青いのは、賊《ぞく》に金を取られてしまったと思い込んだからだ。

「届けましたよ。何人も刑事さんが来ましたが、それっきりです」

「そんなことってあるんですか」

甲高《かんだか》く言って、綾瀬は泣きそうな顔で真壁を見た。

「だって、黛さんを襲ったのと、ここを荒らしたのはおそらく同じ人間でしょう？　黛さんは死んでしまったんですよ。これって殺人じゃないですか。なのに警察は捜査しないんですか」

「あんたならどうする」

真壁は言った。

「えっ……？」

「あんたが刑事なら、コソ泥が殺された事件を本気で調べるか」

「あっ、いや……それは……」

この部屋が荒らされたことはもちろん、黛が瀕死《ひんし》の重傷を負わされた襲撃事件も、新聞には一行たりとも掲載されなかった。警察が記者発表しなかったということだ。泥棒に人権などない。一人消えれば、その分、街が浄化される――。

真壁は風呂場に足を向けた。幾つかの段ボール箱を蹴って退《ど》かし、狭い浴室に入った。

慌てて追ってくる足音があった。

「そっかあ！　カマは風呂釜ってこともありますよね！」

バスタブの脇の風呂釜と煙突は見事なまでに壊《こわ》されていた。洗い場の簀《す》の子は上下逆《さか》さまにされ、バスタブの蓋も荒っぽく開かれた形跡があった。

「ああ、ダメだ」

綾瀬が悲鳴に似た声を発したが、真壁はおもむろに腰を屈《かが》め、バスタブの中の給湯口に手を伸ばした。ここが黛の「板裏」だとするなら運が良かったということになる。博慈会が捜しているブツはビデオテープだ。そのサイズに満たない場所は検《あらた》めなかったと考えていい。

真壁は給湯口のごみ取りキャップを回して外した。中に指を二本差し入れる。その指先にツルッとした物が触れた。ビニール。脳はそう判断した。

指の間に挟んで引き抜くと、筒状のビニール包みが現れた。長さは二十センチほどもある。中身が透《す》けて見えていた。万札だ。綾瀬が感嘆の声を発した。

包みを解いた。几帳面《きちょうめん》に仕分けされた万札の束が五つ。それぞれぴたり二十枚ずつ輪ゴムで留《と》めてあった。他にはノートの切れ端が数枚。表も裏も細かい字でびっしり埋まっている。「泥棒日記」だった。いつ、どこで、幾らのアガリを得たか、ここ一年余りの仕事内容が克明に記してあった。真壁は目を凝《こ》らした。ノートの罫《けい》線の枠《わく》外に、電話番号の桁《けた》数と一致する数字の羅列が三つ書き込まれていた。一番上の番号は二本の横線で消されている。すぐ下に書かれたものが新番号ということか。

「助かりました！」

綾瀬は胸の前で五つの札束を握り締めていた。未払い医療費の半分ほどを回収できた計算だ。だが――。

「あのう……」

媚《こ》びを含んだ声に振り向くと、大家が揉《も》み手をしながら立っていた。

「こちらも家賃が溜まっておりまして。えーと、五カ月分、頂戴《ちょうだい》したいのですが」

「あんた、入院していた間の家賃を取るっていうのか」

自分のことは棚に上げて、綾瀬は目を剝《む》いた。

大家も負けてはいなかった。口を尖らせて言い返した。

「そういう言い方はないでしょう。こっちだって困ってたんですよ。本当のことを言えば、部屋を空けてもらって次の人を入れたかったんです。善意でそうしなかったわけですよ。入院してるのに追い出しちゃ可哀相だと思って」

「恩きせがましいことを言いなさんな。こっちはスタッフ全員で懸命に黛さんを治そうと

「結局、死なせちゃったじゃないですか。恩きせがましいのはそっちでしょうが。いいから下さいよ。五カ月分です。二十二万五千円——」

　大家が綾瀬の手から札束をもぎ取ろうとした。

「何すんだ！　やめろ！」

　綾瀬が怒鳴り、二人は激しく言い争った。

《まったく、こいつら！》

　悄気《しょげ》ていたはずの啓二が鼓膜を叩いた。

《まるっきり羅生門《らしょうもん》みたいじゃんか！　死んだ人間の身ぐるみ剥《は》がしてさあ！》

「家賃を払ってやれ」

　真壁は低く言った。大家は小躍りし、「そんな！」と叫んだ綾瀬の顔はひどく歪んだ。

　数秒、真壁は宙を見つめ、その目を綾瀬に戻した。

「どのみち百万じゃ足りないんだろう」

「えっ……？」

「医療費は二百万。そうだったな」

「ええ、そうですが……」

《修兄ィ、まさかだよね？》

真壁は啓二の声を無視した。

「襲った奴から取ればいい」

《修兄ィ！》

綾瀬が目を見開いた。

「ま、真壁さん……あなた、犯人を知ってるんですか」

「……」

「いったい誰なんです？」

「金はいるのか、いらないのか」

「もちろん、欲しいです。ですが……」

綾瀬は怖々《こわごわ》真壁を見た。

真壁は踵《きびす》を返し、ドアに向かった。

《まさか、一人でブラックビルに行こうなんて考えてないよね？》

〈……〉

《聞いてんだろ、答えろよ》

〈ひとこと言うだけだ〉

《よしなって！　もう忘れたのかよ。修兄ィだって黛と同じ目に遭《あ》ったじゃんか。殺されそうになったんだぜ》
〈原因を作ったのはあいつらだ。結果を知らせなくてもいいのか〉
《余計なお節介《せっかい》だってば！》
真壁は微かに頷いた。
〈確かに黛はクズだった〉
《えっ……？》
〈だが、死んだんだ〉
《………》
外は薄暗くなっていた。十歩と歩かないうちに背後で綾瀬の声がした。
「待って下さい。いまタクシーを拾いますから！」
ことによると、裏社会でも経理職の務まる男なのかもしれなかった。

4

雁谷本町の歓楽街「イースト通り」。その猥雑《わいざつ》な通りに面した黒タイル張りの五階建て、通称「ブラックビル」は浅い闇に溶け込んでいた。

一階応接室。真壁の視界の隅《すみ》にはカタカタと震える綾瀬の膝頭《ひざがしら》があった。テーブルを挟んだ正面のソファには、古代ギリシャの彫刻を思わす端正なマスクの男が座っている。

博慈会の若頭、御影征一――。

「で、誰が死んだって？」

「黛明夫――鮒戸の泥棒だ」

御影は反応せず、シガーケースから煙草を引き抜いた。頬骨の張った大男が猫のように背を曲げてライターの火を寄せる。

「知らんな」

御影は吐き出す煙とともに言い、綾瀬に視線を向けた。

「この男の知り合いか何かか」

綾瀬の背筋がビクンと伸びた。

「こいつはただの付け馬だ」

「ん？　お前が借金しているってことか」

「黛の付け馬だ。百二十二万五千円欲しがっている」

滅相《めっそう》もない、とでも言うように、綾瀬が慌てて首を左右に振った。

御影は煙草の灰を落とした。

「さっぱり話が見えんな。わかるように言え。俺はお前が思ってるほどヒマじゃない」

「例のビデオテープは見つかったのか」

「ああ、お陰さんでな、先週カタがついた。年寄りの泥棒が毎晩欠かさず観てたそうだ」

「ならば他の泥棒はすべてシロ。そうだな？」

「そういうことになるな」

「黛は狩られて死んだ。あんたのテカに頭蓋骨を割られてな」

「なるほど、ようやく話が見えてきた」

御影は惚《とぼ》け顔で言った。

「その黛とかいう男の借金をウチが背負えばいいわけだな？」

真壁は頷き、綾瀬はまた首を左右に振った。

「お安い御用だが……」

御影は銜《くわ》え煙草の唇を動かした。チリチリと巻紙が焼けて先端が真っ赤に染まった。

「少しばかり待てるか」

「どれくらいだ」

「そうさな……」

思案げに言いながら、御影はテーブルの灰皿で煙草を揉み消した。

「五年か、あるいは十年か」

真壁は立ち上がった。横の綾瀬がヒッと息を呑んだ。腰が抜けて席を立てない。

御影が上目遣《うわめづか》いで真壁を見た。

「帰るのか」

真壁は御影を見下ろした。

「雁谷署に寄ってからな」

御影は破顔《はがん》した。

「正気か」

「ああ」

「奴らが動くと思うか？　コソ泥が十人まとめて死のうが、連中は定時に家に帰るだろうよ」

「このビルをガサ入れするネタにはなる」

「何……？」

「チャカとシャブのノルマはきつい。本部から結果を出せと言われたら、署の連中は真っ先に鉄殺しでここのガサ令状を取る」

御影はちらりと天井を見た。出来損《そこ》ないのトカレフでも眠っているのだろう。

「け、結構ですから――」

素《す》っ頓狂《とんきょう》な声を発して、綾瀬の膝と腰が伸びた。

「お金はいりません。お忘れ下さい。大変失礼致しました」

綾瀬は二歩、三歩と後ずさりしてから、背中を向けて駆け出した。

「待ちな」

御影が低音を発した。綾瀬は銃で撃たれたかのように停止した。

「払ってやる――幾らだ？」

「百二十二万五千円だ」

真壁が答えた。

御影は、おい、と横に声を掛けた。大男が不服そうな顔を残して隣室へ消えた。

首をぐるりと回し、御影は真壁に顔を戻した。

「一つ聞かせろ。黛って男はお前のダチ公だったのか」

「一度会ったきりだ」

御影の瞳が笑った。

「だったらなぜ付け馬の片棒なんぞ担ぐ？」

「死なせた人間が六文銭《ろくもんせん》を持たせてやるのが筋だろう」

御影は目を細めた。

「真壁とか言ったな――お前、本当にウチに来る気はないか」

「ない。それより俺のほうも一つ聞かせろ」

「何だ？」

「ここにハボクの人間のリストはあるか」

「ウチは元々が博徒《ばくと》だ。テキ屋のことはわからん」

大男が厚みのある封筒を手に戻った。

それは御影から真壁に手渡され、立ったまま凍《こお》りついていた綾瀬の胸に押しつけられた。

真壁は応接室を出た。その背を声が追った。

「よう、命だけは大切にしろよ」

瞳は笑ったままなのか、そうでないのか、声からは判断できなかった。

5

午後六時を回っていた。
「ブラックビル」を出た真壁は、雁谷本町駅に足を向けた。綾瀬は外に出ても歯が合わず、礼も言わずに立ち去った。二度と会うことはあるまい。
啓二は大きな溜め息をついた。
《まったく、寿命が縮《ちぢ》まったよ》
〈生きてる時に言え〉
《ま、ああいう修兄ィって嫌いじゃないけどさ》
〈だったら今後はいちいち騒ぐな〉
《で？　これからどうするの？》
〈電話だ〉
《ああ、アレね。黛の泥棒日記の》
前方に駅舎が近かった。会社帰りの男たちが色のない波となって吐き出されてくる。その波を割って歩き、真壁は空いていた右手の電話ボックスに入った。

　ポケットに紙切れを探すうち、啓二が焦《じ》れた。

《横線引かれてた一番上のやつなら、五五四の二六――》

　番号をプッシュすると、予想通り、現在使われていないと告げるテープが回った。啓二が二つ目の番号を言う。雁谷本町の局番だ。何度目かのコールでハスキーな中年女が出た。

（はーい、ジュンコでございます）

　一瞬考え、真壁は言った。

「杉本克彦はいるか」

（あんた誰？）

　怪訝《けげん》そうな声が返ってきた。勘《かん》は当たったようだった。おそらくはジュンコという名の杉本の情婦《イロ》が、「ジュンコ」という名の店をやっている。

「杉本の知り合いだ」

（知り合いなら知ってるだろう、あのロクデナシならオリに入ってるよ）

「雁谷署か」

（そっ）

「いつだ」

（たったのおととい。はい、伝言どうぞ。二、三年は帰ってこないけどね）

「黛という男を知っているか」

（黛……？　誰それ？）

「杉本と同業だ」

（聞いたことないね。そんなことよりどう？　これから飲みに来ない？　ヒマだからたっぷりサービスするよ）

声が艶《つや》っぽくなったところで電話を切り、三つ目の番号に掛けた。局番からして県北の地域だ。

今度も女が出た。若い。

（はい、県立老年病院ふたご岳《だけ》荘です）

巡らした思考は先ほどよりやや長かった。

「老人ホームのようなところか」

（えっ？　ああ、そうですね……。でも、ここは一応、老年病の治療を目的としている施設ですから）

一応……。正直すぎる女だった。

「黛という名の年寄りが入っていないか」

（黛さん……ですか？　えーと、ちょっとお待ち下さい）

しばらくの間、紙を捲《めく》る音が続いた。

（お待たせしました。ここには、そういうお名前の人はいませんが）

「以前は？」

（いないようですよ。いま、マ行のところを全部見たんです。退院された人はマル、亡くなった人はバツがついているんです）

馬鹿がつくほど正直な女だった。

ボックスを出た真壁は駅前のラーメン屋に入った。カウンターに腰を落ちつけ、塩ラーメンと昨日の新聞を頼んだ。

杉本逮捕の記事は小さく載っていた。元々は〝箱師〟のはずだが、電車内ではなく、競輪場で手錠を掛けられたようだった。

《どうするの修兄ィ。ジュンコとかいう店に行ってみる？》

〈無駄だ。女は黛のことを知らない〉

《だね。行ったらボラれるだけだ――けどさあ、杉本の野郎は留置場だし、他にもう当たるところがないじゃんか》

〈………〉

ラーメン屋を出て腕時計に目を落とすと七時半だった。しばらくはハーフコートを脇に抱えて歩いた。腹に熱いものを入れたうえ、まったく風がないので、まだ二月も半ばだというのに体感温度は早春に近かった。
《今夜の泊まりは？》
〈まだだ。雁谷署に寄る〉
《えっ……？　えっ、えっ、えっ！　まさか博慈会のこと売り込む気！》
〈そうじゃあない。留置場に杉本がいるからだ〉
啓二はヒューと息を吐いた。
《もう、脅《おど》かさないでよ。治療費まで払わせといて売り込んだりしたら、マジで殺されるかんね》
〈勝手に想像して騒ぐな〉
真壁はコンビニの角を折れて住宅地に入った。雁谷署に行くには多少遠回りになるが、懐《ふところ》に仕事道具を抱いたまま刑事一課に乗り込むわけにもいかない。
《修兄ィならやりかねないからさあ。あ、でも、署に行ってどうすんの？　どのみち留置場の杉本には会えないじゃんか》
〈スリ係の美濃部《みのべ》に当たる。杉本と黛に繋《つな》がりがあるなら何か知ってるだろう〉
《そっか。美濃部なら前にフッーの泥棒刑事もやってたから黛のことにも詳しいや》

署庁舎の灯《あかり》が見えてきたところで、真壁は周囲を油断なく見回した。コートの懐から素早くドライバーを掴みだし、民家の山茶花《さざんか》の生け垣に突っ込んだ。石造りの門柱から七歩。高さはベルトライン――。

そこから三分ほどで署に着いた。真壁は裏手の駐車場に回り、被疑者押送用の外階段を使って二階に上がった。刑事一課の鉄扉を押し開くと、七、八人の私服が視線を投げてきた。「ノビカベだ」と押し殺した声。そういう自分たちも「泥刑《ドロケイ》」と詰めて呼ばれる盗犯係の下っ端だ。

真壁は先んじて美濃部の名を呼んだ。スリ係のシマで、ずんぐりむっくりとした男の短い首が伸びた。

奥のソファで向かい合って座った。美濃部が真壁の瞳を探る。

「何の用だ？　お前の幼なじみならもういないぞ」

「わかっている」

「なら何だ？　俺の調べを受けたくてトウモに転向でもしたか」

美濃部は冗談めかして言った。「トウモ」は掏摸《スリ》の音読み符丁だ。

「係違いのあんたに手柄《てがら》を取らせる義理はない」

真壁が返すと、美濃部は愉快そうに笑った。

「そうそう、手柄はお前のファンにやってくれ。俺はいま満腹だしな」

本音だろう。杉本克彦の身柄が掌中にある。

真壁は声を落とした。

「宵空きの黛が死んだ」

「ああ、そうだってな。さっき病院から電話があったと言ってた。喧嘩《けんか》で担ぎ込まれたって話は聞いてたが、まさか死んじまうとはな。いい泥棒に育ってたらしいじゃないか。各署で評判をとってたみたいだぞ」

最後のほうは「もったいない」と言わんばかりの顔だった。

真壁は尻を前にずらして美濃部との距離を詰めた。

「黛はスリを齧《かじ》ったことがあるのか」

「ああ、ガキの時分に少しな。腕のいい男のテカをしてた」

「あんたを満腹にした男だな？」

「当たりだ」

「ゴールドフィンガーが身柄になったのは五年ぶりか」

「六年ぶりだ。小学一年生だった俺の娘が卒業しちまった」

美濃部は嬉しさを隠すでもなかった。おそらく取り調べも順調に進んでいるのだろう。

真壁は引き戻すように言った。

「黛の親父もスリか」

「いや、ハボクだって聞いたけどな」

「いまどこにいる」

「知らんな。八年前、黛が二十歳の時に蒸発しちまったって話だ」

「二十歳……。黛がデビューした年だな」

「ああ、蒸発とデビューが同時だった」

「親父の歳は？」

「そうだな、もう八十近いだろう」

「八十……」

一度は萎《しぼ》んだ「ふたご岳荘」が再び頭を擡《もた》げた。

「確か黛は五十過ぎの子だ。アル中のストリッパーに産ませたんだが、その女が一年もしないうちに電車に飛び込んじまって、だから黛はガキの頃、児童養護施設を出たり入ったりしてたらしい」

父ちゃん、行っちゃやだよ、父ちゃん――。

真壁が黙していると、美濃部はひょっと我《われ》に返ったような顔になった。

「しかし、お前、何だって黛の親父のことなんか調べてるんだ?」

「……………」

美濃部の瞳に好奇の色が浮かんだ。

「黛が死んだことを知らせてやりたい、ってか」

「そんなところだ」

「随分と殊勝《しゅしょう》じゃないか。え? 足でも洗う気になったか」

「……………」

「俺は勧めるが、泥刑の連中はがっかりするだろうなあ。黛に死なれたうえにお前にまで足を洗われた日には商売あがったりだ」

言われずとも、部屋のあちこちから送られてくる視線を感じ取っていた。誰もが空腹だ。とりわけ、部屋の対角から届く眼光には飢餓《きが》感すらあった。般若《はんにゃ》顔の馬渕――。

「ま、吉川が死んだあと、お前を専属《オンリー》にしたがってるデカは多いからな。せいぜい気をつけるこった」

囁《ささや》くように言うと、美濃部は浮かれた足で取調室のほうに向かった。

6

風がない分、夜空はくすんでいた。
《修兄ィ……》
〈何だ？〉
《今夜のねぐらはどこ？　寒くないから、いたみでいっか……》
考え事をしながら、といった感じの声だ。
真壁は住宅街に足を踏み入れていた。確かに「旅館いたみ」が近い。身元問わずの素泊まり三千円は破格だが、あまりに隙間《すきま》風がひどいので、寒波が根を下ろしたここ半月ほどは敬遠していた。
《黛の奴、可哀相な生い立ちだったんだね》
啓二はしんみりと言った。
〈いまさら同情しても始まらないだろう。奴はもう死んだんだ〉
《だから可哀相なんじゃないか》
〈………〉

《あのセリフだけはどうにか親父さんに伝えてやりたいよなあ——父ちゃん、行っちゃやだよ、父ちゃん》
真壁は小さく舌打ちした。
〈行っちゃやだよ、だぞ。奴は何度も施設に置き去りにされたんだ。親父を恨《うら》んでたとは思わないのか〉
《思わないよ。もし恨んだことがあったとしても、最後は許してたよ。だから死ぬ直前にうわ言になったんだ。ただ父ちゃんに会いたかったんだよ、黛は》
門柱から七歩。ベルトの高さ。真壁は山茶花の生け垣からドライバーを抜き出して懐に収めた。
《けど、線がぷっつり切れちゃったね。いったい黛の親父はどこにいるんだろう。それとも死んじゃったのかなあ、もう八十近いって言ってたもんね》
真壁は線路沿いの道に出た。「旅館いたみ」への近道だ。
〈おそらくは、ふたご岳荘だろう〉
《えっ……？　ええっ！　だって、いないって言ったじゃんか、電話の女！》
〈あの女はあけすけだった〉
《確かに馬鹿正直だったけど、だから何さ？》

〈黛以外の名で入っている可能性もあるってことだ〉
《あ、黛が母親姓だってこともありえるね》
〈違う〉
真壁はきっぱりと否定した。
《じゃあ偽名《ぎめい》ってこと？》
〈そうじゃあない〉
《だったら、どういう可能性さあ？》
〈美濃部の話を思い出してみろ〉
《えっ……？　何か手掛かりあったっけ？》
〈黛がデビューしたのは――〉
真壁は息を潜めた。
後ろだ。真壁とぴたり呼吸を合わせて歩いている人間がいる。
真壁は立ち止まった。後ろの足音も止まった。
振り向いた。
十メートルほど後方に男が立っていた。夕方、博慈会の応接室にいた「大男」だった。
トレンチコートのポケットに両手を突っ込み、真壁をジッと見つめている。

中耳がパニックに陥《おちい》った。

《つけられてたんだよオ！　ヤバいよ！　雁谷署に行ったりしたから、ネタを売り込んだと思われたんだ！》

売り込んだらバラせ。そう御影に命じられているのだとするなら、トレンチコートのポケットには、応接室の天井裏で眠っていたトカレフが沈んでいる。

大男は足を止めたままだ。ポケットから右手を抜く気配もない。電車が近づいていた。その電車のライトを後方から浴び、ほとんど闇と同化していた大男の輪郭《りんかく》が微かに光を帯びた。

ただの尾行。そうなのかもしれなかった。

真壁は顔を前に戻し、ゆっくりとした足取りで歩きだした。背後の足音が重なり、さらには接近してくる電車の音が被《かぶ》さってきた。

その段になって真壁は気づいた。この線路沿いの道に出てから電車が通過するのは初めてだった。銃声を消す。大男の狙いがそうなのだとしたら――。

電車の音が轟音《ごうおん》に変わりつつあった。背後の足音は掻き消されて聞こえない。五メートルほど前方に、左手に折れる路地の入口があった。思考を省《はぶ》いて真壁は駆けだした。その真壁をけたたましい音響とともに電車が抜き去っていく。

《撃ってくるよ！》
実際に大男が発砲したかどうかはわからなかった。路地に入った真壁は、右に左に角を折れて表通りを目指した。
数分後には明るい街灯の下を歩いていた。九時半を回って、表通りにはナンパ目的の若者の姿が目立っていた。
《まいたね……》
〈おそらくな〉
真壁が言った時だった。背後に靴音が戻った。
《しゅ、修兄ィ……！》
〈ウドの大木、ってわけじゃなさそうだな〉
《どうすんのさ？　このままじゃ殺《や》られちまうじゃんかよオ！》
〈騒ぐな。ここじゃ撃てない〉
ここでは撃たないが、撃てるチャンスが訪れるまでどこまでもついていく。背後の足音には揺るがぬ意志が感じられた。
《修兄ィ――》
〈黙ってろ〉

五十メートルほど先に交番があることは知っていた。

背後に気を集めて歩く。交番の赤灯が近づく。ボックスの外で制服が立番《りつばん》をしている。ただぼんやり立っているわけではない、折りあらば点数を稼いで交番勤務を卒業したい。そんなあからさまな野心を宿した瞳の持ち主だった。

真壁はコートのポケットにドライバーを探り、裏地の間にねじ込んだ。脳裏にあったのは軽犯罪法の条文だけではなかった。

制服の視界にはもう、真壁の姿が入っているはずだった。接近する。制服の顔がこちらに向いた。目が合った。その瞬間、真壁は顔を隠すように手を翳《かざ》し、背中を丸めて駆け出す素振りをみせた。挙動不審――。

制服の左手がスッと横に開いた。

「あ、ちょっといいですか」

7

雁谷署二階。深夜の留置場は冷え冷えとしていた。

「旅館いたみ」ではなく、「三号房」が今夜のねぐらとなった。真壁は黴《かび》臭い毛布にくるまって横たわり、看守台の眼鏡が居眠りを始めるのを待っていた。

隣の布団には、杉本克彦の規則正しい寝息がある。偶然を期待したわけではなかった。雁谷署では共犯関係がない限り、同種の被疑者を同房に置く。同業者ならではの会話を促す狙いだ。その会話に看守が聞き耳を立て、取り調べに有効なネタがあれば担当刑事に報告を上げる。

《さすが修兄ィだよね。大男の野郎、悔《くや》しがってるだろうなあ。そのうえさ、杉本まで捕まえちゃうんだから。こういうの何て言うんだっけ？　一石二鳥《いっせきにちょう》？　一挙両得《いっきょりょうとく》かな？》

コートの裏地に潜むドライバーを見つけた制服は小躍りした。軽犯罪法第一条三項『正当な理由がなくて──他人の邸宅又は建物に侵入するのに使用されるような器具を隠して携帯していた者は──』。いずれにせよ耳垢《みみあか》ほどの微罪だ。制服の点数稼ぎにはなったろうが、余罪でも口走らない限り、起訴されることはまずない。ヨンパチ──四十八時間の勾留《こうりゅう》期限切れを待って娑婆《しゃば》に舞い戻れる。般若の馬淵あたりが、「犯歴」と「住所不定」をタテに釈放を渋ることも考えられなくはないが、そうなったらなったで検事勾留の十日間、ひたすら黙秘を決め込むまでだ。

眼鏡の看守が舟を漕ぎ始めた。それから十分ほど様子を窺い、真壁は杉本の体を揺らした。五十半ばの小太りな男だ。

「おう……おう……」

オットセイのような声を発して杉本が目覚めた。真壁はシッと諌《いさ》めて、看守台に目をやった。眠りは深そうだ。幸いなことに、隣の房には高鼾《たかいびき》の猛者《もさ》もいる。

押し殺した声を杉本の耳に吹き込む。

「起こしてすまん。ちょっと聞きたいことがある」

「お前……誰だ？」

「誰でもいい。黛明夫のことを教えろ」

「ひょっとしてお前、ああ、写真見たことあるぞ。ノビカベとかいう――」

「黛が死んだ」

「えっ！　明夫が？」

杉本は上半身を起こした。しばらく思案顔でいたが、黛の死を悲しんでいたわけではなかった。

「話してやってもいい。ただし――」

あるかないかの灯の中で、杉本は真壁の下腹部を凝視した。

「溜まってるんだろう？　俺にしごかせてくれ」

小さな沈黙を隣の房の鼾が破った。

真壁は口の端で笑った。

「とんだゴールドフィンガーだな。ジュンコは知ってるのか」

「ババアはババアで悦《よろこ》ばしてやってらあ」

怒ったように言っておいて、杉本は媚びた目を真壁に向けた。

「なあ、どうだ？　いいだろ？」

「ちゃんと話せば考えてやってもいい」

「よしきた！　だったら何でも聞いてくれ！」

真壁は唇に人さし指を立てた。

「黛の親父とは知り合いか」

「もちろんだ。黛耕三郎《こうざぶろう》。俺は親父さんの一番弟子だったんだからな」

杉本は誇らしげに鼻の穴を膨らませた。

「親父はハボクだと聞いた」

真壁が言うと、杉本は気色ばんだ。

「トウモだよ。黛耕三郎はトウモの天才だった」

「サツの知らないスリがいるのか」

「だから天才だって言うんだよ。親父さんは一度たりともパクられたことがなかった。覚えとけ。本当の天才ってのはああいう男のことを言うんだ。だが……」

杉本の顔が曇った。

「サツにはパクられなかったが、一度だけヘタを踏んだ」

黛耕三郎の絶頂期だったという。混雑する駅構内での仕事だった。手本引賭博《てほんびきとばく》で「胴元」を張っていた男の懐を狙った。無論、相手の素性《すじょう》は知らなかった。張り子が注視する中、「こてん札《ふだ》」と呼ばれる賭具を指先で操《あやつ》る、こちらも天才の名をほしいままにしていた男だった。

黛耕三郎はコンマ何秒かの勝負に敗れた。上着の内ポケットに伸ばした仕事の手を男に摑まれ、結果、右手五指のすべての関節を金槌《かなづち》で潰《つぶ》された――。

「それでもハボクになって剪定鋏《せんていばさみ》を握ってたんだ。どれほど器用な男かわかるってもんだろう」

真壁は一つ頷いた。

「今どこにいる」

「それは知らん……」

途端に杉本の口ぶりが怪しくなった。

真壁は杉本の目を見据えた。

「黛明夫が宵空きでデビューしたのと同時に親父は消えた。そうだな?」

「……ああ」

「黛は、親父とあんたに仕込まれたスリの技を捨てた。そうも言えるな?」

「ん……」

「捨てたのはそれだけか」

杉本は目を逸らした。明らかに狼狽している。

「わかんねえよ。本当のところはわからないんだ。当時はもう、親父さんは脳梗塞《のうこうそく》で右半分がやられてた。確かに一人で消えられるはずはねえ。けど、だからって明夫が……あの明夫がさ……」

山に捨てた。

県北のふたご岳に父親を連れて行き、置き去りにしてきた。何度も自分が施設でそうされたように――。

息を呑む音がした。それきり音も声もなく、中耳は静寂に包まれた。

朝方近くになって、真壁の下腹部に伸びる手があった。その指の関節は、ことごとく曲がってはならない方向に曲げられて嫌な音をたてた。

8

二月十六日――。

夜が明けても風はなかった。ヨンパチを待たずに真壁は朝一番で釈放された。意外にも馬淵の計らいだった。恩を売ったつもりだ。まともな窃盗でパクった時に自白で借りを返せ。留置場に現れた般若顔にはそう書いてあった。

真壁は署内の公衆電話でタクシーを呼んだ。玄関前に車をつけさせた。腰を屈めて乗り込み、隣町の大谷《おおたに》駅まで走らせた。そこから雁谷本町駅まで電車で戻り、県北線に乗り換えてふたご岳に向かった。大男の姿は見なかった。だが、「見なかった」と「いなかった」が同義語である保証はどこにもなかった。

電車に二時間揺られた。「県立老年病院ふたご岳荘」は、空も空気も澄みきった、ふたご岳の麓《ふもと》にあった。鉄筋三階建て。二階の一部の窓には鉄格子《ごうし》が嵌《は》まっていた。

「身元のわからない人……？　ああ、じゃあ、岳山一郎《たけやまいちろう》さんのことですね」

受付の若い女は屈託なく言った。昨日電話にでた女であることは、声だけでなく、真壁の素性を詮索《せんさく》しない態度からも明らかだった。

事情もぺらぺら喋った。「岳山一郎」は、八年前の夏にふたご岳の中腹で見つかった。衰弱死寸前のところを地元の子供に発見されたという。日ごろ人が入る場所ではないが、その灌木《かんぼく》帯が、子供たちにとって垂涎《すいぜん》の的《まと》であるミヤマクワガタの秘密の捕獲場所だったことが奇跡的な救出劇に繋がった。

老人は自分の名前も住所も言えなかった。地元紙が記事にしたが、名乗り出た肉親や知人は皆無だった。置き去り事件の可能性が高いとみて警察も動いたが、大物スリでありながら逮捕歴がなかったことが、その意味では災《わざわ》いした。仮の名は地元の村長がつけた。脳梗塞の後遺症に加え、ここ数年は痴呆《ちほう》の症状が進み、言葉を発することもほとんどないという。

真壁は看護室に通された。知り合いかもしれないので顔を見たい。看護婦にはそう言った。二階に案内された。窓に鉄格子の嵌まった大部屋だった。

「ときたま暴れたりするもんですから……」

看護婦は言い訳をするように呟《つぶや》き、入って右手のベッドに顔を向けた。

「どうです？　お知り合いですか」

真壁は視線を向けた。

そこには皺《しわ》だけがあった。目も鼻も口も、彫刻刀で刻み込まれでもしたような深い皺に呑み込まれていた。右手を見る。まるで干柿《ほしがき》のようだ。関節を潰された痕跡を見つけ出すのは難しそうだった。

「人違いらしい」

真壁が言うと、看護婦は小さく肩を落とした。

「そうですか……。でも、これも何かの縁《えん》でしょうから少しいてあげてくださいな」

「岳山一郎」はベッドで上半身を起こし、木製の盆の上で鶴を折っていた。右手はほとんど動かない。左手だけで折っていると言っていい。その指先の動きはスローモーションの映像を思わせた。

「日課なんですよ。一日一羽が精一杯ですけどね」

看護婦が毛布を直しながら言った。

その毛布で覆われた脚のほうに、出来上がった折り鶴が連なっていた。たこ糸で繋がっている。真壁はその数を数えた。全部で十五羽——。

壁も一面折り鶴だった。暖簾《のれん》のように吊るされた折り鶴は、以前テレビか何かで目にしたナイアガラの滝を連想させた。

看護婦が窓際の老人の世話を始めた。

真壁はその隙をとらえ、唯一《ゆいいつ》皺の侵食を免《まぬが》れている大きな耳に顔を寄せた。

「黛耕三郎だな？」

反応はなかった。

真壁は間を置かずに言った。

「黛明夫が死んだぞ」

スローモーションの指は止まらなかった。

真壁は腰を上げた。看護婦が何か言ったが、無視して病室を出た。階段を下り、看護室も受付も素通りして建物を後にした。

駅までは一本道だ。ゆるやかな坂道を下っていく。

啓二が静かに息を吐き出した。

《ちょっぴり掠《かす》ってたね……》

〈何がだ〉

《名前だよ。岳山一郎と黛耕三郎――でたらめにつけた郎だけ当たってたじゃんか》

〈ああ〉

《スリに、ハボクに、折り鶴かあ……。なんか哀《あわ》れだよね、最後まで手先にこだわってさ》

〈……………〉

《だけど、なんか俺ホッとしたよ。親父さん、ボケちゃっててさ。わかってたらショックだもんね、自分より先に息子が死んだなんて聞かされて》

〈黛はそうしたかったんだろう。親父に極めつけの復讐をしたかった〉

《そんなことないって！　とっくに許してたよ。泥棒日記に病院の電話番号が書いてあったのが証拠だろ？　きっと悔《く》やんでもいたんだ、親父さんを山に捨てたこと……》

しばらく真壁は思考を巡らしていた。

〈啓二――〉

《何？》

〈壁の折り鶴は幾つあった〉

《えっ……？》

〈数えなかったのか〉

《いや、ざっと数えたよ。一本のたこ糸に二十八から三十一羽。横に九十二列あったから、約二千七百羽》

〈ベッドのたこ糸には十五羽あった〉

《うん、そうだった。それが？》

〈黛耕三郎は十六羽目を折っていた〉

《だから何？》
〈今日は何日だ〉
《二月十六日だよ――あっ！》
〈二十八から三十一って数字は何だ〉
《カレンダーだ！》
〈おそらくな〉
《そ、それじゃあ、黛耕三郎は何もかもわかってる？》
啓二の声は震えていた。
真壁は足を止め、「ふたご岳荘」を振り向いた。
九十二列は九十二ヵ月。二千七百羽は二千七百日。黛耕三郎は息子が迎えに来てくれるのを待っていた。
《修兄ィ！　だったら、なぜ言わなかったのさ！》
〈何がだ〉
《遺言だよ！　父ちゃん、行っちゃやだよ、父ちゃん――あれ言ってやればよかったじゃないか！　死んだことだけ知らせて、そんなの残酷だろうが！》
真壁は顔を戻し、駅に向けて歩きだした。

〈俺は恨んでいたほうを取る――死んだことだけを知らせるのが黛の遺言だ〉

啓二の怒声が頭蓋全体に響いていた。

真壁はハーフコートの襟《えり》を立てた。不意に吹き始めた風が、黛の葬儀の終わりを告げた気がした。

行方

1

三月十九日――。

出所から間もなく一年が経つ。この夜、真壁は「旅館いたみ」にいた。二階の「8号」の三畳間。啓二は先ほどから沈黙している。真壁に思いがけない来客があったからだった。

「よくここがわかったな」

「前に玲子が教えてくれたから」

安西久子は、ドアを入ってすぐの、板の間と畳の境で膝を揃えていた。

普段着というより部屋着に近い。タートルネックのセーター。長くも短くもない丈《たけ》の地味なスカート。その上に薄手のハーフコートを纏《まと》っている。一見、近所のコンビニにでも行くような身支度だが、しかし久子の住む「福寿荘」は、ここから県央電鉄で三つ先の駅にある。

泊まっていくんなら一声かけとくれ。久子を二階に上げた女将《おかみ》は、皺《しわ》くちゃのミイラ顔に卑猥《ひわい》な笑《え》みを浮かべていた。午後十時の女の来客。女将でなくともそう思う。だが、久子はコートを脱ぐ素振りを見せない。どこか怯えたような表情で、胡座《あぐら》をかいた真壁の膝辺りに視線を落としている。

「何かあったのか」

真壁が聞くと、久子は小さく頷《うなず》いた。

「……あった」

「言ってみろ」

「怖いの。男の人につけられてるみたいで」

尾行……？

すぐさま数人の刑事の顔が思い浮かんだ。来月は県下の盗犯刑事がこぞって検挙件数を競《きそ》う『盗犯月間』だ。真壁に狙いを絞り、元の恋人を付け回して居所を突き止めようとしている——そうだとするなら、刑事の作戦は図に嵌《は》まったということだ。

真壁は窓を振り向いた。

下の道路に人の気配を感じたからだった。刑事たちはマークするだけですぐには動かない。わかってはいるが、他人に行動確認をされるおぞましさは飼い慣らすことができない。

察したらしく、久子は言葉を接《つ》いだ。

「違うの。警察の人じゃないの」

「じゃあ誰だ」

「ストーカーみたいな人」

一拍《いっぱく》置いて、真壁は言葉を返した。

「泣きつく相手が違うだろう」

一月《ひとつき》前の光景が目にあった。久子と三十半ばの男が喫茶店から出てくるのを見掛けた。見合い相手に違いなかった。背の高い、優しげな風貌の男だった。

「その人がストーカーだって言ったら？」

久子が目を上げて言った。

「そうなのか」

「少し違うんだけど……」

ちゃんと説明しろ。真壁は目で促した。

久子は言いにくそうに小声で話し始めた。

見合いをしたのは三月《みつき》ほど前だった。親が遺《のこ》した下三郷の文具店を営《いとな》む久能次朗《くのうじろう》。三十六歳。久子の母の友人の紹介だった。「結構ハンサムでね、そのうえすっごく真面目で優しい人なんだよ」「お店があるから食べるには一生困らないよ。両親も亡くなってるし、ねっ、気楽に嫁げるだろ」——。

「会ってみたら本当にいい人だった。先方も私のこと気に入ってくれて、時々会ってお茶を飲む付き合いが始まったの。私、いってもいいかなあって思い始めてた」

「………」

「だって、あなたとは、どうにもならないわけだし……」

「続けろ」

久子は溜め息を漏らした。

「それでね、三週間前に会った時、久能さん、少し遅れて待ち合わせの喫茶店に来たの。私、すぐに気づいた。他の人ならわからなかったと思うけど、やっぱり私にはわかったの」

「何がだ」

「顔も姿形もそっくり。声も喋《しゃべ》り方もすごく似てた――でも、まるっきり別の人」

　真壁の瞳孔が開いた。

「あなたと啓ちゃんもしたことあったよね。髪形とか服とか入れ換えて何度も私のこと騙《だま》そうとした」

　双子の特権とでも呼ぶべき遊びだった。互いに相手のクラスで授業を受けて先生や級友の反応を見て楽しんだ。

　久能次朗。名前からして、その「兄」のほうが待ち合わせの場所に現れたということだ。

「私、頭の中が真っ白になった。腹が立って、悔《くや》しくて、涙が出た。許せなかった。もうお付き合いはよします、久能さんにそう伝えて下さいって、そう言ったの」

　久能新一郎《しんいちろう》。久子に見抜かれて名乗った双子の兄は平謝りした。自分が次朗に無理を言って来てしまった。次朗はあなたのことをすごく気に入っている。結婚したがっている。こんなことで嫌いにならないで欲しい――。

「私、逆に詰め寄った。双子って平気でそういうことができるんですか、って」

　半分は真壁に向けた問いかけに聞こえた。

「見たかったんだろう、片割れが結婚するかもしれない相手だ」

あっさり言い返した真壁を、久子は数秒睨んだ。

「……そうよね。何もかも同じものを分け合っているんだもの。平気なのよね」

真壁は深く腕を組んだ。

中耳に、啓二の気配が過《よぎ》った。何かを言いたそうにして、だが言葉は発しなかった。

久子は続けた。

「私は平気じゃなかった。女なら誰だって許せないと思う。その新一郎って人、たった一度のことじゃないか、大目に見てくれって言った。なんにもわかってないって思った。私、久能さんのこと好きになろうとしてたの。一生懸命、彼のこと知ろうとしてた。それに……もう私たち五回目のデートだったし」

抱かれてもいい。そう覚悟を決めて出掛けたデートに、あろうことか双子の兄が現れた――。

もう無理です。お付き合いを続ける気にはなれません。そう告げて久子が席を立つと新一郎は店の外まで追ってきた。久子の前に回り込み、大勢の人間が見ている中で土下座した。お願いします！　許して下さい！　久子は怖くなって駆けだした。その背に怒声が投げつけられた。

このアマ！　次朗をコケにしたらただじゃ済まさねえぞ！

「すごく怖い目をしてた。私、震えて、夢中で逃げた。アパートまで後ろを見ながら帰って、それでも震えが止まらなくて、夜になってやっと久能さんに電話した」

久能次朗は懸命に謝った。家の事情も洗いざらい話した。双子の兄、新一郎は数年前まで次朗と一緒に文具店を経営していた。オートバイの自損事故で首を傷《いた》め、その後遺症に悩むうち酒とパチンコと競輪を覚えた。怪しげな不動産業者とも付き合うようになり、おとし家を出ていった。時折ふらりと現れて金を無心する。ないと言うと、だったら店を売り払って半分寄越せとすごむ——。

世話焼きの母の友人は、すべてを語ったわけではなかったということだ。

「私、久能さんに食ってかかった。双子だからって、なぜそんな人と会わせたのかって。それも私を騙して。ひどすぎるって」

久能は弁解に終始した。久しぶりに顔を出した新一郎に、久子のことを話したのが間違いの始まりだった。近々結婚するかもしれないとも告げた。気持ちが浮かれていた。兄貴もしっかりしろよ。暗にそう言ったつもりでもあった。思いがけず新一郎は喜び、紹介しろと言ってきかない。まだ早過ぎるからと断ったが、だったら例の手で顔だけでも拝ませろとせがむ。とうとう根負けした。学生時代には、今回とは逆に悪戯《いたずら》半分で新一郎の彼女と映画を観に行ったこともあった。付き合って日の浅い久子に双子の区別がつくはずがない。そんな高を括《くく》った思いも手伝って、新一郎の替え玉案に頷いてしまった。

久能の弁解は久子の心を動かさなかった。あなたとは二度と会わないと告げた。久能は考え直してほしいと涙声で懇願した。最後には兄と縁を切るとまで言った。同情めいた思いに胸が痛みはしたが、久子の決心は揺るがなかった。縁がなかったんです。悪く思わないで下さい。早口でそう言って電話を切った。だが――。

それだけでは終わらなかった。

「次の日から毎日、電話が掛かってくるようになったの。弟と結婚しろ。さもないとひどい目にあわせるぞって。アパートに戻るとすぐ電話が鳴るの」

動悸を抑えるように、久子は両手を自分の胸に強く押し当てた。

真壁は言った。

「どっちの仕業だ」

「私も疑った。ひょっとしたら久能さんかとも思った。でも違った。私、思い切って久能さんの文具店に行ってみたの。久能さんにはあんなことできない。電話のこと話したら、もの凄く怒って、兄貴を探し出して絶対にやめさせるからって、そう言ってくれた」

だが、その後も脅迫電話はやまなかった。久子が電話に出なくなると、今度は郵便受けに「死ね」「アバズレ」などと殴り書きした紙が投げ込まれた。一度はアパートに直接新一郎が押しかけてきた。次朗とヨリを戻せ。大声で何度も怒鳴った。近所の人の力を借りて何とか追い返したが、恐怖心は久子の胸に居据ったまま日増しに膨らむ一方だった。つけられている。アパートを見張られている。人の影に怯え、神経の休まる時がなかった。実家に身を寄せた。しかし今夜、その実家の最寄り駅で新一郎の姿を目撃した――。

「サツには話したのか」

久子は小さく首を横に振った。

「私、警察の人によく思われていないみたいだし……」

真壁は頷いた。別れたとはいえ、A級のノビ師と付き合っていた女だ、刑事は色眼鏡で見る。

「その新一郎って奴のヤサはわからないのか」

「久能さんもわからないって言うの。少し前まで女の人のアパートにいたらしいんだけど、今は一人かもしれないって」

「ヤサグレてるってことか」

「わからないけど、もしかしたら、あなたみたいな生活をしてるのかも……」

突然ドアがノックされ、久子はビクッとして真壁のほうへ飛び退《の》いた。

女将だった。卑猥な笑みが顔に張りついたままだ。

「さてと、どうするね?」

真壁はポケットを探り、千円札を三枚摑んで突き出した。

「もうひと部屋用意してくれ」

「へえ」

素《す》っ頓狂《とんきょう》な声とともに女将は亀のように首を竦《すく》めてみせた。

二人に戻ると、久子は伏目のまま言った。

「一緒じゃだめ……?」

「……」

「だって怖いよ」

以前の口ぶりだった。

真壁の返答を封じるかのように、久子はすっくと立ち上がってコートを脱いだ。真壁の瞳を探りつつ、黄ばんだ紐《ひも》を引いて部屋の灯《あかり》を落とした。小さな豆電球の灯。それでも久子の顔が上気しているのはわかった。音もなく歩き、部屋の隅に畳んだままの布団にそっと上半身を預けた。

真壁は畳に転がった。腕枕をして豆電球の灯を見つめた。

啓二のことを考えていた。

中耳には気配すらない。真壁と久子が一緒になることを望んでいる。これまで幾度となくそう口にしてきた。だが、果たしてそれは本心からか。

息遣いで、久子がこっちに顔を向けたのがわかった。三畳間だ。手を伸ばせば嫌《いや》でも互いの体に触れる。

「ねえ、修ちゃん……」

「……」

「双子ってそんなに大切？」

「……別に大切なわけじゃない」

「うそ」

「本当だ」

「だったら、どんな存在？」

「当たり前すぎる存在だ」

久子が顔を背《そむ》けたのがわかった。泣きだすかもしれないと思った。

が、久子の白い手は真壁の腕に伸びていた。指の冷たさが、シャツを通して染《し》みるように皮膚に伝わった、その時だった。

《修兄《に》ィ！》

やはり啓二は。一瞬そう思った。だが――。

真壁は上半身を起こした。

臭う。そして音も。

久子は困惑していた。

「……どうしたの？」

《火事だよ！　修兄ィ！》

真壁は久子の腕を摑んで立ち上がった。

久子も気づいて息を呑んだ。

「か、火事……？」

真壁はドアを開いた。廊下には既に煙が流れていた。階段のほうが明るい。火元は一階。思う間もなく、階段の手すりが赤く染まり、火の手が目に飛び込んだ。

「まさか――」

久子が青ざめた顔で言いかけた。

放火。

久能新一郎の仕業。

真壁は廊下の窓から外を見やった。舌打ちが出た。つけられていると久子が口にした時、外に人の気配を感じた。刑事と決めつけてうっちゃった。だが、久子をつけていたのが新一郎だったとしたら。久子が男の泊まっている「8号」に入るのを見た。部屋の灯が消えたので確信した。アバズレ――。

《修兄ィ！　久子を！　早く！　焼ける！　焼ける！》

啓二は恐慌を来《きた》していた。あの日の記憶が蘇ったか。

他の部屋からも男たちが飛び出してきた。ジャージ、パジャマ、下着に腹巻きだけの老人もいた。どの顔も引きつり、恐怖に歪んでいた。昭和初期の木造の建物だ、火の回りは速かった。もはや階段は下りられない。灰色の煙が瞬《また》く間に黒煙に変わる中、真壁は久子の頭を下げさせて廊下の奥へ向かった。その久子の体を男たちが突き飛ばし、我先にと駆け抜けた。再三にわたる消防署の指導でやっと設けた非常階段。だが、その外階段に通じる唯一のドアを何枚もの網戸と洗濯機が塞《ふさ》いでいた。

「どかせ！」

「痛ッ！」

「テメエ、どけ！」

「うるせえ！」

怒声が交錯した。摑み合いを始める者までいた。

真壁は背中に熱を感じた。渦《うず》を巻くようにして炎が迫ってきていた。

窓を開き、腰にしがみついている久子の腕を振りほどいた。窓枠に足を掛け、躊躇《ちゅうちょ》なく飛び下りた。

アスファルトの道路。予想以上に膝と腰の衝撃は大きかった。振り向いて二階の窓を見る。目を見開いた久子の顔が真っ赤な炎を映していた。

「飛べ」

真壁は両手を開いた。

おずおずと久子が窓枠に膝を乗せた。足が竦んだのか、動きが凍りついたように止まった。その久子の上に伸《の》しかかるようにして男が飛び下りた。着地の寸前、真壁は腕を振って男の体を撥《は》ね飛ばした。バランスを崩した男は地面で二回、三回と転がり、したたま打った膝を抱えて悲鳴を上げた。

「飛べ！」

声と同時に久子が飛んだ。落ちた。そう見えた。次の瞬間、胸と腕にズシリと重みを感じた。真壁は尻餅《しりもち》をつき、そのまま背後に倒れ込んだ。首に久子がしがみついていた。煤《すす》で汚れた顔を、こすりつけるようにして胸に埋《うず》め、小さく発した。

「やった」

十代の頃の声だった。

遠くでサイレンが聞こえた。

消防車が到着する前に焼け落ちる。そう思えるほどに火勢は猛《たけ》り、天を真っ赤に染め抜いた。

2

翌朝——。

真壁は「いたみ」の焼け跡から少し離れた路上で、雁谷署と消防が行う現場検証の様子を見つめていた。火災原因は不明。朝一番のテレビニュースでそう伝えていたからだった。単なる失火でなく、仮に放火と断定されたなら、久能新一郎という男を本気で見つけ出す必要があった。

出動服を着込んだ十人ほどの署員が、水浸《びた》しの焼け跡を丹念に調べている。敷地はこんなにも狭かったか。遠いあの日、自宅の焼け跡を目にした時の思いが胸中で重なり合う。

《熱かったろうね》

啓二がしんみりと言った。

朝のテレビニュースは女将の死も報じていた。

市野《いちの》ヤス子。七十八歳。本名も歳《とし》も初めて知った。一度は外に逃れながら、消防士の制止を振り切って建物の中に駆け込み、炎と煙に呑まれた。そうまでして持ち出そうとした、ヤス子にとって大切な物とは何であったのか、すべてが灰と化した今となっては知るすべもなかった。

《位牌《いはい》とか写真とかかな、やっぱり》

〈金だろう〉

《どこまでもひねくれてるね、修兄ィは》

険はなく、どこか虚《うつ》ろな声だった。

啓二もまた焼け跡の光景に心を奪われているのだろう。

もう十六年も前のことなのに、真壁の網膜には死体安置所で対面した三つの亡骸が鮮明にある。黒焦《こ》げだった。手や足の一部は炭化してしまっていた。警察官に見せられた図面の記憶も薄らぐことはない。父は一階の廊下の中ほどで果て、母と啓二は居間で息絶えた。二人の死体が折り重なるようにして発見されたことを、図面に記された二つの×印が語っていた。

「いたみ」の現場検証は長引きそうだった。

〈行くか〉
真壁は言った。どのみち検証の結果は昼のニュースになる。
《修兄ィ、そんな気ィ遣うなって。俺は平気だよ。それよりさ――よかったね》
〈何がだ〉
《決まってんじゃん。久子のことさ。なんか妙な再会になったけど、何だっていいや。やり直せるきっかけができたんだから》
焼け出された後、久子を連れてホテルに入った。歩くうち最初に目についたラブホテルだった。
抱かなかった。それでも久子は安らかな表情を見せた。朝まで真壁の胸から顔を離さず、まどろみ、薄目を開け、またまどろんで微かにえくぼを覗かせた。
《今度こそだよ。足を洗う絶好のチャンスだよ。泥棒宿も焼けちゃったんだしさ。ね？》
〈………〉
《だってさ、親を恨《うら》んで当てつけみたいにこんな生活してるの、馬鹿馬鹿しいじゃんかよ》
〈前に言ったはずだ。当てつけなんかじゃない〉
《当てつけだよ。就職も結婚もしないで、それも最低の泥棒生活を十何年もダラダラ続けてさ、親父やおふくろが一番してほしくない生き方をわざとやってるじゃん。死んだ人間に復讐したってしょうがないだろ。もとをただせば俺が泥棒なんかやらかして、親父とおふくろを死なせたっていうのにさ》

真壁は眉を吊り上げた。

〈お前が死なせた……？〉

《結局のところ、そういうことじゃんか。俺がおふくろを追い詰めて死なせたんだよ。親父まで巻き添えにして》

〈ふざけたことを言うな。おふくろがお前を殺したんだ。親父もおふくろも世間体だけで生きてたってことだ〉

啓二は深い溜め息をついた。

《そうじゃないってば》

〈啓二、おふくろが憎くないのか。たったの十九だったんだぞ。あんなおふくろじゃなけりゃあ、お前は今だって好き勝手に手や足を動かせたんだ〉

《……違うんだよ》

啓二の声がひどく沈んだ。

〈何が違う？〉

《だから、違うんだって……》
〈はっきり言え〉
《言ったら久子と一緒になる？》
〈それは話が別だ〉
《別じゃないんだ。全然別じゃないんだよ。久子の寝顔見てて、つくづくそう思ったんだ。俺はいつ消えてもいいと思ってる。けど、俺が消えたのに修兄ィが久子とくっつかないんじゃ、なんにもならないだろ。そんなの俺、絶対に嫌だから——》
啓二の声が上擦《うわず》った。
真壁は早口で言った。
〈なぜ消える必要がある。ずっといればいいだろう〉
《……》
〈啓二〉
《わかったよ。もうよそう、その話は》
〈お前が始めたんだぞ〉
《だからもういいってば。そのうちするよ。それよか朝飯はいいの？　まだ食べてなかったろ》

真壁は宙を睨んだ。啓二の心が読めなかった。

踵《きびす》を返し、だが真壁は半身で動きを止めた。少し先を、バケツを提《さ》げた鑑識の人間が横切ったからだった。重みで腕が突っ張っている。自宅が焼け落ちた現場でも同じ場面を目にした。水を張ったバケツが運び込まれ、そして——。

真壁は歩きだしていた。ゆっくりと「いたみ」の焼け跡に近づいて野次馬の一人になる。立入禁止の規制線に沿って歩を進める。目はバケツの行方を追っていた。それは円陣を組むように集まった捜査員や消防署員の真ん中に置かれた。ほとんど無警戒だ。移動しながらでも人と人の隙間から作業の様子が窺える。年配の男がスコップで地面の灰をすくい、バケツの中央に振り落とした。覗き込んでいた捜査員たちの間から、やっぱりな、の声が上がった。真壁は微妙に立ち位置を変えつつ、現場から運び出されていくバケツに近寄って中を盗み見た。水の表面がギラリと光を反射した。灰が油分を含んでいたということだ。灯油。いや、ガソリンか。

《やっぱ、放火かあ》

〈らしいな〉

真壁は現場を離れながら答えた。

年配の男がすくった灰は、ちょうど建物の外壁があった辺りのものだった。何者かが外壁に油を撒《ま》いて火をつけた。そう断じてよさそうだった。
　真壁は雁谷本町駅に足を向けた。
《久能新一郎を探すんだろ？》
〈そうだ〉
《あてはあるの？》
〈お前ならどうする〉
《あ、そうか、そうだよね。まずは双子の片割れに話を聞かなきゃだ》
〈当たりだ〉
　短い間があった。
《けどさあ、修兄ィ、ホントは会いたくないんじゃないの？》
〈どういう意味だ〉
《だって、久子の見合い相手だぜ。一度は結婚してもいいって思った男だし、なんか気分悪いじゃん》
〈嫌なのか〉
《えっ？　ああ、なに言ってんだよ。俺はなんとも思わないさ》
〈………〉

《もう、なんでそこで黙り込むわけ。そりゃあ、俺だって久子のことは好きだよ。けどさ、もう昔のことじゃんか。恋愛とかそういうんじゃないの。おわかり?》

わからなかった。啓二の世界に、果たして「昔」とか「今」とかが存在するのか。ましてや、「未来」ということになると想像することすら難しかった。

3

下三郷の寂《さび》れた商店街。近場の客相手の小振りな店舗が軒を並べるその中にあっても、「久能文具店」の間口はとりわけ狭かった。

《やってるの?》

啓二が思わず口走った通りの印象だ。午前十時を回ってるというのに、ガラス戸の半面にはカーテンが引かれたままだった。電気は点《つ》いているようだが、店内は洞穴《どうけつ》を連想させるほどに薄暗かった。棚の文具も疎《まば》らだ。売れ残りの古い品ばかりのように目に映る。

店の奥、居住部分と繋がる境目《さかいめ》の狭苦しい通路に男がいた。小さな丸椅子の上に乗り、一番上の棚から段ボール箱を引き下ろそうとしている。長身だ。その横顔に見覚えがあった。

「あんたが久能次朗か」

真壁が声を掛けると、いかにも人の良さそうな瓜実顔《うりざね》がくるりと向いた。

「そうですけど……」

「ちょっと聞きたいことがあって来た」

わかりました、と応じて久能は箱を棚に戻し、おっかなびっくりの足取りで丸椅子から下りた。

「なんでしょう？」

「兄貴の件だ」

「えっ……？」

「久能新一郎の居場所を知りたい。今どこにいる」

久能は顔を曇らせ、瞳に「ああ、またか」の色を覗かせた。人相の悪いのがちょくちょく訪ねて来ているとみえる。

「わからないんです。ここにはちっとも顔を出しませんし」

「携帯は？」

「換えたらしいんです。前の番号に掛けても通じません」

「前に一緒だった女のヤサは？」

「電話しても誰も出ないんです」

「場所はどこだ」

「聞いていません。局番からすると、雁谷本町のようですが……」

質問が途切れたところで、久能はまじまじと真壁を見つめた。

「あの……失礼ですが、あなたは？」

一寸《いっすん》考え、真壁は答えた。

「安西久子の知り合いだ」

久能は、えっ、と声を上げた。

「それじゃ、久子さんに頼まれて？」

「違う」

「あなた、久子さんとはどういう……？」

「言ったろう。ただの知り合いだ」

久能はそれ以上聞くのを諦《あきら》めたようだった。真壁に丸椅子を勧め、自分は傍《かたわ》らの木箱に腰掛けた。

「兄のことは本当にわからないんです。一週間ほど前に顔を出しましたが、どこにいるかは言っていませんでした。それに、ちょっと口喧嘩をしてしまったものですから……」

「兄貴に言ったんだな。安西久子を追い回すのはやめろと」

「あ、ええ、そうです」

「聞き入れなかったのか」

久能は唇を噛んだ。

「散々言ったんですが、聞く耳を持たないって感じで……。あんな女のことは忘れろ。そう息巻いていました」

「兄貴と親しい不動産屋はどこにある？」

「はい……？」

「付き合いのある男がいるんだろう？　質《たち》のよくない不動産屋に」

久能は忌《い》ま忌ましそうに頷いた。

「そうなんです。木梨《きなし》という男で、雁谷本町にいます」

灯台下《もと》暗し、ということらしかった。木梨。その名なら耳にしたことがあった。不動産屋などではない。ボールペン一本で他人の土地を掻《か》っさらう地面師だ。

「ひどい奴です。あの男が兄を悪いほう、悪いほうに引きずり込んで」

「畳むのか」

「えっ？」

真壁は店内を見回していた。

久能は力なく頷いた。

「ええ……。まったく商売にならないもんですから。一昨年《おととし》できたショッピングセンターの中に品揃えのいい文具店と百円ショップが入って……。もともと、ここの商店街は瀕死《ひんし》の状態なんですけど」

「だったら兄貴は近々また現れるんじゃないのか、財産の折半話で」

「だと思いますが……。いつになるやらわかりません」

現れたら連絡しましょうか。久能の申し出に頷き、真壁は立ち上がった。

久能を見下ろす。

「諦められるのか」

「何がです？」

「兄貴に安西久子を忘れろと言われた。あんたはそれでいいのか」

久能は目線を宙に泳がせた。

「忘れよう……そう思っています。取り返しのつかないことをして久子さんを傷つけてしまったし、それに……」

久能は真壁に目線を戻した。探る目に変わっていた。

「他にも男がいるって兄が言っていました」

「信じるのか」

久能は弱々しく笑った。

「普通の人にはわからないと思いますけど、双子っていうのはそういうもんなんです。何でも二人して気に入らないと、本当に気に入ったことにならないんです。女の人のことについても例外じゃありません」

「………」

「そりゃあ、兄貴が久子さんにしたことは許せません。でも、私も心のどこかに久子さんを憎む気持ちが生まれてしまったような気がして……なんだか怖くなります」

久能は首を垂れた。

「わかりませんよね、やっぱり。こんな話は……」

4

雁谷本町に舞い戻った真壁は、駅前の歩道の電話ボックスに入った。

久能新一郎の女のアパート……。手掛かりは次朗から聞き出した電話番号しかなかった。局番は確かに雁谷本町のものだった。電話帳を捲《めく》り、「あ行」から順に番号を照らし合わせていく。啓二の能力なしにできる作業ではない。次、また次と改頁を促す。二時間ほどで市内の番号をすべて見終えた。その間、誰一人としてボックスのドアを叩かなかった。携帯の普及は際限なく拡大しているらしかった。

《くたびれもうけだったね》

ボックスを出ると、啓二が溜め息混じりに言った。

〈水の女だ。番号を出しているのは千人に一人ってとこだろう〉

《だね》

真壁は歩きだした。

《修兄ィ、これからどうすんのさ？》

〈女がだめなら地面師をつかまえるしかない〉

《木梨か……。かなりの悪党だよね》

〈らしいな〉

真壁は横断歩道を渡り、駅裏の四階建てビルに足を向けた。「オアシスランド」。不良中年の溜まり場だ。

《木梨が出入りしているの？》

〈わからん。だが、林田《はやしだ》はいるだろう〉

以前、偽《にせ》ブランドのライターを外車で売り歩く「チー公」をしていた男だ。長引く不況で「業種」そのものが死滅してしまったから職替えを余儀なくされた。今はこの雁谷界隈を仕切る大物競売師のテカをしている。刑事の吉川を殺してパクられた、大室誠の後釜《あとがま》に座ったのだという噂を耳にしていた。

オアシスランド三階、ビリヤードのプールに、片目を瞑《つむ》って玉を突く林田の姿があった。

「よう」

声を掛けると、林田は眉間《みけん》に皺を寄せて真壁を見た。

「あんたか。疫病神《やくびょうがみ》か何かに見えたぜ」

「ちょっとツラ貸してくれ」

一ゲーム終わるのを待って、地下の軽食スタンドに下りた。

「木梨って男、知ってるか」

単刀直入《たんとうちょくにゅう》に切り出すと、林田はまた顔を顰《しか》めた。

「それこそ疫病神だぜ。仁義もクソもなく乱暴な仕事をしやがる」

近いうちに競売に掛かる。誰もがそう睨んでいた古い住宅街の更地《さらち》をまんまと騙し取ったのだという。土地の登記簿を調べ、自分を原告とする土地所有権移転登記請求の訴えを裁判所に起こし、所有者が知らないうちに登記をすり替えて売り飛ばした。典型的な地面師の手口だ。

「レッは誰だ?」

そのやり口には共犯者が不可欠だ。本来の土地所有者に成り済まして法廷に出廷し、「負ける被告」を演じる人間が必要だからだ。

「鈴本《すずもと》とかいう若い奴らしい」

真壁は軽い落胆を覚えた。

「木梨とその鈴本はパクられたのか」

「いや、サツはまだその件を知らねえ。そもそもよ、所有者の婆さんがまったく気づいてねえからな。だが――」

林田はコーヒーを口に含んで続けた。

「三郷署の二課の連中が木梨にご執心《しゅうしん》だって話は聞いたぜ。別件の土地転がしでな、そっちは木梨がレッに回ったヤマらしい」

真壁は一つ頷いて口を開いた。

「木梨のヤサはどこだ」

林田は笑った。

「そいつはわからねえ。とんでもない数の怪しい物件が野郎のヤサみたいなもんだからな」

「久能って男を知ってるか」

林田は首を傾《かし》げた。

「久能……？」

「三十半ばの優男《やさおとこ》だ」

林田は思い当たった顔になった。

「あ、いたなあ、そんな名前の奴が。木梨のテカだ。使いっ走りみたいなことをやらされてたぜ」

自分がテカであることを棚に上げ、林田は口の端に嘲笑《ちょうしょう》を浮かべた。

「ヤサを知ってるか」

「知らねえよ。喋ったこともないからな――いや待て。確かそいつだったら、いっときニコイチのところに転がり込んでたんじゃなかったか」

「熊野《くまの》……の工場ってことか」

「ああ。ニコイチに聞いたことがある。バイクが多少弄《いじ》れるんで使ってる、ってな」

確か久子が言っていた。久能新一郎はオートバイで事故を起こしたと。

「世話になった。せいぜい玉を突いてくれ」

万札を一枚カウンターに置き、真壁は席を立った。

「ほっ、景気がいいんだな」

「そっちはどうなんだ」

林田は最初のしかめっ面《つら》に戻った。

「からきしよ。東京であぶれたホワイトカラーがなりふり構わず汚ねえ仕事をしやがる。連中、木梨以下の外道《げどう》だぜ」

5

オアシスランドを出た真壁は、歩道の放置自転車の一台を選ぶでもなく乗り出した。
《ニコイチのとこ？》
〈そうだ〉
《いたのは少しだけだったって言ってたろ。あんまし手掛かりは得られそうもないね》
〈ああ〉
同棲していた女。もしくは地面師の木梨をつかまえなければ、久能の所在を突き止めるのは難しそうだ。
《サツは木梨のヤサを掴んでるってことかなあ》
〈泳がせているとすりゃあ可能性はある〉
《修兄ィ》
啓二の声のトーンが下がった。
〈何だ〉
《……気づいてる？》
〈何がだ〉
《いいんだ、気づいてないんなら》
〈言え。気持ちが悪い〉
《たいしたことじゃないんだ。それより、ほら——》
向かって右手の道路沿いに、煤《すす》けたバラック造りの工場が見えてきた。
熊野はフロント部分のないベンツの下に潜っていて、安全靴を履いた両足だけが覗いていた。一応、自動車整備工場の看板を掲《かか》げているが、実際にやっている仕事はといえば、同じ車種の事故車二台を、動く一台にまとめ上げる「ニコイチ」だ。「二個を一個に」が元々の意味だろう。どこの街にも二人か三人はいるが、雁谷本町でニコイチと言えば熊野を指す。車ばかりか、車検証や整備記録帳の偽造もお手のものだ。

「どうした真壁、蒼白《あおじろ》い顔してよ」

熊野は油で汚れた手を雑巾《ぞうきん》で拭いながら真壁を見た。

「ずっとこんなツラだ」

「ほう、そうだったかい。で、何が聞きたいって？」

「久能新一郎のことだ。ここで使ってたんだってな」

熊野は露骨に嫌な顔をした。

「ああ、双子の悪いほうの奴な」

予想以上の答えだった。

「詳しいんだな」

「俺の女房が下三郷の出でな。ガキの頃、双子の店でノートと鉛筆を買ってたんだってよ。弟のほうは今でも真面目らしいぜ。潰《つぶ》れそうな店を必死に守ってよ」

「畳むらしい」

「へえ、そいつは残念だな」

熊野は口先だけで言って、緑茶のペットボトルに手を伸ばした。

一口飲んだところで話に引き戻す。

「悪いほうの兄貴はここを辞めたのか」

「追っ払ったんだよ。ハーレーを一台に組めるとかデカいこと抜かしやがるんで置いてみたんだが、てんで使い物にならなかった。野郎ができることって言やあ、道端のバイクから、こっそりガソリンを抜くことぐれえだ。まったくセコイ野郎でな。ギャンブルで借金もあったみたいなんだが、それにしても、ってやつだ。ホント呆《あき》れたぜ」

真壁は頷いた。「いたみ」の外壁に掛けられた油の出所《でどころ》が読めた。

「どこへ行ったか知らないか」

「知らねえよ。また木梨のところにでも泣きついたんじゃねえのか。小判鮫《こばんざめ》を決め込んでよ」

「新一郎の女のことは何か聞いてるか」

「ああ、年増《としま》のキャバスケだってな。今は一緒に住んでねえようなこと言ってたぜ」

「最近会ったのか」

「ああ、一月《ひとつき》ほど前だったか、ひょっこり顔を見せやがったんだ。どうせ女に愛想つかされておっぽり出されたんだろうよ。そんでもって、あわよくばまた俺んとこに転がり込もうって腹だったみてえだがお生憎《あいにく》さまだ。仕事はねえって言って追い返した。そしたら、あの馬鹿、小銭の入った財布を忘れていきやがって、仕方ねえから女房に下三郷の文具店に電話を入れさせた。弟のほうもいい迷惑さな。わざわざここまで取りに来てよ。まったく、顔や背格好はおんなじだってのに、なんであんなに――おっと、そう言やあ、お前も双子だったんだよな」

話の枝葉は無視した。

「女のヤサがどこだか聞いたことはなかったか」

「キャバスケに興味はねえ。俺は女房一筋、一穴主義だからな」

頓珍漢《とんちんかん》に言って、熊野は一人笑った。

6

熊野の工場を出ると陽《ひ》はもう傾き始めていた。

真壁は来た道を自転車で戻った。

中耳の静けさが少々気になっていた。いつもならあれこれ真壁に推理を吹き込むはずが、先ほどからひと言も言葉を発していない。

〈啓二〉

《ん――何？》

ひどく反応が鈍かった。
〈どうした〉
《どうもしないさ。ちょっと考え事してたんだ》
真壁は小さく笑った。
〈人の耳の中で考え事はよせ〉
それでも啓二は話に乗ってこなかった。
ややあって、神妙な声がした。
《修兄ィ》
〈何だ〉
《ホントにまだ気づかないの?》
さっきも同じようなことを言っていた。
真壁は思考をぐるり一周させた。
〈焦らさずに言え〉
《メシだよ。修兄ィ、朝も昼も食ってないんだぜ》
真壁はペダルの足を止めた。自転車が惰力《だりょく》で空走する。
《もう晩飯食ってもいい時間じゃないか。熊野も言ってたろ、蒼白い顔してるって》

〈腹は減ってない〉
実際、啓二に指摘されてみても空腹は感じなかった。
《だからさ》
〈何がだからだ〉
《久子に夢中なんだよ、修兄ィは》
真壁はペダルを踏み始めた。
消えてはいなかった。胸には、ゆうべの重みと温《ぬく》もりが残っている。
〈放っておけば殺《や》られるかもしれないんだ。当然だろう〉
《当然さ。けど、今までの修兄ィなら当然なことでもしなかった。なのに今回は久子の隠れ家まで探してやってさ》
〈お前、久子が殺られてもいいのか〉
《いいわけないじゃん》
〈だったら黙ってろ〉
《黙るよ。永久に黙ったっていい》
嫌な間ができた。
〈なぜ突っかかる〉

《突っかかってなんかいないよ》
啓二の声は穏《おだ》やかだった。
《俺、本気で喜んでるんだよ。修兄ィが久子を思う気持ち》
〈………〉
《すっごく嬉しくて、だから俺、声が出なくなっちゃったんだ》
〈………〉
自転車は街の中心部に入っていた。
《修兄ィ》
〈何だ〉
《これからどこ行くの》
〈雁谷署だ〉
《ふーん》
啓二はそれ以上、何も聞いてこなかった。
雁谷署の一階では当直員の点呼が行われていた。
真壁はいつものように裏の駐車場に回った。外階段を上がり、刑事一課の鉄扉を押し開いた。見慣れた光景だ。煙草の煙幕。いかつい顔。鋭い眼光。貧乏ゆすり……。

歪んだ般若《はんにゃ》顔は部屋のどこにいても目立つ。真壁がそれを見つけたのと、馬淵が「ノビカベ」を認知したのがほぼ同時だった。反《そ》った顎が部屋の隅のソファを指し、真壁は刑事の溜りを突っ切った。

ソファで向き合って座った。

疑心と好奇に満ちた細い目が、真壁の全身を舐《な》めるように上下した。

「今日は何だ？」

「聞きたいことがあって来た」

ニヤリとした般若顔には凄味《すごみ》があった。

「言ってみろ」

「木梨の居場所を知りたい」

「地ベタの木梨か」

「そうだ」

「なぜ畑違いの俺に聞く」

「三郷署の二課に知り合いがいない」

「残念だったな。木梨は今朝、その三郷の二課に引っ張られたって話だ」

真壁は舌打ちした。腕を組み、数秒思案して口を開いた。

「三郷の留置場に入ってるんだな」

「この間みたいにうまくはいかないぜ」

釘《くぎ》を刺すように馬淵が言った。

「どういう意味だ」

「在監中のスリ野郎とコンタクト取ったろうが、ウチの留置場で」

「……」

「だがな、木梨と接触するのは無理だぜ。ウチでも三郷でも、盗っ人と地面師を同じ房に放り込んだりはしないってことだ」

真壁は声を落とした。

「だったら携帯で喋らせろ」

馬淵は細い目をさらに細めて真壁を見つめた。

「聞こえなかった。もういっぺん言ってみろ」

「一分でいい。質問を一、二するだけだ」

「正気かお前？」

「……」

「図々《ずうずう》しいにもほどがあるってもんだ。そうは思わねえか？　だいたいからしてな、お前はさっきの在監の件で俺に一つ借りがあるんだ。忘れたか？」

「………」

「一晩で釈放《パイ》してやったろうが」

厳重説諭処分。馬淵が口をきいてそうなった。

真壁はテーブルの上で指を組んだ。

「こっちも、手持ちがないわけじゃない」

「ほう」

馬淵はテーブルに大きく身を乗り出した。

「取り引きしようってわけか、この俺と」

「そうだ」

「だったらお前が先だ。ネタを吐いてみろ」

「確約をしろ」

「そっちに選択権はないはずだぜ。それにな、マル被に携帯を使わせるってのは、よほど上ネタじゃなけりゃ割りが合わねえ。上にバレたら始末書じゃ済まねえからな。言えよ。聞いてから俺が決める」

真壁は呑んだ。早口で言う。

「木梨は雁谷本町で婆さんの地ベタを攫《さら》った。発覚していないヤマだ」

馬淵の体がゆっくりとテーブルを離れ、ソファの背もたれに沈んだ。

「二課の連中なら喜び勇んで木梨に携帯を握らせるだろうよ。だが、俺にはなんのメリットもない」

真壁と馬淵はしばらく見つめ合った。

沈黙は真壁が破った。

「来月は盗犯月間だな」

馬淵は無言で頷いた。

真壁は言った。

「三つ四つ背負ってやってもいい」

キーンと耳鳴りがした。啓二か。

馬淵の体がまたゆっくりとテーブルに戻ってきた。舌なめずりでもしそうな顔だ。

「本当にウタうか」

押し殺した声は、しかし弾んでいた。

今度は真壁が無言で頷いた。

馬淵は席を外した。十分ほどして戻った手には携帯が握られていた。

「出てる。話せ」

真壁は突き出された携帯を摑んだ。耳に押し当てる。

「木梨か」

（テメエは誰だ？）

「久能新一郎の知り合いだ」

（シン公の？）

「そうだ。一つ聞かせてくれ。奴はいまどこにいる？」

（女のアパートだろうが）

「追い出されたんじゃないのか。一人でいるように聞いた」

（そう、一人だよ。シン公の野郎、一人で女のアパートに居ついてやがるんだ）

「どういうことだ」

（だから、追い出されたんじゃねえんだ。女のほうがガキみてえなホストに溺れてな、そいつのマンションに転がり込んじまったんだよ。それでシン公の野郎、女のアパートで独り暮らしってわけさ）

「いつからだ」

（あーと、一月ぐらい前だったかな）

「アパートの住所を教えてくれ」

馬渕が、もう切れ、と目で言っている。

真壁はコンビニのレシートにペンを走らせると、馬渕に携帯を突き返して腰を上げた。

般若顔が醜《みにく》く微笑《ほほえ》んだ。

「じゃあ来月な——調べ室で待ってるぜ」

7

外はもう真っ暗だった。

空腹は覚えなかった。啓二はもうそのことを言いださなかった。

女のアパートまでは自転車で十五分ほどの距離だった。瀟洒《しょうしゃ》な外観。木梨は二階の右端の部屋だと言っていた。表に面したキッチンの窓に灯はなかった。

真壁は鉄製の外階段を上がった。

鍵の難度を確かめるつもりで手を伸ばしたが、意外にもその部屋のドアノブはくるりと回転した。真壁は周囲の様子を窺い、決断と同時に体をドアの内側に滑《すべ》り込ませた。

暗い。だが闇ではない。薄いカーテン越しに街灯の灯が僅《わず》かに届いている。

どぶ臭い。鼻孔が最初に感知した情報はそうだった。

三十数えて目を馴《な》らし、靴を脱いで部屋に上がった。十畳ほどの洋室。その手前左手に小さなキッチンが設《しつら》えてある。臭いはシンクの排水口辺りから発しているようだった。排水管はシンク下のくねった部分に水を溜めて害虫の流入を防いでいるが、その水が涸《か》れて空洞になってしまうとこんな臭気が立ちのぼる。

真壁は洋室の中央に立った。部屋の中を見回すうち、その目が一点に止まった。

小さな灯。部屋の隅のガラステーブルの上で、留守電状態を知らせる赤いランプが点灯していた。

不思議な気がした。

それが前兆だった。真壁は目を見開いた。幾つもの断片的な記憶が交錯し、重なり、一つの閃《ひらめ》きとなって脳内を駆け抜けた。

真壁は部屋を出た。

階段を下り、白いスポークの量販車に跨がり、ペダルを踏む足にありったけの体重をかけた。

わかった。

すべてのからくりが。

8

クスッ。

熟練した手がドライバーで窓ガラスを破ると、そんな音になる。

真壁は腕をV字形に曲げてクレセント錠を外し、ガラス戸を上に持ち上げる感覚で引き開けた。深い闇。だが、真っ直ぐに進めばいいと知っていた。

突き当たった。一段上がったところに木製のドア。そっと押し開ける。微かな軋《きし》み音。奥に向かって広がるさらなる闇——。

息遣いと足音を殺して進む。

茶の間……客間……仏間……。ほどなく寝室を探り当てた。襖《ふすま》を細く開く。天井の豆電球。布団が一組。その膨らみ。小さくはない寝息……。

真壁は部屋に侵入した。

布団の枕元に回り込み、片膝立ちの構えをとった。枕に男の後頭部。その髪をいきなり鷲掴みにした。

ギャッと声がして、男の上半身が跳ね上がった。髪は掴まれたままだ。喉元《のどもと》にはドライバーの先端が押し当てられていた。

真壁は至近の顔面に頭突《ずつ》きを食らわし、立ち上がって部屋の灯を点《つ》けた。

布団にうずくまった男を見下ろす。

「な、なぜこんな……」

怯えた声がした。額で打たれた鼻梁《びりょう》を手で押さえている。鼻血が一滴二滴、シーツを赤く染めた。

「立て。久能新一郎」

久能文具店の母屋《おもや》に真壁の声が響いた。

その真壁を涙目が見上げた。

「そんな……どうして？　私は弟です。次朗のほうです。昼間、会ったじゃないですか」

「芝居はもういい」

「わかりません。なぜそんな勘違いを……」

言い終わらないうちに、真壁の足の爪先《つまさき》がパジャマの腹に食い込んだ。

「あ……ああ……ああ！」

うめき声はしばらく続いた。

真壁はそれが止《や》むのを待った。目の下に丸まった背中がある。顔はすっぽりと枕に埋もれていた。

「弟の次朗なら新一郎を探したはずだ。久子につきまとうなと説得するためにだ」

「ですから……」

か細い声がした。

「昼間話したでしょう……。探しました、懸命に……」

「なぜ留守電を入れなかった」

「えっ……？」

「お前は女のアパートに電話を入れたと言った。誰も出なかったとも言った」

留守電の赤ランプは「点滅」ではなく、セット時点の「点灯」のままだった。

「あ……そうですね。言われてみれば確かに……。留守電にメッセージを残せばよかった。電話をくれって……。でも、その時はそこまで頭が回らなくて……」

「無駄だ」

「でも、本当のことなんです。信じて下さい」

枕から顔が半分覗いた。懇願の顔だ。

「だったら聞かせろ。新一郎を探すのに、なぜニコイチのところを当たらなかった」

「ニコイチ……？」

涙目が真壁を盗み見た。

「板金工場だ。熊野という男がやってる」

「そ、それは……」

「新一郎がいっとき世話になっていた工場だ。知ってるな？」

「知りません。そんな人も、工場も」

語るに落ちた。それこそが新一郎の認識だ。弟の次朗はニコイチと面識がない――。

「だがな、次朗は一度ニコイチの工場へ行っている。財布を受け取りにだ」

「………」

「お前の財布だ。お前が工場に置き忘れた財布を次朗が取りに行ったんだ」

久能新一郎は返事をしなかった。

シュルッと音がして、枕から頭が持ち上がった。その瞬間、真壁の蹴り足が新一郎の脇腹に放り込まれた。うめき声が再び母屋の空気を震わせた。

真壁は荒い息を吐いた。

なりすまし。昼間、店で新一郎に会った時には見抜けなかった。新一郎と次朗を識別できる久子が、喫茶店で会ったのが新一郎であり、そのあと店を訪ねた時にいたのが次朗だと断言したことが真壁に思い込みを生じさせた。ヤサグレの兄。健気に文具店を守る弟。

だが、午前十時過ぎになっても店のガラス戸には半分カーテンが引かれていた。商品が疎らだったのは新一郎が仕入れを止めたからだろう。土地と店舗を売り払うべく、店内の片付けをしていたのだ。

次朗と新一郎はいつすり変わったのか。女のアパートの排水管は害虫を防ぐパイプ内の水が蒸発してしまっていた。新一郎が部屋に戻らなくなってからかなりの日数が経っていたということだ。おそらく、久子が店を訪ねたすぐあとに新一郎が現れた。二人は久子のことで口論になったに違いない。そして、その日を境に新一郎が店に居座り、次朗は姿を消した――。

真壁は下を見た。新一郎がうずくまっている。

「弟を殺ったのか」

「だったらどうした！」

新一郎は両手で敷布団を激しく打ち、その反動で立ち上がった。歯を剝《む》き出しにしている。

「野郎！　おとなしくしてりゃあ、やりてえ放題やりやがって！」

怒声とともに拳《こぶし》が飛んできた。

真壁は首だけでかわし、尖らせた肘を思い切り新一郎の顔面に叩き込んだ。悲鳴を無視して膝蹴りを二発、三発と腹に食らわして畳に沈ませると、間髪《かんはつ》を入れずに馬乗りになり、ドライバーを握った手を頭上に振り上げた。

「た、た、助……」

振り下ろしたドライバーの先端は、新一郎の耳たぶと畳を同時に貫いた。

カチカチカチと歯が鳴り続ける。眼球は溢《こぼ》れんばかりだ。畳に生暖かい水染《し》みが広がり臭気を上げた。

真壁はドライバーを引き抜き、言った。

「覚えておけ――俺はいつだってお前の寝室に忍び込めるんだ」

9

空が白みはじめていた。

自転車を漕ぐ。道なりに進めば下三郷駅の前に出る。

耳骨が遠慮がちにつつかれた。

〈何だ?〉

《お疲れさん》

〈ん〉
《しっかし、金目当てで弟を殺しちゃうなんて、あんな双子もいるんだね》
〈ああ〉
《自分で弟を殺しといて、なのにその弟のために久子を追いかけ回して、放火までして。支離滅裂だよね》
〈久子は久能兄弟を識別できる。新一郎はそれを恐れたんだろう〉
《そっか。でも、脅したりもしてたんだよ。弟をコケにするなって》
〈………〉
《きっとさ、憎いとか邪魔だとかだけじゃなかったんだよね、弟のこと》
〈………〉
《それとも弟が死んで二人が一人になっちゃったとか》
〈二人は二人のままだ〉
《うん、そうだね……》
啓二の声がくぐもり、だが、すぐに陽性の声質に戻った。
《さっきは凄かったね、修兄ィ》
〈何がだ〉

《惚《とぼ》けちゃって。マジで凄かったよ。凄い迫力だった》

傍らを、新聞配達のバイクが追い越していく。

《お腹空かない？》

空腹は感じなかった。

《久子、喜ぶだろうなあ。修兄ィが三食抜いて戦ったって知ったら》

〈………〉

《さてと、自転車を乗り換えて隠れ家に直行だね》

もう下三郷の駅前まで来ていた。駐輪場に久子の自転車がある。

《右から十七番目だよ》

啓二が背中を押すように言った。

真壁は乗ってきた自転車を駐輪場の隅に突っ込み、代わりにモスグリーンの自転車を道に引っ張りだした。ハンドルの握りの部分のゴムを外して内側を指で探る。サドルやタイヤカバーの裏もくまなく調べ、チェーンロックに手を伸ばした。数字を合わせる。

8・3・5——。

中耳がもわっとした。啓二が安堵の息を吐いたらしかった。

《久子、きっと起きて待ってるよ》

〈………〉
《あ、それとさ、くだらない約束は守っちゃだめだからね》
〈約束……？〉
《馬淵との取り引きだよ。今度パクられたら二年や三年じゃ済まないだろ。そんなことになったら今度こそ久子と永遠の別れだよ。だから修兄ィのルールには反するかもしれないけど、間違っても奴の顔を立てたりしないこと。般若の顔なんかもともと潰れてんだから構うことないって》
気になる物言いだった。それは久能の家を出た時からずっと感じていた。
《わかった？　約束だぜ修兄ィ。俺との約束はちゃんと守れよ》
〈啓二――〉
《ちゃんと聞けって修兄ィ。久子が大切だから馬淵と取り引きしたんだろ。けど、修兄ィがムショに行っちゃったら久子を大切にできないじゃんか》
〈啓二、お前――〉
真壁は続く言葉を呑み込んだ。悪い予感を言葉にしたくなかった。
《修兄ィ》
〈何だ〉

《俺、やっぱり話すよ》
〈何をだ〉
《おふくろのことさ》
〈もうよせ〉
《聞いてよ。修兄ィにちゃんと話しておきたいんだ》
真壁は荒い息を吐き出し、自転車を漕ぎだした。
《あの日、俺は居間のソファで居眠りしてたんだ。ハッとして目が覚めたら体が動かなかった。一瞬金縛りかと思ったけど、おふくろが凄い形相で俺の体を押さえつけてた……》
ペダルを強く踏んだ。啓二の声に風の音が混じるまで速度を上げた。
《居間はもう真っ赤だった。おふくろの力、信じられないぐらい強かった。俺、必死で振りほどこうとしたんだけどだめだった。二人でソファから転げ落ちて、それでもおふくろは離れなかった》
〈………〉
《火がどんどん近づいてきてさ、煙で息ができなくなって、熱くて、苦しくて、怖くて、俺、必死で叫んでた。助けて、助けて、って。そしたらね》
〈………〉

《おふくろの腕が緩んだんだ。俺、体が自由になって、動けて、本当は逃げられたんだ、逃げようと思えば》

知らずにブレーキをかけていた。

《でも逃げなかった。俺、おふくろに殺されたんじゃないんだ。俺、自分で——》

〈なぜだ〉

《……………》

〈なぜ逃げられるのに逃げなかった〉

小さな間があった。

《泣いてたから》

〈泣いてた……？〉

《逃げようとして、でも振り返ったら、おふくろが泣いてたんだ。泣きながら、俺を追い払うみたいに手をバタバタさせて、逃げな、早く逃げな、って……。自分は逃げようとしないんだ。丸くなって動かないんだ。俺、本当におふくろを悲しませたんだってわかった。だから逃げられなかった。おふくろ、煙に巻かれてた。髪の毛や服に火がついてた……。それで俺、戻ったんだ、おふくろのところに……》

頭蓋が真空になった気がした。

胸は滾《たぎ》っていた。どす黒い感情が渦を巻いていた。

〈なぜ今まで言わなかった〉

《修兄ィと一緒にいたかったからさ》

〈どういう意味だ〉

《話したらもう一緒にいられなくなるから……》

〈なぜ話したら一緒にいられなくなる〉

《楽しかったね、ずっと》

真壁は虚空を睨みつけていた。

〈なぜ話したら一緒にいられなくなるんだ〉

《俺、修兄ィも久子も大好きだよ。大大大好きだよ》

〈言え。なぜ話したら一緒にいられなくなるんだ〉

返事はなかった。

〈啓二、答えろ！　なぜ話したら一緒にいられなくなるんだ〉

中耳から気配が消えた。電球が切れたかのような消え方だった。

真壁は天を仰いだ。

啓二は答えを知っていた。

あの日の話をしたら真壁が気づいてしまう。憎んでいた相手は母ではなく、自分の弟だったことに。

啓二がおふくろを奪ったから。

死という永遠の形で、おふくろを独り占めにしたから。

母は啓二を愛していた。死を共にするほど深く、狂おしく、自分ではない、自分と瓜二つの弟を――。

〈それがどうした〉

真壁は歯を剥いた。

〈行くな〉

気配は戻らない。

〈啓二……〉

喉が焼けるように熱かった。

〈啓二……〉

声が震えた。

〈啓二！〉

真壁は両手を耳に当てた。そのまま強く押し当てた。

声が聞こえたからだった。
微かに。だが、確かに。
中耳は抜け殻だった。もう中耳の在り処すら意識できない。
真壁はおもむろに振り向いた。
自分の影が、アスファルトの歩道に落ちていた。
淡い影……。
しばらく見つめていた。
目を上げた。遠くのビル街が薄紫色の光に染まっていた。
真壁は息を吸い、久子の自転車を漕ぎだした。
影は、濃さを増しながら、どこまでもついてきた。

（了）

解　説――横山ミステリーの美質を有した連作集

西上心太《にしがみしんた》（文芸評論家）

ここ数年、警察小説の隆盛はめざましいものがある。「このミステリーがすごい！」や週刊文春などの年間ベストテン企画に、毎年必ず数作がランクインしていることを見てもお分かりいただけることと思う。もともとこのジャンルには根強い人気があったのだが、現在のような潮流を作った中心の一人に横山秀夫がいることは間違いない。

横山秀夫の警察小説の特徴は、捜査一課や生活安全課などの捜査畑の刑事たちではなく、一般の会社でいう総務部や人事部に当たる間接部門の警察官をフィーチャーしたミステリーを、警察小説の一ジャンルとして確立させたことにある。

メジャーデビュー作品である第五回松本清張《まつもとせいちょう》賞受賞作を表題にした短編集『陰の季節』は、人事担当者や不祥事を調査する監察官など、これまで描かれることがなかった部署の警察官を主人公に据《す》えた密度の濃い作品集だった。だが発売が「このミス」投票の締切間際だったことや、賞自体がリニューアルされた現在と比べ、当時の松本清張賞への注目度があまり高くなかったこともあいまって、その年のベストテンではほとんど票を集めることができなかった。だがベストテン企画では選外に漏れたものの、すぐに評論家や編集者の注目を集めるようになった。筆者自身も「このミス」の投票には間に合わなかったが、少し後の「週刊文春」ミステリーベスト10には、自信を持ってこの作品を推挙したし、当時連載していたコラムにも、ブレイク必至の有望新人が登場したと力説したものだった。

それからおよそ一年半後、雑誌に掲載された「動機」が第53回日本推理作家協会賞の短編部門を満票で受賞する。他の短編を加えて一冊にまとめられた『動機』は、その年の「このミス」で一躍二位となり、横山秀夫という名が多くのファンに知られ始めたのである。それからの大活躍ぶりはこの場で縷々《るる》述べるまでもないだろう。

一九五八年に発表された松本清張の『点と線』が大ベストセラーを記録したことがきっかけとなり、社会派推理小説ブームが到来した例《ためし》がある。

探偵小説は芸術であるや否《いな》やという議論が盛んに行なわれていた昭和二十年代に、江戸《えど》川乱歩《がわらんぽ》は「一人の芭蕉《ばしょう》の問題」という文章を書いた。「市井俗人の弄《もてあそ》びにすぎなかった」俳諧《はいかい》が、松尾《まつお》芭蕉の「悲壮なる気迫と全身全霊をかけての苦闘によって、遂に最高至上の芸術」となったと記《しる》し、「探偵小説を至上の芸術たらしめる」には、芭蕉のような天才の登場を鶴首《かくしゅ》するという旨《むね》の、乱歩の熱い思いが伝わるエッセイである。

横山秀夫が警察小説に与えた影響が、《一人の秀夫の問題》として、松本清張の登場と匹敵するような形で後年語られるようになるのではないだろうか。横山秀夫の出現はそれほどまで大きいと思うのだ。

さて、本書は警察側の人間を描くことが多かった作者が、正反対の立場である犯罪者を主人公にした異色の連作短編集である。

二年ぶりに刑務所から出所した真壁修一《まかべしゅういち》。彼は〝ノビカベ〟という異名を取る〝ノビ師〟である。〝ノビ師〟とは人が寝静まった深夜などに住宅に忍びこむ侵入盗のことだ。真壁という名前と、取調べにも口を割らない強固な〝壁〟を思わせるしたたかさからその異名が付けられたのだ。冒頭の「消息」は、出所間もない彼が、逮捕されるきっかけとなった直前に侵入した家の妻を捜す物語だ。

二年前、真壁修一は稲村道夫《いなむらみちお》と葉子《ようこ》が住む一軒家に忍びこんだ。居間を物色し夫婦の寝室をのぞき込んだ修一は異変を察知する。酒に酔いつぶれた夫は高いびきで寝ているのに、こちらに背を向け横たわっている妻が目を覚《さま》していることに気づいたのだ。だが修一が家の外に逃げるまで妻の悲鳴は上がらなかった。そして外から家の様子をうかがっていたところにパトカーがやってきたのだ。パトカーの早すぎる到着と、妻が発していたいぶかしい気配。修一は二年間の収監中《しゅうかん》に推理した仮説を確かめるため、葉子の行方を追う。

自分が捕まるきっかけとなったとはいえ、なぜ修一がその家の妻に執着するのか。この作品の特異な設定が関連する。修一の頭の中には双子の弟である啓二《けいじ》の意識が住みついているのである。

十数年前、修一と啓二の前に一人の女性が現れた。安西久子《あんざいひさこ》である。三人ぐるみのつきあいの結果、久子は修一を選ぶ。その日を境《さかい》に荒れ始めた啓二は、遂に窃盗事件を起こしてしまう。啓二に絶望した母親は、発作的に家に放火し無理心中を図ってしまったのだ。さらに二人を助けようとした父親もろとも、全員が焼死してしまう。そしてその時刻、久子と京都に旅行中だった修一の脳裏《のうり》に、焼死する寸前の啓二が放った悲鳴が過《よ》ぎったのだった。家族の死をきっかけに、法曹の道を目指していた修一は、死んだ啓二の跡を追うかのように、窃盗犯の道を歩んでいく。

そう、葉子は修一が忍びこんだあの日、家に放火して夫を焼き殺そうとしていたのだ。家の中にあるべきものがないという鋭い観察を元に、修一はそのように推理を組立てていた。弟の絶叫が耳を離れない修一にとって、放火殺人はまさに許されない行為だった。やがて修一は他の窃盗《せっとう》仲間や、同級生である盗犯係の刑事吉川《よしかわ》からの情報で、葉子の消息をつかむことができた。だが彼女をめぐる意外な事実が浮かび上がってくる。

冒頭の一編だけをみても、実に計算し尽くされた濃密な短編であることがお分かりいただけるのではないだろうか。次の「刻印」では刑事の吉川の変死体がどぶ川の中で発見される。「抱擁《ほうよう》」では恋人の久子が勤める幼稚園で盗難事件が起こり、久子に疑いの目が向けられてしまう。そして「業火《ごうか》」では地元の窃盗犯が次々に襲われる事件が相次ぎ、遂に修一もその手にかかってしまう。

このように、修一は彼の身の回りに起きる、さまざまな事件に関与せざるを得ない立場に追い込まれていくのだ。つまり本作品は〝仕事〟である窃盗で金を稼ぐと同時に、その特技を生かしながら探偵役となり、身に降りかかった火の粉《こ》を払っていく物語なのである。また同時に腕利《き》きの〝ノビ師〟ならではの仕事ぶりもたっぷり描かれている。そのリアリティあふれる忍びこみの描写も読み所の一つで、読者の防犯意識を高める一助になるかもしれない（笑）。また単身ヤクザの事務所に乗り込むなど、権力者や強者に決して阿《おも》ねろうとしない修一の強面《こわもて》の一面も強調されており、ハードボイルド小説的な妙味も内包しているのだ。

さらに特筆すべきことは、手がかりなどをフェアに描写するなど、本格ミステリーの手法をきっちりと守りながらすべての作品が構成されている点だ。「消息」では先述したように、あるべきものがないという事実から、妻の放火殺人を導き出す推理は実に鮮やかだし、最後の真相に到達するための重要な手がかりのデータも、はっきりと記されているのである。

また殺人事件の犯人捜しである「刻印」、ホワイダニットの「業火」、ダイイングメッセージものとも呼べる「遺言《ゆいごん》」、失踪人探しの変奏曲ともいえる「行方」など、謎の提示の仕方もバラエティに富んでいるのだ。これが本書の第一の魅力である。

そして第二の魅力が、修一と彼の頭に住みついている啓二の〝存在〟をめぐる人間関係だろう。無二の存在である弟を殺した母親に対する愛憎。その遠因は自分にあるという自責の念（そのために修一は彼を待ち続ける久子の元に帰ろうとしない）。それらの複雑な感情が、頭に住みついた啓二との対話によって際立ち、徐々に明らかになっていくのだ。もう一人の自分である双子の弟に対する相反する思いを修一はこう語る。

「双子というものは、互いの影を踏み合うようにして生きているところがある。（中略）顔形はおろか、自分と心の有り様《よう》まで似通《にかよ》った複製のごとき人間が、この世に存在することを呪った。いっそのこと消えてなくなれ。そう念じた。願望は叶《かな》った。（中略）一人……。独り……。それは自分の影を失うということだった」

堅牢《けんろう》に構築された意外性あるプロットに、この複雑な人間模様と葛藤《かっとう》が融合し、心ならずも犯罪を続けていく修一の苦悩という全体のテーマが浮き上がってくるのである。人間をきっちりと描きつつ、謎解きの妙味もおろそかにしない、横山ミステリーの美質を見事に有した連作集なのだ。

はたして修一はこの苦悩から解放されるのか。それを知るには本書の七つのエピソードを読み進めればよい。哀切なラストは必ず貴方《あなた》の胸を打つ。

（本書は平成十五年十一月、小社から四六判で刊行されたものです）

一〇〇字書評

切り取り線

購買動機（新聞、雑誌名を記入するか、あるいは○をつけてください）

□（　　　　　　　　）の広告を見て	
□（　　　　　　　　）の書評を見て	
□ 知人のすすめで	□ タイトルに惹かれて
□ カバーがよかったから	□ 内容が面白そうだから
□ 好きな作家だから	□ 好きな分野の本だから

●最近、最も感銘を受けた作品名をお書きください

●あなたのお好きな作家名をお書きください

●その他、ご要望がありましたらお書きください

住所	〒				
氏名		職業		年齢	
Eメール	※携帯には配信できません	新刊情報等のメール配信を希望する・しない			

あなたにお願い

この本の感想を、編集部までお寄せいただけたらありがたく存じます。今後の企画の参考にさせていただきます。Eメールでも結構です。

いただいた「一〇〇字書評」は、新聞・雑誌等に紹介させていただくことがあります。その場合はお礼として特製図書カードを差し上げます。

前ページの原稿用紙に書評をお書きの上、切り取り、左記までお送り下さい。宛先の住所は不要です。

なお、ご記入いただいたお名前、ご住所等は、書評紹介の事前了解、謝礼のお届けのためだけに利用し、そのほかの目的のために利用することはありません。またそのデータを六カ月を超えて保管することもありませんので、ご安心ください。

〒一〇一－八七〇一
祥伝社文庫編集長　加藤　淳
☎〇三（三二六五）二〇八〇
bunko@shodensha.co.jp

祥伝社文庫

上質のエンターテインメントを！　珠玉のエスプリを！

祥伝社文庫は創刊15周年を迎える2000年を機に、ここに新たな宣言をいたします。いつの世にも変わらない価値観、つまり「豊かな心」「深い知恵」「大きな楽しみ」に満ちた作品を厳選し、次代を拓く書下ろし作品を大胆に起用し、読者の皆様の心に響く文庫を目指します。どうぞご意見、ご希望を編集部までお寄せくださるよう、お願いいたします。

2000年１月１日　　祥伝社文庫編集部

影踏《かげふ》み　推理小説

平成19年２月20日　初版第１刷発行

著者　横《よこ》山《やま》秀《ひで》夫《お》

発行者　深澤健一

発行所　祥《しょう》伝《でん》社《しゃ》

東京都千代田区神田神保町 3-6-5
九段尚学ビル　〒101-8701
☎03(3265)2081(販売部)
☎03(3265)2080(編集部)
☎03(3265)3622(業務部)

印刷所　堀内印刷

製本所　ナショナル製本

ISBN978-4-396-33329-4　C0193

祥伝社のホームページ・http://www.shodensha.co.jp/

祥伝社文庫・黄金文庫　今月の新刊

横山秀夫　**影踏み**
消せない傷を負った男女。切なすぎる犯罪小説

西村京太郎　**能登半島殺人事件**
最愛の妻を誘拐された十津川警部の苦悩と推理

森村誠一　**灯(ともしび)**
現代の家族の病理に棟居刑事が迫る！　傑作ミステリ

高橋克彦　**悪魔のトリル**
深い感動を呼ぶ六編の怪奇小説。高橋ホラーの傑作

南　英男　**潜入刑事《デカ》　覆面捜査**
警視庁国際捜査課の特捜刑事、久世隼人登場！

柄刀　一　**殺意は青列車《ブルートレイン》が乗せて**　天才・龍之介がゆく！
有栖川有栖氏大絶賛のミステリートレインの謎

鳥羽　亮　**剣　狼**　闇の用心棒
闇の殺し人に迫る必殺剣「霞落し」に立ち向かえ

井川香四郎　**恋芽吹き**　刀剣目利き神楽坂咲花堂
童女を描いた絵に秘められた謎と作者の想い

睦月影郎　**あやかし絵巻**
旗本次男坊の前に現れた謎の美女、その素顔は？

和田秀樹　**お金とツキを呼ぶちょっとした「習慣術」**
和田式「ツキの好循環モデル」を実現する法

小林恵《やす》子《こ》　**本当は怖ろしい万葉集**
歌が告発する血塗られた古代史の真相とは？

山下真奈　**わが子を強運にする51の言葉**
ビジネスの成功者が娘に遺した人生の極意

渡部昇一　**学ぶためのヒント**
よりよく生きるために。体験的人生読本